# 没落令嬢のためのレディ入門

A LADY'S GUIDE TO FORTUNE-HUNTING
by Sophie Irwin
Translation by Minako Kojima

Published by K.K. HarperCollins Japan, 2023

背中を押してくれた、フランへ。
支えてくれた、家族へ。

男性にも結婚生活にもたいして憧れているわけではないが、
結婚こそがずっと彼女の目標だった。
教養は豊かでも財産は乏しい若い女性にとって、
人に恥じることなく生活してゆける方法は結婚だけであり、
それで幸せになれるかどうかはさだかではなくても、
困窮しなくてすむためのもっとも好ましい手段ではあるのだ。

——ジェイン・オースティン著『高慢と偏見』

# 没落令嬢のためのレディ入門

## おもな登場人物

キティ・タルボット――元貴族令嬢
セシリー――タルボット姉妹の次女
ベアトリス――タルボット姉妹の三女
ハリエット――タルボット姉妹の四女
ジェイン――タルボット姉妹の五女
ドロシー・ケンダル――キティの母の親友
ジェイムズ・ド・レイシー――ラドクリフ伯爵
アーチー――ジェイムズの弟
アメリア――ジェイムズの妹
レディ・ラドクリフ――ジェイムズの母親
ハリー・ヒンズリー――ジェイムズの友人

# 1

一八一八年　ドーセットシャー、ビディントン、ネトリーコテージ

「わたしとは結婚しない？」ミス・タルボットは信じられない思いでおうむ返しに言った。

「残念だが」ミスター・チャールズ・リンフィールドは、すがすがしいほど申し訳なさそうな顔で応じた。そんな顔がふさわしいのは、二年間の婚約を破棄するときではなく、友人の誕生会に出席できなくなったと打ち明けるときだ。

ミス・タルボットはわけがわからないまま、チャールズを見つめた。家族と親しい友人にはキティと呼ばれるキャスリン・タルボットは、理解できない、ということにあまり慣れていない。むしろ家族にもビディントンの住人にも、頭の回転の速さと実務的な問題解決能力で知られている。ところがいまは完全に困惑していた。チャールズとは結婚することになっている。何年も前からその予定だった――なのに、いまさらそうではなくなった？　そんなことを知らされて、いったいなにを言えばいいの？　なにを感じたらいい？

すべてが変わってしまう。それでもチャールズは依然として同じに見えた。身を包んでいるのは着ているところを何百回と目にしてきた服だし、着こなし方も、裕福な者だけに許されるあのだらしないやり方だ。細かな刺繍（ししゅう）が施されたチョッキのボタンはかけちがえられ、けばけばしい色の幅広のネクタイ（クラヴァット）は結んだというよりねじりあげられたよう。そのひどいクラヴァットを見つめているうちに、せめてこういう状況にふさわしい装いくらいしてくるべきではないのかという憤りがこみあげてきた。

その怒りが少し顔に表れたに違いない。すぐさまチャールズはあの腹立たしい、相手を見下した気配をひっこめて、ふてくされた男子生徒の態度になった。

「そんな目で見なくてもいいだろう？」強い口調で言う。「別に、正式に結婚の約束を交わしていたわけでもないんだし」

「正式に結婚の約束を交わしていたわけでもない？」一気に我に返った。そして気がつけば猛烈に怒っていた。この救いようのない卑劣漢！「わたしたちはこの二年間、結婚の話をしてきたわよね。いままで待ったのは、ひとえにわたしの母の死と父の病気ゆえでしょう！　あなたは約束したじゃない――いろんなことを」

「子どもの他愛（たわい）ないおしゃべりさ」チャールズが言い、頑固につけ足した。「それに、きみのお父さんが死の床にいるときに、ぼくから結婚の中止を言いだせるとでも？　そんなこと、できるわけがない」

「じゃあ、ようやく父が死んだから、まだ一カ月も経っていないけれど、やっとわたしを捨てられるというのね？」怒りをこめて言う。「それならできる、って？」

チャールズは片手で髪をかきあげて、ちらりとドアを見た。

「なあ、きみがそんな状態のときに話し合っても意味はないよ」経験豊富な男がどうにか我慢している口調で言う。「ぼくは帰ったほうがよさそうだ」

「帰る？　いきなりこんな話を聞かせておいて、説明もせずに帰るなんてありえないわ。つい先週、会ったときは、五月に結婚する話をしたじゃない――三カ月以内に」

「手紙で伝えるべきだったな」チャールズは切なげにドアを見つめたまま、ひとりごとのように言った。「こうするのがいちばんだとメアリは言ったけれど、手紙のほうが簡単だった気がする。きみにがみがみ言われていたら、まともに頭が働かないよ」

キティは無数の苛立ちをいったん脇に置き、真の狩人の本能でもって、重要な情報一点だけをとらえた。

「メアリ？」鋭い声で言う。「メアリ・スペンサー？　いったいミス・スペンサーになんの関係があるの？　彼女がビディントンに帰ってきているとは知らなかったわ」

「ああ、うん、その、そうなんだ」チャールズは口ごもり、ひたいに汗の玉を浮かべた。「母の招きで、彼女はしばらくうちにいることになってね。家族以外の女性の知り合いがいるというのは、ぼくの妹たちにとって、じつにいいことだから」

「それで、わたしたちの婚約破棄について、ミス・スペンサーに話したの?」

「うん、その、彼女はぼくにひどく同情してくれて——いや、もちろんきみにも同情してくれて、それで、白状するとうれしかった……だれかに話すことができて」

一瞬の沈黙のあとに、ほぼさりげない口調でキティは言った。「もしかして、ミス・スペンサーに求婚するつもり?」

「違う! というか……じつはもう……。だから、なるべく早く、その——ここへ来るのがいいと……」

「なるほどね」ようやくわかった。「そういうことなら、あなたの図々しさをほめなくてはいけないわね、ミスター・リンフィールド。こっちの女性と婚約していながらあっちの女性に求婚するなんて、なかなかできない芸当だもの。じつにおみごと」

「きみはいつもそれだ!」チャールズが多少の勇気を振りしぼって、不満そうに言った。「なんでもねじ曲げて、相手を混乱させてしまう。ぼくの苦悩も察してくれよ。きみの気持ちを傷つけたくないと思ったかもしれないだろう? 真実を告げたくはないと思ったかもしれないじゃないか——政治の方面で出世したいなら、きみみたいな女性と結婚していては無理だという真実を」

あざけるような口調にキティは驚いた。「それはいったいどういう意味?」

するとチャールズは、周りを見てみろと言わんばかりに両腕を広げた。キティは周りを見なかった。なにが見えるかはわかっていた。なにしろ生まれてこの方、毎日この部屋に入るのだ。暖をとるために炉端に寄せられたくたびれたソファ、かつては優美だったがいまでは虫に食われてよれよれの敷物、昔は本が並んでいたのにいまは空っぽの棚。

「ぼくたちは同じ町に住んでいるかもしれないが、生まれた世界は違うんだよ」また両手で周りを示す。「ぼくは郷士(スクワイア)の息子だ！　そして母とミス・スペンサーは、名を成したいなら身分の低い女と結婚してはだめだとわからせてくれたんだ」

キティはこれほど自身の鼓動を意識したことがなかった。耳のなかでどくどくと鳴っている。身分の低い女、ですって？

「ミスター・リンフィールド」穏やかに、けれど冷ややかに、切りだした。「わたしたちのあいだで嘘はなしにしましょう。あなたはおきれいなミス・スペンサーと再会するまで、わたしたちの婚約に不満を感じていなかった。郷士の息子、と言ったわね。その郷士のご一家がまさか、こんな非紳士的なやり方をお許しになるとは驚きだわ。もしかしたら喜ぶべきかもしれないわね――手遅れになる前に、あなたはとんでもなく不名誉な人間だとあなた自身が証明してくれたんだから」

稀代(きたい)のボクサー、ジェントルマン・ジャクソンの正確さと強さで一つ一つのパンチを決めていくと、チャールズは――もとい、ミスター・リンフィールドは、後ろによろめいた。

「なぜそんなことが言えるんだ？」愕然(がくぜん)として言う。「これは非紳士的なやり方なんかじゃない。きみはヒステリーを起こしてる」いまやミスター・リンフィールドは滝の汗を流し、居心地悪そうに身をよじっていた。「これからもいい友達でいたいと思っているから、わかってくれ、キティ――」

「ミス・タルボットです」礼儀正しく冷ややかに訂正した。怒りの悲鳴が全身でうなっているものの、それは封じこめて、手でさっと玄関を示した。「お見送りしなくてもかまいませんよね、ミスター・リンフィールド」

ミスター・リンフィールドは小さく一礼し、振り返りもせずにそそくさと出ていった。

キティはしばしその場に立ち尽くし、そうすればこの惨事が広がるのを防げるとでもいうように、じっと息を詰めていた。それから朝日が射しこむ窓辺に歩み寄り、ガラスにひたいを押し当てて、ゆっくり息を吐きだした。この窓からは、まっすぐ庭が見える。ラッパスイセンは咲きはじめたばかりで、野菜畑にはまだ雑草がはびこり、鶏たちは虫を探して歩いている。外の世界はこれまでどおりに続いているけれど、ガラスのこちら側ではすべてが完全に崩れ落ちてしまった。

わたしたちには、もはやわたしたちしかいない。どこにも頼るあてがない。母も父も亡くなっている以上、親の助言がもっとも必要ないまこのとき、それを手に入れることはできない。頼れる人は一人もいない。動揺がこみあげてきた。これからどうすればいいの？

なにごとも起きなければ、小一時間そのままの姿勢でいたかもしれないが、数分後にいちばん下の妹、十歳のジェインが王の伝令の尊大さで駆けこんできた。

「キティ、セシリーの本、どこ?」妹が尋ねる。

「昨日は台所にあったわよ」キティは庭を見つめたまま答えた。今日の午後にはアーティチョークの苗床の草取りをしなくては。そろそろ植えつけの時期だもの。遠くでジェインがセシリーに、キティの言葉を伝えるのが聞こえた。

「そこはもう捜したって」ジェインが叫ぶ。

「じゃあ、もう一度捜しなさい」キティはいらいらと手を振って片づけた。

ドアが開いてばたんと閉じた。「ないって言ってる。それで、もし姉さんが売っちゃったなら、すごく怒るって。だってその本は教区牧師さまにいただいたものだからって」

「まったく」キティは鋭い口調で言った。「セシリーに伝えて。あなたのくだらない教区牧師の本を捜している暇はないって。だってわたしは婚約者に捨てられたばかりで、もし大それた願いでなければ、ほんの少し静かな時間がほしいからって」

ジェインがこの驚くべき伝言をセシリーに伝えると、たちまち家族全員が――つまりキティの四人の妹と犬のブランブルが客間に押しかけてきて、部屋は急ににぎやかになった。

「ミスター・リンフィールドに捨てられたって、どういうこと? 本当なの?」

「わたしはあの人のこと、最初から好きじゃなかったわ。頭をぽんぽんたたいてきて、まるで子ども扱いなんだもの」

「わたしの本、台所にないんだけど」

キティは窓にひたいをあずけたまま、できるだけ手短に、なにが起きたかを妹たちに聞かせた。続く沈黙のなか、妹たちは不安げに見つめ交わした。ほどなく末のジェインが退屈になってきたのだろう、鍵盤がうまく動かないピアノにぶらりと歩み寄り、陽気な曲を勢いよく奏ではじめて静寂を破った。ジェインは音楽を教わったことがないものの、才能の欠如は熱意と音量で補っていた。

「ひどいわ」とうとう十九歳のベアトリスが愕然とした声で言った。年齢でも気性でもキティにいちばん近い妹だ。「ああ、キティ、かわいそうに。きっと傷ついたでしょう」

キティは鋭く首を振った。「傷つく? ベアトリス、そんなことはどうでもいいのよ。わたしがミスター・リンフィールドと結婚しないなら、わたしたちはおしまいだわ。父さんと母さんはこの家を遺してくれたかもしれないけれど、ぎょっとするほどの借金も置いていったの。わたしはリンフィールド家の財産に頼るつもりだった」

「お金目当てでミスター・リンフィールドと結婚するつもりだったの?」セシリーの声には批判の色があった。十八歳にして一家の知識人であるセシリーは、道徳観が少々強すぎると姉妹たちに思われている。

「まあ、彼の品性や紳士らしさ目当てではなかったわね」キティは辛辣に返した。「こんなことなら思慮を働かせて、さっさとまとめてしまえばよかったわ。母さんが亡くなったときに結婚式を延期するんじゃなかった。婚約期間が長くなると面倒が起きがちなことはわかっていたんだから。だけど延期しないのはよろしくないと、父さんが考えて！」

「状況はどのくらい悪いの、キティ？」ベアトリスが尋ねた。

キティはしばし無言で、いちばん上の妹を見つめた。どうしたら妹たちに言える？　どうやったら、いまにも崩壊しそうだと説明できる？

「それはまあ……かなりね」キティは慎重に答えた。「父さんがこの家を二重抵当に入れた相手は、評判の悪い人たちだったの。わたしがこれまでに売り払ってきた本や銀器や母さんの宝石のおかげでしばらくは食いとどめられてきたけれど、六月のはじめにまた取り立てに来るわ。あと四カ月もない。そしてもしわたしたちにじゅうぶんなお金がなければ、それか、支払いをしていけるというたしかな証拠がなければ……」

「……わたしたち、ここから出ていかなくちゃならないの？　わたしたちの家なのに？」ハリエットの唇が震えた。下から二番めの妹は末っ子のジェインよりも繊細だ。そのジェインはかろうじてピアノを弾くのをやめて、ピアノ椅子の上からじっと見つめていた。

出ていくだけではすまないと妹たちに告げる勇気は、キティにはなかった。ネトリーコテージを売り払ってもどうにか借金を返済できるだけで、その後の暮らしを支えてはくれない。行くあてもなければ、はっきりした収入の手立てもないのだから、お先は真っ暗だ。当然、姉妹は別れ別れになるしかない。キティとベアトリスはソールズベリーか近くのここより大きな町で、メイドか、運がよければ侍女の働き口を見つけられるかもしれない。セシリーは……まあ、セシリーがだれかのために働きたがるところも働けるところも想像できないけれど、教育を受けているのだから学校をあたってもいいだろう。ハリエットは……まだ若すぎるが、同じ道を試すしかない。住むところと食べるものを提供してくれる道を。そしてジェインは……この町で暮らすミセス・パーマーはひどく狭量な女性とはいえ、ジェインのことはかわいがっている。うまく誘導すれば末の妹を引きとって、働き口が見つかるまで世話してくれるかもしれない。

キティは想像した。姉妹全員が離れ離れになって、風に吹かれているさまを。いまのように、ふたたび一緒に暮らせるときは来るだろうか？　それがもし、このすでに暗い筋書きよりもなお悪いものだったら？　姉妹がそれぞれ一人きり、お腹を空かせて絶望している姿が目に浮かんだ。ミスター・リンフィールドのことではまだ涙一粒こぼしていないし、彼には涙の価値などないと思っているけれど、いまはのどが熱くなってきた。わたしたちはもうさんざん失ってきた。母さんはよくならないと妹たちに説明したのはキティだった。父さんが亡くなったと知らせたのもキティだった。どうやったら、最悪はこれから訪れると告げられるだろう？　言葉が見つからなかった。わたしは、子どもたちを安心させる言葉を魔法のようにどこからともなく取りだせる母親ではないし、子どもたちを納得させるだけの自信をもってなにも心配いらないと言ってやれる父親でもない。そう、わたしは一家の問題解決者だ。それでもこの障壁は大きすぎて、一人では乗り越えられそうになかった。二十歳の若さではあまりに重たすぎるこの重荷を、一緒に背負ってくれるだれかがいたらと心の底から願ったものの、だれもいない。妹たちがこちらを見あげている。いまでさえ、いちばん上の姉さんならすべて解決してくれると信じきった顔で。これまでいつもそうだったからと。

　これからもずっとそうだからと。

　絶望のときは過ぎた。そう簡単に屈したりしない。屈することはできない。キティは涙を呑んで胸を張った。

「六月のはじめまでには四カ月近くあるわ」きっぱり言いながら窓辺を離れる。「それだけあれば、なにか大きなことができるはずよ。ビディントンみたいな町でも、わたしはお金持ちの婚約者をつかまえることができた。相手は卑怯者だったとわかったけれど、もう一度同じことができないと考える理由はどこにもないわ」

「近くに裕福な男性はいないと思うけれど」ベアトリスがおずおずと指摘した。

「そのとおり！」キティはらんらんと目を輝かせて明るく返した。「だからこそ、わたしはもっと肥沃な土地に旅立つの。ベアトリス、家のことは任せたわよ――わたしはロンドンへ行くわ」

わけのわからない主張ばかりする人に出会うことはめずらしくない。が、そんな主張を実現させてしまう人に出会うことはまれで、ミス・キティ・タルボットはこの二つめのグループに属していた。

## 2

ネトリーコテージの客間でのあの暗い朝から三週間と経たないうちに、キティとセシリーは乗合馬車でがたごととロンドンに向かっていた。座席の上で揺すられる三日間の不快な旅で、旅の仲間はさまざまな人と家禽だ。州から州へ進むにつれて、ドーセットシャーの田園風景はゆっくり見えなくなっていった。キティはほとんどの時間、窓の外を眺めて過ごした――一日めの終わりには、人生でもっとも家から遠く離れていた。

お金持ちと結婚しなくてはいけないことはずっと前からわかっていたものの、母によってリンフィールド家との縁組みが仕組まれ、実現されたので、義務を果たしてもビディントンの近くに、すなわち家族の近くにいられるものと思いこんでいた。母の死からの数カ月はなおさら、近くに住むミスター・リンフィールドとの将来がしっかり固めてあることに感謝した。人生のもっとも暗いときに、家族のもとを片時も離れなくていいとわかっているのはじつにありがたいことだったというのに、いまはこうして妹たちのほとんどを遠く置き去りにしている。乗合馬車がビディントンとの距離を広げるたびに、胸のなかの不安が大きくなった。これはわたしが家族のためにできる正しい決断――唯一の決断だけれど、妹たちと離れているのはひどく間違っているように感じた。

ミスター・リンフィールドの高潔さを信じるなんて、ずいぶん愚かだった――とはいえ、なぜ彼がこれほどあっという間に愛情をなくしてしまったのか、いまだによくわからない。たしかにミス・スペンサーはきれいだけれど、死ぬほど退屈だ。こんな短期間でこんなことになるなんて、筋が通らない。リンフィールド家のほかの面々にしても、さほどミス・スペンサーを好いているようには見えなかったのに。わたしはなにを見逃していたの？

「ずいぶん愚かだったわ」今度は声に出して言った。すると、となりにいるセシリーが傷ついた顔を向けたので、つけ足した。「あなたじゃなくて、わたしのことよ。というより、ミスター・リンフィールドのこと」

セシリーはふんと息を吐きだしてまた本に目を落とした。教区牧師からもらった分厚くて重たい一冊が見つかると、セシリーは持っていくと言ってゆずらなかった。そんな大きさと重さの本は百五十キロの旅のおともにふさわしい一冊ではないのではとキティが指摘しても無駄だった。

「あらゆる面でわたしをみじめにしたいの、キティ？」セシリーは芝居がかった問いをぶつけてきたものだ。

妹のばかでかい旅行かばんをにらみおろしていたそのときの正直な答えは〝そうよ〟だったけれど、キティは折れて、くだらない大荷物をロンドンくんだりまで引きずっていくことにした。またしても、セシリーをバース女学院で二年間学ばせるという、滑稽でお金のかかる父の決断を恨めしく思った。父にその決断をさせたのは、ひとえに地元の郷士、なかでもリンフィールド家と肩を並べたいという欲求だったし、セシリーが学校で身に着けてきたものといえば、自分は知的にすぐれているという思いあがりだけだった。ところがいま、あれほど熱心にかばった本にセシリーはあまり意識を払っていなかった。むしろ旅のあいだじゅう、キティに同じ質問を投げかけてばかりいた。

「本当にドロシーおばさまの手紙を正しく理解できているの？」また小声で尋ねたのは、内輪の問題を馬車じゅうに教えるなというキティの度重なる注意をようやく聞き入れたからだろう。

「ほかにどんな理解のしようがあるというのよ？」少なからずいらついて、キティは小声で鋭く返した。ため息をついて口調をやわらげ、どうにか忍耐強く説明する。「ドロシーおばさまは、ライシアム劇場で働いていたときに、やっぱりそこで働いていた母さんと知り合ったの。二人はとても仲がよかった――母さんはよくおばさまからの手紙を読み聞かせてくれたでしょう？　だからわたしはおばさまに助けを乞う手紙を書いて、そうしたらおばさまはわたしたちをロンドンの上流社会に紹介すると言ってくださったの」

　セシリーは不満そうな声を漏らした。

「ドロシーおばさまがまっとうな女性だって、どうやったら言いきれるの？　善良なキリスト教徒の道徳観を備えているって、どうしたらわかる？　わたしたちは悪の巣窟に足を踏み入れようとしているかもしれないのよ！」

「どうやら、教区牧師さまと過ごした時間はなんの役にも立たなかったようね」キティは厳しく言った。けれど内心では、ドロシーおばに不安がないわけではなかった。母からはとてもきちんとした女性だといつも聞いていたけれど、それでも。とはいえそれをセシリーに打ち明けてなんになるというのだろう？　どのみち、ドロシーおばはキティたち姉妹にとって唯一の選択肢だ。「ドロシーおばさまは、わたしたちの知り合いのなかでロンドンに住んでいるただ一人の方よ。父さんの家族はみんなもう大陸に渡ってしまったし……まあ、しょせんわたしたちを助けてはくれなかったでしょうけれど。それに、おばさまはご親切に旅費も出してくださったわ。そんな方をばかにするなんて、できないわよ」

　セシリーがまだ納得のいかない顔をしているので、キティは座席の背にもたれてため息をついた。二人とも、この使命のおともはベアトリスのほうがよかったと思っていたが、ドロシーおばの手紙の最後には明確な指示があったのだ――〝姉妹のうちでいちばんの美人を連れてきなさい〟と。ベアトリスは目下、当人も認めるところ、半分少女で半分大人である一方、セシリーはすぐにすねるその性格に反して愛らしい美しさを備えているので、どちらを選ぶかはおのずと決まった。セシリーがとても退屈な娘でもあるという点が問題にならなければいいのだけれど。家の切り盛りと下の妹たちを任せていくならベアトリスのほうがはるかに適していると考えて、キティは自分を慰めることにした。教区牧師の妻も目を光らせていてくれるというし。もし残るのがセシリーのほうだったなら、戻ったころには守るべき家がなくなっていてもおかしくない。

「やっぱりわたしは堅実でお金になる勤め先を見つけることに労力を割いたほうがいいと思うけれど」セシリーが言う。「わたしの受けた教育があれば、立派な家庭教師になれるはずよ」

キティは一瞬、セシリーの手中に一家の財政をゆだねるという恐怖について考えてみた。

「そうかもしれないけれど」慎重な声でささやいた。「このごろの家庭教師のお給金は、年に五百三十ポンドにも満たないわ。残念だけどそれでは足らない。わたしがお金持ちと結婚するのが、この苦境から抜けだすいちばん手っとり早い方法なのよ」

セシリーが口を開けたのは、また批判的でまったく役に立たないことを言おうとしたからだろうが、それを遮るように、前の座席に座っていた少年が母親に向かって叫んだ。

「ママ、着いたよ！」

果たして窓からのぞくと、地平線にロンドンが広がり、長い煙の柱がのろしのごとく空にのぼっていた。ロンドンの話ならいくつも聞いたことがある。両親が、まるで失ってしまった親友のことのように、切なげに語っていたものだ。その高さ、広さ、美しさ、荘厳さ、にぎやかさ、可能性——都市の女王、と両親は呼んでいた。わたしも自分の目で見てみたいとキティはずっと思っていた。遠くて知らないその土地は、両親のどちらにとっても初恋のように、本当の故郷のように思えた。そうして馬車が本格的に街をがたごとと進みはじめると、キティのなかに浮かんだ第一印象は……汚い、だった。いたるところがすすだらけで、高い煙突からは煙がもくもくとあがり、通りには馬糞(ばふん)が転がっている。汚くて……不愉快。だれもが通りで他人にぶつかっては、別々の方角へ歩いていく。建物はおかしな角度にそびえているうえ、すべてが正方形や長方形とはかぎらず、あたかも子どもが図面を引いたようにでたらめだ。そしてたしかににぎやかだけれど、やかましい——やかましすぎる！　車輪や馬のひづめが敷石をたたく音、通りを歩く行商人の大声、それらが絶え間なく響き、どこにもかしこにも急げ急げという雰囲気が漂っている。うるさくて、不愉快で、汚くて、注目と敬意を要求していて、それからものすごく——

「すばらしいわ」キティは吐息のように漏らした。「セシリー、とうとう着いたのよ」

ピカデリーで乗合馬車から貸し馬車に乗り換えて、ドロシーおばが住むウィンポールストリートに向かった。ロンドンにある〝流行(はや)りの通り〟と〝流行っていない通り〟の違いはキティにはまだわからなかったが、ドロシーおばが住んでいるのはそれまでに前を過ぎてきたお屋敷が並ぶような通りではないながらも、恥ずかしくないほどには裕福そうだと見て、ほっとした。両どなりの建物に押しつぶされそうなほど幅の狭いタウンハウスの前で馬車が停(と)まると、キティは貴重な硬貨を手放してから、セシリーとともに急な踏み段をのぼり、ノックした。玄関を開けたのは明るい赤毛のメイドで、キティはドロシーおばが本物の召使いを雇っていることにぞくぞくした。そうして小さな客間に通されると、そこに件(くだん)の血のつながらない名誉おばがいた。

旅の途中でセシリーの疑念をぞんざいに否定しはしたものの、キティは密(ひそ)かに不安をいだいていた。もしかしたら出迎えてくれるのは厚化粧に滑稽なかつらまでつけた女性で、下品な笑い方をしたり身なりがだらしなかったりするのではないか、と。だとしたら、まったくこちらの計画の助けにならない。そういうわけで、豊満な体をダブグレーのモーニングドレスにきちんと納めた、おしゃれで美しい女性がいるのを見たときは、心から安堵(あんど)した。茶色の巻き毛はかぶりもので覆われていないが、その形式張らないスタイルは彼女によく似合っていた――目に宿る狡猾(こうかつ)そうな光は、奥ゆかしいボンネットや未亡人用の帽子と相容(あいい)れない。

ドロシーおばが椅子を立った。つかの間じっとして、劇的に色濃い眉の下から姉妹を観察する。キティとセシリーは息を詰めて、どちらもめずらしく緊張した。すると――笑顔。

ドロシーおばが宝石で飾った両手を差しだした。

「かわいい娘たち、お母さんにそっくりね」その言葉で、姉妹は広げられた腕のなかに飛びこんでいった。


ドロシーおばは五十一年の人生にいくつもの人生と役割をねじこんできた。女優として、舞台の上では変化に富んだきらびやかなキャリアを楽しみ、舞台の下では、ロンドン屈指の気前のいい紳士たちをもてなして過ごした。このやり方でわずかならぬ額を貯めたあと、四十一歳の誕生日に真っ赤な髪を焦げ茶色に染めて、名前の上でもふるまいの上でも自身を生まれ変わらせ、裕福なミセス・ケンダル未亡人となった。ミセス・ケンダルは上流社会の辺縁でこれまでとは違う生活を楽しみはじめ、若いころは夜しか過ごせなかった家々で昼を過ごすようになった。しょせん女優は上品な存在とみなされていないので、ドロシーおばの歴史的な過去は助けより足かせになるのではとキティは恐れていたのだが、上流社会のレディへの変貌ぶりがみごとなことは、その立ち居ふるまいを見れば明らかだった。これならきっとロンドンでの次のステップに導いてもらえる、将来をつかむための知恵を貸してもらえると、実際に会ってみてキティは確信した。とはいえ、おばに訊きたいことが山ほどあっても、出会って最初の数時間に話したのは母のことだけだった。

「お葬式には行きたかったわ」ミセス・ケンダルが熱をこめて言う。「行きたかったのよ。

だけどあなたたちのお父さんが……それは賢明ではないと考えて」

あいまいな説明でも、キティには完璧に理解できた。理想を言えば、ドロシーおばが列席してくれていたら本当にありがたかっただろう――たとえ母が逝ってしまったあとでも、かつての暮らしぶりを聞かせてもらえば、母について知らなかったことがいろいろわかっただろうから。けれどミスター・タルボットは家族を守るためにドロシーおばを遠ざけた。ドロシーおばが列席すれば疑問を招いたかもしれないし……世の中には過去に置いてきたほうがいいこともある。

「美しい日だったわ」キティは言い、咳払い(せきばら)をした。「すがすがしくて、涼しくて。生きていたら、母もきっと喜んだでしょう」

「晴れた日には家のなかに閉じこめておけない人だったものね」ドロシーおばの笑みは切なげだが心がこもっていた。「何曜日だろうと」

「わたしは朗読をしたの」セシリーが声をあげた。「チョーサーの『公爵夫人の書』の一節を――母の大好きだった本よ」

当然ながら一言でも理解できた人はいなかったけれど、とキティはこっそり思い返した。それでもセシリーの朗読は明瞭で上手だった。

それからさらに数時間、椅子を寄せ合って思い出話を交わした。ときどきは手をつなぎ、大きな喪失を分かち合った同士ならではのどうしようもないかたちで、心の距離を詰めていった。ようやく会話がキティの婚約破棄に及んだころには、空は暗くなっていた。

「ここへ来たのは大正解よ」ドロシーおばが励ますように言い、グラス三つになみなみとラタフィアをついだ。「ロンドンはまさにぴったりの場所だもの――そんなときにバースやライムレジスに行っても悲惨なことになるだけ。ねえ、わたしのことは魔法使い妖精（フェアリーゴッドマザー）だと思ってちょうだい。ほんの数週間で、あなたたち二人ともに、すばらしいお相手を見つけてあげるわ」

ちょっぴりさまよっていたセシリーの意識がたちまち戻ってきた。目を見開き、責めるようにキティを見る。

「ドロシーおばさま、お相手が必要なのはわたしだけよ」キティはきっぱり言った。「セシリーはまだ若いわ」

ドロシーおばは驚いた顔になった。「本当にそれでいいの？　二人ともに夫を見つけたほうがよくない？」

「本当にそれでいいの」キティが請け合うと、セシリーは安堵の息をついた。

ドロシーおばは納得のいかない顔だったが、ほぼすぐに切りかえた。「まあ、獲物をおびき寄せる役にはなれるわね！」明るく言う。「ただし先にやるべきことがたくさんあるわ。まずは服と髪をどうにかして、それから……」二人のすべてを示すように、ふわりと手を振った。「一日も無駄にできないわ――社交シーズンはすぐそこよ」

# 3

翌日、姉妹が目を覚ましたときもまだ家の女主人は眠っていた――都会での生活時間なのだろう、とキティは解釈した。けれどそんなだらしない印象も、その日、ドロシーおばが見せたきびきびした態度でまたたく間に一掃された。

「無駄にできる時間はないわ」ドロシーおばは言い、二人にマントを着させると、家を出て貸し馬車に乗りこんだ。

キティの希望により、最初に立ち寄るのはボンドストリートの目立たない建物になった。そこでキティは残りわずかな母の宝石を売って、ロンドン滞在中の費用をまかなうための十ポンドを得た。お金にできるものはこれが最後で、おそらくあっという間に消えてしまうだろうこの十ポンドだけが、借金返済不能者が収容される牢獄と自分たちを隔てているのだと思うと、身震いがした。けれど、そんな考えはどうにか脇に押しやった。貴重なお金を華やかな服や装飾品に使うのがどんなに愚かしく思えても、今日という散財の一日は、去年、ネトリーコテージの屋根の雨漏りを修復したのと同じくらい必要なことなのだ。

「モーニングドレス、イブニングドレス、帽子、手袋、靴、ペティコート——すべて必要よ」敷石の上をがたごとと進む馬車のなか、ドロシーおばが言う。「上流社会の方なら、ドレスはミセス・トリオー、ブーツはホビーズ、帽子はロックでしょうね。だけどわたしたちには、チープサイドですべて満足に揃（そろ）うわ」

名称は〝安い側（チープサイド）〟でも、キティの目にはきらびやかに映った。服地店、菓子店、銀細工職人、書店、靴下店、婦人用の帽子店、靴職人……どこまで行っても店また店、通りまた通りだ。ドロシーおばを動じない案内人に、一行はそんな海のなかを切り開いて進んだ。モーニングドレス、散歩用のドレス、イブニングドレス、舞踏会用のドレスのために体のあちこちを計測され、帽子を試着し、信じられないほどやわらかなストッキングをなでて、投資の名のもとに次々と硬貨を手放していった。ウィンポールストリートに戻ったのは午後も遅くなってからで、すっかり疲れていた。けれどドロシーおばはまだまだ終わらせようとしなかった。

「ドレスは簡単よ」厳しい顔で言う。「上流社会の若いレディらしくふるまうのはずっと難しいわ。上流社会にはよく顔を出していたの？」

「リンフィールドマナーで何度も食事をしているわ」キティは答えたが、それが数のうちに入るのかはよくわからなかった。ミスター・タルボットと郷士は子ども同士の婚約以前から親しい友人だった——高価なブランデーと賭けごとという共通の趣味があったからだ。

そういうわけで、タルボット家はリンフィールド家のお屋敷でのディナーパーティによく招かれていた。

「よろしい」ドロシーおばが言う。「まずは想像してちょうだい、この家を出たらいつでもそのリンフィールド家のディナーパーティに出席しているのだと。背筋を伸ばして物静かに、歩くときはゆっくりと――ばたばたせずに、どんな動きも気だるく優雅でなくてはいけないわ。しゃべり方はやわらかに、発音ははっきりと、俗語や粗野な言葉は禁物、そしてどう答えたらいいかわからないときは無言でいなさい」

それからの三日間、ドロシーおばは姉妹に正しい歩き方、最新流行のスタイルに髪を整える方法、扇の持ち方、フォークの持ち方、ハンドバッグの持ち方を指導した。ほどなくキティにもわかってきたが、レディになるということは、息もできないほどぎゅうぎゅうに自分を閉じこめることだった。全身をコルセットにして、粗野なところや下品さや個性を厳重に内側に押さえこまなくてはならない。キティはどんな小さな情報のかけらにも熱心に耳を傾け、セシリーにも同じようにさせた――この妹は、会話がおもしろくないと感じるとかならず意識をさまよわせてしまうのだ。姉妹がレッスンでふらふらになってきたころ、ようやく一枚めのドレスが届いた。

「ああよかった」運びこまれる箱の数々を見て、ドロシーおばが言った。「少なくとも、これで外出しても恥ずかしくないわね」

キティとセシリーは箱を上の階へ持っていき、少なからぬ驚嘆とともに開封した。どうやらロンドンではビディントンよりもはるかに速く流行が移り変わるらしく、箱のなかの美しい品々は、姉妹が着慣れた服とは似ても似つかないものばかりだった。きれいな青と黄色のモーニングドレス、モスリン地のドレス、分厚いマント、丈の短いサテンのスペンサージャケット、そしてなにより息を呑まされるのが、キティがこれまで目にしてきたどんなものより美しい二着のイブニングドレスだ。二人は互いに手を貸して、そろそろとそのドレスを身に着けた。ドロシーおばから習ったとおりに髪を整え、みずみずしい花を慎重にあしらって、すべてが完成すると、どちらも見違えるように美しくなった。

ドロシーおばの寝室の全身鏡を前にして、キティは自分たちの姿に目をみはった。セシリーはいつも深い眠りから覚めたばかりのようなありさまなのに、いまは天使のようで、輝く白のふわふわしたスカートのおかげではかなく消えてしまいそうに見えるし、顔の両側できれいに整えた巻き毛は顔立ちをいっそうやわらげている。キティのドレスも、初めての社交シーズンを迎える若いレディにならって、白だ。その白さは目と髪の濃い色を引き立てており、生まれつきまっすぐな髪はどうにかなだめすかして妹と同じ巻き毛に整えられて、輝く目の上のきりりとした眉を強調していた。鏡に映る娘たちはみごとだ、とキティは思った。ここに――ロンドンに属しているように見える。

「じつにすばらしいわ！」ドロシーおばはうれしそうに手をたたいた。「準備はできたようね。それでは、今夜から始めるわよ」

三人がコヴェントガーデンのシアターロイヤルに着いたときには、黄昏(たそがれ)がおりてきてろうそくに火が灯(とも)されており、高いアーチ形の天井と凝った装飾の劇場はじつに美しく見えた。社交シーズンまっただなかほど人は多くないものの、そこらじゅうに興奮の静かなざわめきがあった。

「ほらね」ドロシーおばが満足そうに言った。「あたりに漂う可能性が感じられる?」

「〝虚弱のしるし、苦悩のしるし〟」セシリーの暗い口調は、なにかから引用するときのそれだった。

ドロシーおばが怪訝(けげん)な顔で見て、広い玄関ホールに入りながら、セシリーに聞こえないようキティにそっと耳打ちした。「あの子は頭がおかしいの?」

「インテリなの」キティもそっと返した。

ドロシーおばはため息をついた。「そうじゃないかと思った」

ゆっくり座席に向かう途中、ドロシーおばは熱心に周囲を見まわして、人ごみのなかに知り合いを見つけては手を振った。

「わたしたち、ついてるわ」上の階に着いたとき、ドロシーおばがささやいた。「社交シーズンが始まる前なのに、花婿候補にできそうな男性がこんなにいるなんて」

キティはうなずいて席に腰かけたものの、心は上の空だった。見たこともないほど堂々とした一家に気づいてしまい、たちまち完全に意識を奪われてしまったのだ。ここよりさらに上の専用ボックス席に座る三人は、キティの無教養な目にさえも、ほかから抜きんでて見えた。容姿も装いも美しい青年と若いレディ、そして洗練そのものの女性は家族に違いない――ほほえんだり笑い合ったりするさまからして、自身の楽しみ以外のことは気にも掛けない人たちなのだろう。ドロシーおばがキティの視線を追い、たしなめるように舌を鳴らした。

「あそこを見あげても無駄よ。もちろんその野心はすばらしいと思うけれど、わたしたちはわたしたちの身分を忘れないようにしましょうね」

「イカロス」セシリーがぼんやりと口を挟んだ――同意したのか、それとも会話に知的な色を添えようとしたのかは、さだかではない。

「あの人たちはだれ?」キティはまだ見あげたまま尋ねた。その問いかけで、たったいまたしなめたばかりのドロシーおばも、うわさ話の誘惑にあっさり負けた。

「ド・レイシー家よ」身を寄せてきて、言う。「ラドクリフ伯爵未亡人と、下のお子さん二人、ミスター・アーチボルド・ド・レイシーと、レディ・アメリア・ド・レイシー。ご一家は王さまみたいに裕福なの。もちろん財産の大部分は長男のラドクリフ伯爵のものだけれど、下の二人もかなりの財産を相続するはず――わたしの見積もりによれば、少なくとも年八千ポンドをね。二人とも、理想の結婚相手として引く手あまたになるでしょうよ」

芝居が始まったのでドロシーおばは椅子の背にもたれたが、聴衆が息を呑んだり笑ったりしはじめても、キティはド・レイシー家から目をそらせなかった。いったいどんな感じだろう、生まれたときから自分の未来は安泰で幸せだとわかっているというのは？　上流社会のなかでもひときわ抜きんでて、あの専用ボックス席から見おろすというのは？　一家はまさにそこに属しているように見えた――はるか高みに。わたしがあの一家と一緒にあそこに属していた世界というのはありえたのだろうか？　なにしろ父は紳士の生まれで、母と結婚する前はなにも考えることなくああいう紳士淑女と交わっていたはずだ。もしなりゆきがもう少し違っていたら……。光り輝くド・レイシー家と肩を並べていたかもしれないもう一人の自分に、キティは一瞬、ばかげた嫉妬心をいだいた。ドロシーおばに肘でこづかれて、ようやく目をそらした。

幕間（まくあい）には、休む間もなくドロシーおばに連れまわされて、いろいろな男女に紹介された。裕福な商人とその息子、娘、妻、弁護士、粋な装いの軍人は美しく着飾ったご婦人を腕にぶらさげている。一晩で出会った人の数はキティがこれまでの人生で出会ったよりも多く、少しばかりたじろがずにはいられなかった。なにか間違ったことをしでかすのではないかとひどく怯（おび）えながら、リンフィールドマナーでの夜会に初めて向かう十五の少女に逆戻りした気分だった。あの夜、母が耳元でささやいてくれた励ましの言葉を覚えている。鼻腔(びこう)をくすぐった母のローズウォーターの香水のにおいも。目と耳よ、キティ、と母は言った。よく見てよく聞いてみんながするとおりにすれば、それほど難しくないわ。

　あのローズウォーターの香りを感じられそうなほど深く息を吸いこむと、勇気を振りしぼって、好印象を与えるべくふるまいはじめた。流行に合わせて帽子のかたちを変えるように、会話の相手に合わせて自身を変える。機知に富んでいると思いこんでいる男性にはよく笑い、自信家には称賛で応じて、内気な人には絶え間ないほほえみとこちらが話すことで対処した。帰路、ドロシーおばは有頂天だった。

「ミスター・メルベリーは、いまでは年に千ポンド」馬車のなかで姉妹に教える。「ミスター・ウィルコックスはセシリーに夢中のようだったし、それに――」

「セシリーがロンドンに来たのは結婚相手を探すためじゃないということで、納得してもらったでしょう？」キティが口を挟むと、となりでセシリーの肩から緊張が抜けた。

「はいはい」ドロシーおばがうるさそうに手で払う。「ミスター・ペアーズはちょっと読みとりにくいけれど、父親が亡くなれば海運業で年二千ポンドが入るわ。それからミスター・クリーヴァーは――」

「おばさまの知り合いに、年二千ポンド以上の男性はいない？」キティは再度、口を挟んだ。

「年二千ポンド以上？」ドロシーおばがおうむ返しに言う。「あなた、いったいなにを期待していたの？」

「ミスター・リンフィールドには年四千ポンドの収入があったの」キティは言い、眉間にしわを寄せた。

「四千？」おばが信じられないと言いたげな声でくり返した。「驚いた、その郷士はずいぶんうまくやってきたんでしょうね。だけどそんな奇跡がふたたび起きるなんて信じてはだめよ。土地なしでそれだけの収入は難しいし、わたしの知り合いに土地持ちの紳士はそう多くないの」

キティはこの残念な知らせを噛みしめた。ミスター・リンフィールドが裕福なことは知っていた――こちらの莫大な借金を肩代わりするのもたやすいほどに裕福なことは。けれどロンドンでならそういう男性もごろごろ見つかると思っていた。

「同じくらい裕福な男性に出会えるとは思わないほうがいい、ということ？」キティは胃がよじれるのを感じつつ、はっきりさせようとして尋ねた。

「わたしの知り合いのなかではね」ドロシーおばは笑った。

体がほてり、見通しの甘さを思った。早くウィンポールストリートに帰って、紙とインクを手に机に向かい、冷静に数字を計算したい。妹たちを支え、いずれは持参金を用意してやるのに、年二千ポンドで大丈夫？　足りる？

「借金はどのくらいなの？」ドロシーおばが鋭い質問をした。

キティは額を伝えた。すると、会話を聞いていないと思っていたセシリーが息を呑み、ドロシーおばはなんとレディらしからぬことに口笛を鳴らした。

「あらまあ」目を丸くして言う。「そういうことなら、ミスター・ペアーズで決まりね」

「ええ」キティは答えたが、やや疑念は残っていた。年二千ポンドはもちろんゼロよりいいけれど、借金さえ返済できればいいわけではないのだ。年二千ポンドで、わずかとは言えない額を返済し、ネトリーコテージを守って、さらには妹たちの未来までもたしかなものにできるだろうか？　もしも妹の一人が自分でお相手の紳士を選んで、持参金が必要になったら？　一人どころか、全員がそうしたら？　あるいは、貧しい男性と結婚するためにお金が必要になったら？　それにセシリーのいちばんの幸せは、夫はいないけれど高価な本ならたくさんあるという状況だ。ミスター・リンフィールドがそのすべてを叶えてくれるとあてにしていたが、どんなに親切な男性でも、年二千ポンドしか使えないのであれば、同じことは約束してくれないだろう。

「たとえば……オールマックスみたいなところなら、もっと裕福な紳士が集まってこないかしら？」キティは考えながら言った。

「オールマックスって、あの？　キティ、さすがにそれは高望みというものよ」ドロシーおばが怒ったように言う。「上流社会のなかにも大きな隔たりがあるの。本物の上流社会は紳士淑女、土地と財産の世界で、わたしが入場券をあげられる場所ではないわ。その世界に生まれ落ちるしか、招待状を手に入れる方法はないの。だからそんな危険な考えは捨てて、ミスター・ペアーズのような男性に的を絞りなさい――あんな夫を手に入れられたら幸運なのよ」

馬車がウィンポールストリートに着いた。キティはそれ以上なにも言わず、姉妹の寝室にあがっていった。少し憂鬱な気持ちでドロシーおばの言葉を思いめぐらしながら夜ごとの沐浴（もくよく）をすませ、セシリーがろうそくを吹き消して同じベッドにもぐってきたときもまだそのことを考えていた。妹はたちまち眠りに落ちたので、キティは暗闇のなかでその寝息を聞きながら、そんなふうに不安をあっさり忘れられることをうらやましく思った。

年二千ポンドは、姉妹の不安と苦難の終わりを意味しはしないけれど、少なくとも役には立つ。母だって年二千ポンドより安い額で手を打ったのだ――実際これは、何年も前にタルボット夫妻がロンドンを去ることと引き換えに与えられた額よりはるかに多い。

もちろん夫妻にとってはじゅうぶんではなかった。とりわけ父が、豊かな独身紳士の暮らし方を捨てられず、急速に減っていく年五百ポンドだけが頼りの、五人の子の父親の暮らし方へと完全には移行できなかったから。キティは賭けごとも百年もののブランデーも楽しまないかもしれないけれど、四人の妹の面倒を見なくてはならない。そして両親と違って、いざ手持ちが少なくなってきたときも、心を慰めてくれる愛情あふれる結婚生活という贅沢はあきらめなくてはならないのだ。

もう何度めになるかわからない——百回めか、千回めか、一万回めか——けれど、母と話せたらいいのにと思った。熟練したロンドンの案内人としてドロシーおばがいてくれることには感謝しているものの、おばは母ではない。自分をよく知ってくれているだれか、自分と同じくらい妹たちを愛しているだれかと話したくてたまらなかった。自分と同じくらい、ジェインとベアトリスとハリエットとセシリーが、この国のどこか厳しい片隅で、暗いなかに一人ぼっちでいる光景を頭から追い払えずにいるだれかと。母ならわかってくれただろうように、妹たちの幸せのためならどこまでも労をいとわないということをわかってくれるだれかと。キティが次になにをするべきか、母ならきっと知っていたはずだし、階級制度や社会階層といった、自身に限界をもうけるようなばかげたものに悩んだりもしなかっただろう——なにしろ、はるかに階級の高い紳士と恋に落ちる度胸があったのは、ドロシーおばではなく母だ。

横向きになって、暴れる思考をまとめようとした。変えられないことを思いめぐらしても意味はない。母は亡くなったし、これはキティが一人で背負うべき務めだ。助言してくれる存在はドロシーおばだけで、そのドロシーおばはミスター・ペアーズより裕福な紳士についてキティが尋ねると、笑った。悪意のある笑いではなかった。とんでもない高望みだと思っただけだし、キティはそれを受け入れるべきなのだろう。

その夜、眠りはすんなり訪れてくれなかった。疲労と不安がせめぎ合い、断続的にしか眠れなかった。そしてようやく眠気がおりてきたときもまだキティは考えていた――家族のためにこの身を売らなくてはならないのだとしたら、せめて買い手はミスター・ペアーズより高値をつけてくれる人であってほしいと願うのは、そんなに間違ったことだろうかと。

# 4

翌朝、目覚めたキティは、ロンドンの通りの喧騒からつかの間でも逃れたくなった。そこで朝食のあと、セシリーを説き伏せてハイドパークまで散歩に出かけた。ドロシーおばがどうしてもと言うので、メイドのサリーが付き添い役を務めることになり、二歩後ろをついてきたおかげで、キティとセシリーは難なく公園にたどり着いた。サーペンタイン池を回りはじめた二人の足取りは、ドロシーおばの教えにもかかわらずきびきびしており、ほかのレディたちの気だるい歩調とは大違いだった。キティはすがすがしい空気と木々や草のみずみずしい青さを、安堵とともに吸いこんだ。ビディントンの風景よりはるかに秩序立っているとはいえ、この景色はこれまでにロンドンで目にしたなかでいちばん故郷に近かった。

父と母も一緒にここを歩いたのだろうか。もちろん、今日ほど晴れた日には無理だ。二人の恋のあり方は伝統的なものではなかったから――ミスター・タルボットの家族に激しく反対されたので人目を忍ぶしかなく、上流社会の辺縁の静かな場所で愛は育まれた。晴れた日には上流階級の人々がロンドンの緑あふれる場所に集うため、二人は逃れるように屋内へ隠れた。きっとハイドパークを訪れたのは、人目につかないことが保証されている雨降りか風の強い日だけだっただろう。それでも母はいやがらなかったはずだ。都会で生まれ育ったけれど、雨だろうと晴れだろうと屋外の自然のなかにいることをなにより愛した女性だから。かたやミスター・タルボットの情熱は屋内での活動のほうにあった。

父にまつわる思い出のなかでいちばん好きなものの一つは、毎週日曜の午後に客間でトランプをしたことだ。記憶にあるかぎり、あの習慣は父が死ぬ前日まで続いた。父は長女にホイスト、ファロ、その他ありとあらゆるトランプゲームのルールを教え、いつも本物のお金を賭けてプレイした——ただしキティの主張により、賭け金は少額にかぎられたが。なぜ本物のお金を賭けたかというと、人は金を賭けるとプレイの仕方が違ってくる、というのがミスター・タルボットの信条だったからだ。初めてピケットをしたときのことをいまも覚えている。ルールを教わったあと、キティは毎回、半ペニー銅貨一枚だけを賭けた——「なぜそんなに少しなんだ？」父は舌を鳴らした。「いい手なのに」

「負けたときのためよ」キティは当然のように答えた。すると父はパイプからふうっと煙を吐きだし、キティに向けて諭すように人差し指を振った。

「はなから負けると思ってゲームに臨んではだめだ」忠告するように言う。「勝つためにプレイしろ。かならず」

「──あら」セシリーの声で、キティははっと我に返った。「彼女、見覚えがあるわ」

妹の視線の先に目を向けると、なんとそこにいたのは劇場で見かけたド・レイシー家の兄妹で、あちらも公園を散歩しているようだった。黒髪のレディ・アメリアは毛皮の縁取りつきの長い外套にしかめっ面で、金髪のミスター・ド・レイシーは見るからに退屈そうな顔をしている。

「見覚えがあるって、どういうこと？」キティは鋭く尋ねた。

「学校が同じだったの」セシリーはあいまいに答えた──危ういかな、もう関心を失いかけている。「彼女のほうがほんの少し年下で、文学好きという共通点があって。レディ・アメリア・ド……なんだったっけ」

「もっと早くに言うべきだとは思わなかったの？」キティはひそひそ声で言い、妹の腕をぎゅっとつかんだ。

「痛い」セシリーが不満そうに言う。「いま見かけたばかりなのに、どうやったらもっと早くに言えたっていうのよ？」

ああ、もう少しですれ違ってしまう。レディ・アメリアが顔をあげて向こうもセシリーに気づいてくれるようキティは必死に願ったが、レディ・アメリアの視線は下に向けられたままで、こちらとの距離は十メートル近く離れている──なんて大きな隔たり。

このままではまずい。

あと十歩ほどに縮まったとき、キティはつま先を丸めた。ついに一・五メートルまで迫ったとき、キティはさっと足首を動かしてつまずいたふりをした。上靴の片方が宙を飛んでいき、キティは妹に寄りかかって悲鳴をあげた。「きゃっ！」

セシリーはぎょっとしたものの、やすやすと姉の体重を受けとめた。「キティ、大丈夫？ 座る？」

「ミス・タルボット？」メイドのサリーが手を貸そうと駆け寄ってきたが、キティは手を振って払った。

「足首をひねったみたい」キティは喘（あえ）ぎまじりに言った。「だけど――たいへん、わたしの靴はどこ？ 脱げてしまったわ」

一、二、三――

「失礼、お嬢さん、これはあなたのですか？」

やった。キティが顔をあげると、若い紳士が――ミスター・ド・レイシーがちょっぴり頬を染めて靴を差しだしていた。キティの顔を見て、目がますます熱心になる。

「ありがとうございます」感謝をこめてささやき、靴を受けとった。こちらも頬を染めたほうがいいだろうと考えて、赤くなれと頬に命じたが、うまくいかなかった。自分が赤面するタイプではないことを心のなかで呪った。

「セシリー？　ミス・セシリー・タルボット？」ついにレディ・アメリアが気づいたような顔で近づいてきた。ああ、セシリー、どうかわたしを失望させないで……。

「レディ・アメリア」セシリーが小さくお辞儀をして、手を差しだした。

「いまはロンドンに住んでいるの？　そちらはお姉さま？」若いレディのほうはそういう面倒な礼儀を示さなかった。金持ちの特権だ。

「ええ、姉のミス・タルボットよ。キティ、こちらは同窓のレディ・アメリア。で、そちらは……」セシリーは言葉を止めて、問いかけるようにミスター・ド・レイシーを見つめた。なんてすばらしい。最高の妹だ。

「アメリアの兄のミスター・ド・レイシーです」青年は気さくな笑みを浮かべ、急いで自己紹介した。その目は称賛をたたえて姉妹を行き来している。

「ひどく痛めてしまったの？」レディ・アメリアが尋ねる。「アーチー、気が利かないのね、腕を貸してさしあげたら？」

ミスター・ド・レイシーが――アーチーが、妹をにらんだ。

「家まで送りましょう」紳士らしく言う。「足首をひねったなら散歩はやめたほうがいい。うちの馬車で送りますよ。さあ、ぼくの腕につかまって」

キティは差しだされた腕にうやうやしく手をのせると、わずかに体重をあずけ、スカートの下で靴を履きなおした。ミスター・ド・レイシーは咳払い（せきばら）いをして目をそらした。ほどなく一行はゆっくりと、遠くに並ぶ四輪馬車(バルーシュ)のほうへ歩きだした。セシリーとレディ・アメリアが前を行き、顔を寄せ合ってたちまち旧交を温める。その後ろを、キティとミスター・ド・レイシーが続いた。ふと、逆の足を引きずっていることに気づいたキティは、だれにも気づかれないうちにすばやく修正した。

歩調はゆっくりでも、頭は高速で回転していた。こんな好機はまったく予想していなかったし、絶対に失敗してはならない。ド・レイシー兄妹に好印象を与えるための時間は、おそらくわずか二十分ほど――ド・レイシー家の馬車を捜すのに六、七分で、そのあとはウィンポールストリートまで馬車ですぐだ。ミスター・ド・レイシーについてはまったく知らないから、どんな手段がお気に召すかはわからないけれど、ほかの男性とどこまで違うことがあるだろう?

「あなたはわたしのヒーローだわ、ミスター・ド・レイシー」キティは言い、ぱっちり開いた目で見あげた。「こんなふうにわたしたちを助けてくださって、本当におやさしいのね。あなたがいらっしゃらなかったら、いったいどうなっていたことか」

ミスター・ド・レイシーは照れたように首をすくめた。よし――手のなかの釣り糸がますますぴんと張ってきた。

「だれだってすることをしたまでです」ミスター・ド・レイシーが言う。「紳士として当然ですよ」

「まあ、ご謙遜なさって！」温かい口調で言い、できるだけため息まじりに続けた。「半島戦争では従軍なさったの？　立ち居ふるまいが軍人さんのようだわ」

ミスター・ド・レイシーは真っ赤になった。

「いえ」急いで打ち消す。「ぼくは若すぎたので――行きたかったけれど、まだ学校を出ていなかったんです。兄はワーテルローで戦いました。長男だから、もちろんそうするべきではなかったんですが、兄はそういうことに耳を貸すタイプではなくて……」話がそれてしまったのに気づいて、言葉を切った。「だけどぼくはイートン校のクリケットチームで主将でしたよ！」

「まあすごい。きっと運動神経が抜群なんでしょうね」

ミスター・ド・レイシーは赤くなりつつ、うれしい気持ちでそのほめ言葉を受けとめた。そして続く数分のあいだに、自身にまつわるいくつもの喜ばしい発見をした――軍人らしい立ち居ふるまい、英雄的な本能、たくましい腕をしていないながらも、とても愉快で驚くほど聡明。彼の意見にはじっくり耳を傾ける価値があり、家族のみんなは礼儀からぞんざいに聞いただけの学生時代の逸話も、ミス・タルボットにはきわめておもしろい――アーチー本人がそうではないかと思っていたとおりに。ミス・タルボットにはすぐれたユーモアセンスがある、とアーチーは思った。もちろん彼はまったく気づいていなかった――称賛がちりばめられた二人だけの会話のあいだに、ミス・タルボットが着々と情報を聞きだしていた事実に。一家の長である兄のロード・ラドクリフのことが大好きで、心から尊敬しているのだけれど、その兄はめったにロンドンに来ないこと。ミスター・ド・レイシーはもうすぐ二十一歳になり、その日に財産のほとんどを受けとること。そう、ミスター・ド・レイシーが気づいたのは、こんなに散歩が楽しかったときはないという事実だけだった。それと、ミス・タルボットはこれまでで最高の話し上手だということ。

ほどなく馬車の列にたどり着き、レディ・アメリアは優雅な四輪馬車の前で足を止めた。この春の陽気なので、蛇腹式の覆いは開けてある。近づいてきた一行に気づいて、御者と従僕が気をつけの姿勢をとった。キティはまず、メイドのサリーに歩いてウィンポールストリートまで帰るよう指示し、つかの間、揃いの葦毛の馬四頭に見とれてから、従僕の手を借りて馬車に乗りこんだ。

レディ・アメリアとセシリーが隣り合って前の席に座ったので、ミスター・ド・レイシーはミス・タルボットのとなりに座るしかなかった。彼女との近さを痛いほど意識して咳払いをし、礼儀にかなった距離を置くよう努めた。

キティのほうはまつげの下から横目でミスター・ド・レイシーをそっと見あげたが、これは思っていたほど簡単ではない芸当だった。それでも努力の甲斐あって、その視線に気づいたミスター・ド・レイシーはまた赤くなった。

馬はなめらかに歩きだし、ロンドンの通りは飛ぶように過ぎていった。キティはすばやく計算しなおした――せわしい都会の往来は、思っていたよりはるかに流れが速い。まるでド・レイシー家の紋章を見せれば、馬も馬車もすばやく道を空けるようだ。これではものの数分でウィンポールストリートに着いてしまう。キティは大げさにため息をついて、ミスター・ド・レイシーを見あげた。

「どうかしら――」尋ねかけて言葉を止め、悔やむふりをしてうつむいた。

「なにがです?」ミスター・ド・レイシーが熱心に問いかけた。

「いえ、こんなことは考えるのもいけないことだわ」キティは言った。「もうここまでご親切にしていただいているのに」

「お願いです。なんでも言ってください、ミス・タルボット」

向こうがそうまで言うのだから、キティはしとやかに従った。「妹とわたしは毎日の散歩で新鮮な空気を味わうのをとても楽しみにしているんです――それができないと思うと耐えられないわ。だけどこうして足首を痛めてしまったし、セシリーはわたしを支えられるほど強くないし……」意味深に言葉を濁すと、ミスター・ド・レイシーは同情を示して舌を鳴らし、考えこんだ。それから、妙案を思いついた。

「そうだ、ぼくたちがまたご一緒しましょう。あなたはぼくに寄りかかればいい!」勇ましく宣言する。

「そこまでしていただいて、本当にいいんですの?」キティは尋ねた。「うれしいわ。どうもありがとう」

「なんでもありませんよ。お礼なんていりません」勢いこんで言う。

馬車がウィンポールストリートに入った。

「それでは明日の朝、西門のところでお会いできるかしら?」キティは笑顔で見あげて尋ねた。

「喜んで！」言った直後に疑念が生じた顔で尋ねた。「もちろん、それまでに足首の痛みが引いていればの話ですが」

「きっと痛みはなくなっているわ」キティは嘘偽りなく答えた。

四人は温かなさよならを交わし、このあたりでは場違いなほど立派で壮麗な馬車がきらめきながら角を曲がっていくのを、姉妹は見送った。

キティは喜びのため息をついた。人は自分で自分の運を好転させる、というのがキティの信条だ。そしていま、運は大いに好転しそうだという予感があった。

三月九日　月曜　ウィンポールストリート

大好きなベアトリスへ

ぶじロンドンに着きました。ドロシーおばさまはわたしたちが期待していたとおりの方です。わたしたちのことならまったく心配しなくて大丈夫。ドロシーおばさまもわたしも、社交シーズンが終わる前にわたしは婚約できると確信しているわ。あと数カ月、勇気で乗りきれば、すべてが丸く収まる。約束よ。

そちらはどう？　この手紙を受けとったらすぐに返事を書いて、そちらでのいろいろを聞かせてね。食料品戸棚はもう補充できた？　わたしが置いていったお金で足りている？　足りなければどうにかしてもっと送るから、つらくなりはじめていたら正直にそう書くのよ。なにか困ったことがあれば、迷わずミセス・スウィフトに連絡しなさい——わたしに連絡がつくまで力になってくれるはずだから。

ジェインの誕生日を一緒に祝えないことがまだ悔やまれます。だけど同じ週にペザートンで市が立つから、あなたたちが行けるようにと思って少しお金をよけておいたの。父さんの机のなかに隠してあるわ。わたしたちがいなくても、できるだけ楽しい一日にしてね。

わたしたちがしていることを細かに書くだけのスペースがないけれど、帰ったときに聞かせられるよう、一つ一つのことを覚えておくようにがんばるわ。あなたたち三人も、セシリーとわたしのために同じ努力をしてくれなくてはだめよ。そうすれば、また会えたときに、一瞬だって本当には離れ離れになっていなかったと思えるから。

あなたたちに会いたい。愛してるわ。なるべく早く帰ります。

あなたの姉、キティより

愛をこめて。

# 5

ラドクリフ伯爵未亡人は四十六の若さで夫に先立たれ、多額の遺産と、妻として楽しんでいたときよりはるかに大きな自由を手に入れた。もちろん夫の死は深く悼んだし、喪失の痛みは胸を貫いたものの、しばらくすると、〝まじめな性格が浮ついたことを許さないだれかさんに縛られていないと、人生はこんなにもさまざまな楽しみを与えてくれるのか〟と、現状をありがたく思うようになってきた。夫の死から数年が経ってみれば、非常に裕福な未亡人の生活は、レディ・ラドクリフによく合っていた。人生のこの新しい章における彼女の主たる関心の対象は、子どもたち（とその身を案ずること）、上流社会（と自身がそこで楽しむこと）、そして自身の健康（というよりその欠如）であった。

これではだれでも大忙しなので、レディ・ラドクリフがまれに一つの関心対象に意識をそそぐあまり、残念ながら別の対象がおろそかになったとしても、許されてしかるべきだろう。そういうわけで、震える左手――間違いなく、最近よく起きるめまいの兆候――を観察していたレディ・ラドクリフは、次男が新顔の女性に執心していると知って、少なからぬ警戒心をいだいた。

「ミス・タルボットというのはどなたなの？」聞いたことのない名前だ。

「ご存じでしょう、母上」アーチーが少しむっとした様子で天を仰いだ。「タルボット姉妹ですよ。少し前から、毎日ハイドパークを一緒に散歩しているんです」

「毎日、同じ若い女性たちと会っているの？」レディ・ラドクリフは眉をひそめた。新しい女性の知り合いに夢中になるのは、アーチーくらいの年ごろの青年ならめずらしいことではないけれど、少し展開が早すぎるのではないかしら。

「ええ」アーチーはうっとりした口調で言った。「あれほど美しい女性は見たことがありませんよ、母上。あんな偶然から彼女に出会えて、ぼくは世界一、運のいい男だ」

さすがに少し不安になって、レディ・ラドクリフはそのタルボット姉妹とやらと厳密にはどのように出会ったのかを尋ねた。アーチーの回答はまったく支離滅裂だった――靴と捻挫が登場し、タルボット姉妹の姉のほうの目の色について、夢心地の詳細な描写が続いた。これでは母親の不安は解消しない。ド・レイシー家ほど裕福で家柄もすぐれていると、常に疑念をもっているのが正解だ。レディ・ラドクリフの考えでは、この世は人の健康を脅かすものと同じくらい名誉を脅かすものにあふれているので、どちらに対しても用心を怠ってはならないのだ。低い階級に生まれたおべっか使いは、自然にはびこる寄生虫のごとく、ド・レイシー家のような肩書きをもつ高貴な人と近づきになろうとする。この影響力も富も社会における地位も、いわば魅力的なお宝だ――何世紀も磨かれ、守られてきた宝。そして結婚適齢期の子が三人もいれば、脅威はますます大きくなる。レディ・ラドクリフは気づいていた。三人それぞれに莫大な宝が備わっている以上、眼識のある財産狙いの目には、三人全員が極上の獲物に映るだろうことに。

「あなたがそんなに親しくしているのなら、わたくしもその若いレディたちに会ってみたいわ」きっぱり言って、アーチーの話を遮った。次男はちょうど前日にミス・タルボットに聞かせたという愉快な小歌のことを語っていた――彼女が傑作だと言ったという歌のことを。

「本当ですか?」アーチーが驚いて言う。「母上は今週はひどく……低調なのかと思っていましたが」

「めまいのことを言っているのなら」レディ・ラドクリフはつんとして言った。次男の声には間違いなく失礼な響きがあった。「もうすっかりよくなりました。そのタルボット姉妹とやらに会ってみたいの。散歩のあとに、ここへ訪ねてくるようお誘いしなさい」

その提案にアーチーは明るく同意し、母の隠れた動機については気づきもしなかったので、その日の午前中もうきうきとハイドパークに出かけていった。対するレディ・ラドクリフは息子たちが帰ってくるまでのあいだそわそわしどおしで、刻一刻と神経を高ぶらせていった。

こんなときにぼんやりしていたなんて、わたくしはどこまで愚かだったのかしら。アーチーは間違いなくその若い娘にのぼせているけれど、散歩の途中に靴が脱げてしまうようなら、息子にはまったくふさわしくない娘に決まっている。ジェイムズに手紙を書いて知らせるべきかしらと迷ったものの、結局やめることにした。長男はワーテルローから戻ってきて以来、デヴォンシャーのラドクリフホールに引きこもっている。どんな家族の問題もきちんと知っておいてほしいとは思うけれど、本当に必要なとき以外は邪魔をしないようにしていた。ジェイムズがあの戦争に関わったのは母の――だけでなく父の願いにも反していたかもしれないが、レディ・ラドクリフには長男の孤立状態を責めることなどできなかった。しょせん、わたくしが戦争のなにを知っているというの？

不安なときほど時間はのろのろ過ぎるもので、いつまで待たされるのかと思ったころにようやくアーチーとアメリアがタルボット姉妹を連れて帰ってきた。このときにはもうレディ・ラドクリフの不安は募りすぎていて、現れるのは真っ赤な口紅でにたにたほほえむいかがわしい詐欺師二人ではないかとおののいていた。そういうわけで、タルボット姉妹が息子の言っていたとおり、美しくて上品な若い娘たちに見えたときは、ほっとした。散歩用のドレスと毛皮の縁取りが施された外套(がいとう)は最新流行のスタイルだ――それでももちろんあのミセス・トリオーの仕立てではないことは、この目にはお見通しだけれど。髪は似合うかたちに整えられているし、身のこなしは優雅で落ちついている。やはり杞憂(きゆう)だったのかもしれない。これもまた、アーチーの幼い恋心の一つにすぎないのかもしれない。レディ・ラドクリフは挨拶をしようと立ちあがった。

「ごきげんよう、ミス・タルボット、ミス・セシリー。お会いできてとてもうれしいわ」

やさしく語りかけた。それから間を空けて、姉妹がお辞儀をするのを待った――階級差を考えれば、先にお辞儀をするのはタルボット姉妹だから。そのとき、通常より一拍長い間のあとに、姉妹が深くお辞儀をした。正しい深さよりもはるかに深く――公爵夫人を前にしたように。レディ・ラドクリフは顔をしかめた。あらまあ。

アーチーが軽快に手をたたいた。「パットソンはお茶を持ってきてくれるのかな？」そう尋ねて、はずむような足取りで肘かけ椅子に歩み寄り、どさりと腰かけた。その直後、恥ずかしそうにぱっと立ちあがった。

「これは失礼――ミス・タルボット、ミス・セシリー。お座りになりませんか？」手をひるがえして椅子を示した。

全員が腰かけた。伯爵未亡人はもう一度、若いレディ二人を観察した。新たな目で、今度は姉妹のドレスのすそを眺める。少し泥が散っていて、ちらりとのぞく靴には見逃しようのない木のボタンがついていた――つまり、チープサイドで買ったということ。ふうん。

そこへパットソンが三人のメイドを従えてきびきびと入ってきた。メイドが手にした盆には、おいしそうな焼き菓子や旬の果物がのせられている。姉のミス・タルボットのほうがそれらに向けた目は少し驚いているようで、まるでこんなに贅沢なものは見たことがないと言わんばかりだった。あらまあ！

「ミス・タルボット、アーチーから聞いたのだけれど、おばさまのところにいらっしゃるそうね」表向きだけでも礼儀正しくしようと、レディ・ラドクリフは言った。「おばさまは公園の近くにお住まいなのかしら？」

「それほど遠くありません」ミス・タルボットは言い、みずみずしい果物を小さく一口かじった。「ウィンポールストリートです」

「まあすてき」レディ・ラドクリフは返したものの、まったく本心ではなかった。ウィンポールストリートは、どうあってもロンドンの洗練された地域とは言えない。続いて、妹のほうを向いた。

「アメリアから、バース女学院であなたとともに学んだと聞いているわ」

「はい。二年間」ミス・セシリーは澄んだ高い声で答えた。

「二年だけ？」レディ・ラドクリフは尋ねた。「そのあとはどこか別のところで教育を受けたのかしら？」

「いいえ。お金がなくなったので、家に帰らされました」ミス・セシリーは言い、幸せそうに焼き菓子を頬張った。

ミス・タルボットがグラスを掲げたまま凍りついた。レディ・ラドクリフはもうけっこうと言わんばかりに、手にしていた皿を置いた。まったく、思っていた以上にひどいわ。そんな資金不足に悩まされるだけでもじゅうぶん不名誉なのに、それを人前で口にするなんて――しかも、赤の他人の前で！　すぐにでも出ていってもらわなくては。

「たいへん、いま思い出したわ」レディ・ラドクリフは部屋全体に向けて言った。「今日はモンタギュー家を訪問する予定だったわね」

「そうでしたか？」アーチーが焼き菓子を口に運びながら言う。「あの一家がもうロンドンに戻ってきているとは知りませんでした」

「ええ、わたくしとしたことが、きれいに忘れていたの」レディ・ラドクリフはそう言って立ちあがった。「訪問しなくてはたいへん無作法だと思われてしまうわ。ミス・タルボット、ミス・セシリー、本当に申し訳ないのだけれど、今日はそろそろお開きにさせていただくわね」

なくてはならない存在であるパットソンの手を借りて、レディ・ラドクリフは礼儀正しくもうむを言わさぬやり方でタルボット姉妹を玄関まで案内した――首根っこをつかんで通りに放りだすのの上流階級版だ。数分後には姉妹は玄関の外にいて、アーチーは急いであとを追うと、心から詫（わ）びた。

「母があいうことを忘れるなんてめったにないのに」次男の必死な声がレディ・ラドクリフにも聞こえた。「どうか許してくれないかな。なんてついていないんだろう。こちらから招待しておいて、こんなに早く切りあげるなんて、本当に申し訳ないよ」

「どうぞお気になさらないで」ミス・タルボットが温かな口調で言う。「明日の朝もハイドパークでお会いできるかしら？」

　わたくしが口を出せるなら答えはノーよ、とレディ・ラドクリフは思った。

「ええ、もちろん」アーチーが無謀にも約束する。

「アーチー！」レディ・ラドクリフの声は堂々と通りに響き、アーチーは最後にもう一度、愛しい人に詫びてから、家のなかに駆け戻った。レディ・ラドクリフが鋭く手で指示すると、パットソンがタルボット姉妹の背後でしっかりドアを閉じた。

「そりゃあ、追いだされるわよ」ドロシーおばが怒った声で言った。「ドアの内側に入れてもらえただけでも奇跡なのに、いったいなにを期待していたの？　ねえキティ、どうしてそんなに驚いているのか、わたしにはまったく理解できないわ！」

　さんざんに終わったレディ・ラドクリフ邸訪問のあと、日々の散歩で姉妹がなにをしていたのか、正確なところをおばに打ち明けておくべきだとキティは感じた。これまでは、おばに反対されるのではないかと心配で秘密にしていたのだ。案の定、ドロシーおばはキティをばか呼ばわりした。

「驚いてはいないわ」キティは不機嫌に返した。「がっかりしているだけ。うちにお金がないというみっともない話をセシリーが漏らしさえしなければ――」

「セシリーが漏らさなかったとしても、レディ・ラドクリフなら一秒後に嗅ぎつけていたでしょうよ」ドロシーおばが辛辣に言う。「ああいう人種のことは知っているわ――ほとんどの時間を、財産狙いを心配することに費やしているの。断言してもいいけれど、あなたたち、二度とあの坊やには会えないでしょうね」

ドロシーおばの予言に反して、翌日、姉妹はハイドパークでド・レイシー兄妹と落ち合った。ミスター・ド・レイシーは少しおどおどしていたが、それでもキティに会えてうれしそうだった。声が届く距離まで来ると、レディ・アメリアがはしゃいだ様子で打ち明けた。「お母さまったら、あなたたちがうちの財産を狙ってると思っているのよ！　そうなの？」

「アメリア！」ミスター・ド・レイシーがぎょっとした。「なんてことを言うんだ！」真剣な、申し訳なさそうな顔でキティを見る。「本当にすまない。もちろんそうじゃないことは妹もぼくもわかっているんだ。ただ母は……その、習慣で……」しばし口ごもってから、弱々しく言い終えた。「ぼくたちのことになると、母は少し過保護になるんだ」

その言葉で、ラドクリフ邸を出たあとに姉妹にあてられた罪状がどんなものか、キティにはよくわかった。もどかしくてうめきそうになる。別の女性にがんじがらめにされている男性にはもううんざり。そろそろ攻勢に出るころだ。

「よくわかるわ」キティは言った。「わが子を守りたいとお思いになるのは当然のことだもの。きっとお母さまの目には、いまもあなたが坊やに映っているのね」

「ぼくはもう坊やなんかじゃない」ミスター・ド・レイシーは強情そうにあごをこわばらせた。

「ええ」キティは同意した。「もちろん違うわ」

四人は歩きだした。

「ただ——お母さまにそんな疑念をいだかせてしまったのが、わが家の財政状況についてセシリーが口走ったことじゃなければいいのだけれど」キティはそっと言った。

ミスター・ド・レイシーはしどろもどろに返した。

「父がいつも言っていたわ」キティは思い出にふけるように遠くを眺めて続けた。「大事なのはその人の人柄、その人の内面だと……。だけど、だれもが同じように考えるとはかぎらないものね。お母さまを不安にさせてしまうのなら、わたしたち、お友達でいるのはやめたほうがいいかもしれないわ」

もちろん完全な作り話だが、このはったりに効き目はあった。

「そんなことは言わないで、ミス・タルボット」ミスター・ド・レイシーが愕然(がくぜん)としてすがる。「ぼくたちの友情を母に壊させちゃだめだ——母は考え方がひどく旧式で、だけどぼく自身はきみのお父さんに賛成だよ。というより」ぐいと胸を張り、ロマンティックな宣言をした。「ぼ、ぼくは、きみが貧者だろうと王子だろうと気にしない！」

性別の誤りはさておき、キティはこの宣言をとてもうれしく思った。自身をロマンティックな英雄に、母親のレディ・ラドクリフを城を守るドラゴンになぞらえるのは、いかにもミスター・ド・レイシーらしい。

「ミスター・ド・レイシー、あなたにそう言ってもらえてすごくうれしいわ」称賛をこめて言った。

キティが小道で足を止めると、彼も立ち止まった。

「積極的すぎる女性だと思われたくはないのだけれど」できるだけ声にぬくもりをこめて言う。「わたし、あなたのことをいちばん大切なお友達だと思いはじめているわ」

「ミス・タルボット、ぼくもだよ」ミスター・ド・レイシーが息を切らして言う。「今後もこうして会おう。母には今日、ぼくから話しておくよ。かならず道理をわからせてみせるからね」

効き目は絶大だわ、とキティは自画自賛した。そういうわけで、一時間後に兄妹と別れたときには、この日の首尾にいたく満足していた。ところがウィンポールストリートに帰ってくるなり、セシリーがだしぬけにこう言った。

「ミスター・ド・レイシーのことが好きなの？」

ボンネットの紐（ひも）をほどいていたキティは眉をひそめた。「どうしてそんなことを訊（き）くの?」あごの下の結び目に手こずらされる。「彼の言葉が聞こえたのよ――姉さんが貧者だろうと王子だろうと気にしないって。でも、姉さんのほうはそうじゃないでしょう?」

キティは肩をすくめた――レディらしくないことはもうしてはならないというドロシーおばの厳しい教えをつかの間、忘れて。「いい青年だと思うわよ」キティは弁解口調で言った。「いいところがたくさんあるし。だけどあなたが訊いているのが、わたしは財産目当てで彼を狙っているのかということなら、答えはもちろんイエスよ、セシリー。それ以外、なんのためにこうしてロンドンくんだりまで来たと思っているの?」

セシリーは少し途方に暮れたような顔になった。「それは」ゆっくりと答える。「それは、お金持ちなうえに、姉さんが好きにもなれる男性を見つけるためだと」

「だったらすごくいいでしょうね」キティは皮肉っぽく言った。「そのための時間がたっぷりあるのなら。だけどわたしたちに残された時間は十週間だけで、それが過ぎたら金貸しがネトリーコテージにやってくるの。そしてそのときこそ、手ぶらで帰ってはくれないわ」

## 6

翌日は晴れやかに明けた。キティに言わせれば、財産狙いにはうってつけの日和だ。ところがこの幸先のよさは短命で、ド・レイシー兄妹と落ち合ってみると、ミスター・ド・レイシーは子羊のようにおどおどした顔をしていた。

「残念だけど、母を説得するのは無理みたいだ」歩きだすと同時に打ち明ける。「しようとはしたんだよ、本当に。だけど、きみのお父さんが人の内面について言ったことを説明しようとしたら、母はヒステリーを起こしかけて」

その演説が描きだした光景は、ずいぶん誤って伝わってしまったのではないだろうかとキティは思った。

「あなたのことで、お母さまはお兄さまに手紙を書いたのよ」口を挟んだレディ・アメリアは今日も楽しそうだ。おそらく、ひどく退屈だったはずの時期にタルボット姉妹がさざなみを立てたことで、胸を躍らせているのだろう。

「どうして？」キティは警戒心をいだいて尋ねた。過保護なド・レイシー家の人間がもう一人増えるのは避けたい。

「きっと兄からぼくにひとこと言ってほしいんだよ――きみたちに会うことを禁止したりとか」ミスター・ド・レイシーがどうでもよさそうに言う。「なにも心配いらないよ。兄はいつも母のくだらない話を見透かすから」

かもしれないけれど、キティとしては兄妹の母親がますますこちらから引き離そうと躍起になる前に、ミスター・ド・レイシーをたぐり寄せておきたかった。でも、どうやって？

「ミスター・ド・レイシー、一つうかがってもいいかしら？」並んで歩いていくセシリーとレディ・アメリアの後ろで、キティは切りだした。「わたしはまだロンドンの流儀に慣れていなくて。あなたくらいの年齢と立場の殿方がまだ母親と暮らしているというのは、ふつうのことなのかしら？」

ミスター・ド・レイシーは驚いた顔になった。「学校時代の友人たちはみんなそうしているよ」正直に答える。「兄のジェイムズはいまもロンドンに自分だけの家を持っている――一家の屋敷はもう兄のものなんだけれどね。もちろん母は出ていくと言ったんだけど、兄は聞き入れなかったんだ。とはいえ兄はほとんどロンドンに来ないから、どちらもめったに使わない」

「そうなの」キティは考えるように言った。「もしあなたがそうしたいと言ったら、お兄さまはそのお家を使ってもいいとおっしゃるかしら？　というのも、もしわたしがあなただったら、一人暮らしが与えてくれる自由を満喫するだろうなと思って」

「どういう意味かな？」ミスター・ド・レイシーは尋ねた。自身の家を持つという発想はこれまで一度も浮かばなかったらしい。

「つまり、なにか思いついたら、いつでも、どんなことでもできるだろうということよ」キティは言った。「好きなように出かけたり、とか」

「母にもパットソンにも見張られなくなるということか。あの二人は、ぼくのすることなすことすべてにひとこと言いたがるんだ」話が見えてきたのだろう、ミスター・ド・レイシーが言った。

「夕食の時間に朝食をとってもいいし」キティはいたずらっぽく言った。「好きなだけ夜ふかししてもいい」

「悪くないね」不道徳な提案にくっくと笑う。

「ふと思っただけよ」キティは言った。「だけど、きっとすごく楽しいわ」

坊やの背中を押すにはこれでじゅうぶんであるようにとキティは祈っていたが、翌日にはもう、この戦術は失敗だったとわかった。レディ・アメリアが挨拶もそこそこに報告したのだ――タルボット姉妹とはもう二度と会ってはならないと命じられたと。ところがそんな命令にも兄妹は喜んで逆らうことにしたらしい。ほかに会って話すような人のいないロンドンで、若い仲間がいるというのは、無視できない魅力だったのだろう。

「どこかに自分の家を持ちたいとアーチーが言ったら、お母さまは気を失いかけたのよ」レディ・アメリアが語る。「お母さまは、なにもかもミス・タルボットのせいだと思っているわ」

「ばかばかしい」ミスター・ド・レイシーが即座に切り捨てる。「大げさなんだ。気にしてはいけないよ、ミス・タルボット、母もきっとすぐに道理がわかるようになるから」

セシリーが尋ねた。「あなたたちがいつもどおり、わたしたちに会いに出かけたこと、お母さまも気づくんじゃない？」

「平気さ」ミスター・ド・レイシーが言う。「母はまた例のめまいを起こしたんだ——いまはなんと呼んでいたっけな。とにかく、もう医者が二人も来ていたから、ぼくたちは混乱にまぎれて抜けだしてきたんだ」

「それでよかったのよ」レディ・アメリアが言う。「お母さまの体調のお話なんて、あと一秒だって聞いていられないもの。それに」セシリーの腕に腕をからめた。「このほうがずっとわくわくするわ——秘密だらけで」

キティの心は沈んだ。この関係が秘密になってしまっては、まるで目的にかなわない。秘密は醜聞を意味するし、醜聞の結果がどうなるかならよく知っている。それはわたしが望んでいる人生ではない。

「ミスター・ド・レイシー、そんな大騒ぎを引き起こしてしまって、とても残念だわ」キティは言った。「あなたのお母さまには嫌われたくないのに」

ミスター・ド・レイシーはどうでもよさそうに手を振って、そんな心配をきれいに払った。「大丈夫だよ、母もそのうち理解する」これで終わりと言わんばかりの口調だ。「それよりジェリーから届いた手紙の話を聞かせてあげるよ。イートン校でのぼくの友人でね、一週間かそこらでロンドンに来るんだ。じつにおもしろい話で――」

ジェリーの最新の悪ふざけについての長くてつまらない話をミスター・ド・レイシーがぺらぺらと語るあいだ、キティは調子を合わせて笑いつつも、意識はよそにあった。ミスター・ド・レイシーは、結局すべて思いどおりになると明るく信じて生きていけるかもしれないけれど、こちらはそうではない。なにかしらの外からの介入なしにレディ・ラドクリフが意見を変えるとはとうてい思えないし、となると、レディ・ラドクリフに好きになってもらう方法を思いつくまでだ。けれど、いったいどうすれば?

「お母さまのお体のこと、とてもお気の毒ね」ミスター・ド・レイシーの独白が終わるのを待って、そっと言った。「なにかわたしにできることがあればいいのに」

「そんな心配はするだけ無駄だよ」ミスター・ド・レイシーが言う。「医者はみんな、どこも悪いところはないと言って、母はそれを信じなくて、料理人かレディ・モンタギューからいんちき薬をもらって、結局それで治るんだ。で、少し経つとまたふりだしに戻る」

「そうなの」キティは考えながら言った。一拍空けて、続ける。「お話ししたことがあったかしら、わたしはお薬にとても興味があるって？」

「いや、ないな——というか、ぼくの覚えているかぎりではないよ」ミスター・ド・レイシーが認める。

「じつは興味があるの。ドーセットシャーでは、みんな気軽に薬草に頼っているのよ」嘘だ。「お母さまのめまいも、わたしには馴染み深いものに聞こえるわ。わたしたちの町のミセス・パーマーも似たような症状に悩まされていたのだけれど、わたしが調合した飲み薬で治ってしまったの。それをおすすめするメモをお母さまあてに書いてもいいかしら？」

ミスター・ド・レイシーは少し面食らった顔になったものの、もちろんとうなずいたので、そのあとウィンポールストリートに帰り着くと、キティは馬車を待たせて家のなかに駆けこみ、紙を取りだした。これ以上ないほどきれいな字でレディ・ラドクリフあてのメモをしたためてから、外に駆け戻ってミスター・ド・レイシーに渡した。

「きみはなんて親切なんだ、ミス・タルボット」ミスター・ド・レイシーは称賛に目を輝かせた。

キティは謙虚に礼を言った。もちろんキティは親切心からこんなことをしたのではないし、書きつけた薬の調合法も完全にでたらめでまったく無害なものだ。レディ・ラドクリフのようにしょっちゅう体の不調を訴える人を何人も目にしてきたキティは、そういう人が重きを置くのは自身の悩みへの同情とそれについて話すことなのだと学んでいた。そこで考えたのだ――わが子たちにも医療の専門家にも体調不良をすげなく片づけられたレディ・ラドクリフは、同情を寄せてくれる聞き手に飢えているのではないかと。我ながら当て推量だが、いまはそれに頼るしかなかった。

翌朝のウィンポールストリートはどんよりしていた。全員が疲れていた。ドロシーおばは旧友のミセス・エブドンと夜更けまでホイストを楽しんだせいで。キティはここ数日の緊張のせいで。セシリーは……。まあ、セシリーはなにをしても疲れる。幸先のいい春の天気は崩れ、東から冷たいそよ風が入ってきた。三人の女性は少し暗い気分で窓の外を眺めた――あらゆる英国人と同様に、三人もこの天候に気分を支配されていた。けれど少なくともビディントンでは、これっぽっちの寒気で一日ずっと家にこもっていたりしない。キティの妹たちはきっと空模様など意に介さず、大股で町へ歩いていっているだろう。とはいえ妹たちがなにをしているか、本当のところは知らない。手紙の返事がまだ来ないのだ。姉妹にとって、郵便物を受けとるための料金はかろうじてまかなえる贅沢だから、手紙はなるべく控えようと約束してきたものの、やはり妹たちからの声が聞きたくてたまらなかった。

「サリーが朝食を運ぶのを手伝ってくれる？」ドロシーおばがキティに頼んだものの、キティが応じる前にドアが開いてサリーが入ってきた。手にはいつもの盆ではなく、紙を持っている。

「お嬢さまあてにです」言いながらキティに差しだした。「持ってきた少年が言うには、ラドクリフ伯爵未亡人からだと」

疑いに満ちたその口調からは、嘘だと思っているのがよくわかった。キティは封蝋(ふうろう)を破った。分厚いクリーム色の紙に美しい筆記体でしたためられた文面は短かった。

親愛なるミス・タルボット

お心遣いのお手紙をどうもありがとう。教わったお薬にはたいへん効き目がありました。昨日、いただいてみたところ、症状がすっかり消えてしまったの。明日、訪ねてきてくださるなら、じかにお礼を申しあげたいわ。二時から四時まで在宅しております。

敬具

レディ・ヘレナ・ラドクリフ

キティはほほえんだ。

# 7

第七代ラドクリフ伯爵はカントリーハウスの朝食の間で、静かに朝食をとりながら手紙の束に目を通していた。ロンドン社交シーズンが始まるまであと二週間。その期間をにぎやかな都会から離れて過ごしているのは伯爵一人ではなく、上流社会のほとんどが同じように地方を満喫している。だがこの二年間、ほぼ完全にロンドンを避けてきたとなると、伯爵一人だった。父が亡くなって伯爵位を継承して以来、ロード・ラドクリフはロンドンのぎらぎらした人間に接するよりも、デヴォンシャーにある一家の屋敷にとどまるほうを好んできた。それでも、のりの利いた白いシャツに非の打ちどころなく結ばれたクラヴァット、そして輝く黒のヘッセンブーツという姿は、どこから見ても洗練されたロンドンの紳士そのものだ。地方にいることでゆるめている点があるとすれば、無造作に乱れた黒い巻き毛だけだろう。

「なにかおもしろいことでもあったか、ジェイムズ?」友人にして元第七歩兵旅団長のヘンリー・ヒンズリー大尉が、長椅子の上に寝転がったままのんびりと呼びかけた。

「仕事ばかりだ、ヒンズリー」ラドクリフは返した。「それと、母上からの手紙が一通」

ヒンズリーが短く笑った。「今週だけで三通めだな。ご病気か？」

「相変わらずな」ラドクリフは上の空で答え、紙面に目を走らせた。

ヒンズリーがもっとよく友を見ようと、両肘をついて体を起こした。「腰痛か？　梅毒か？」尋ねてにやりとする。「それとも、アーチーがぞっこんだという小娘のことでおかんむりか？」

「最後の一つだ。ただし件の若いレディは〝小娘〟から〝強欲女〟に昇格した」

「おお怖い」ヒンズリーが胸に手を当てる。「そんなにひどい呼び方をされるなんて、気の毒な娘さんはなにをした？」

ラドクリフは声に出して読みはじめた。「〝愛する息子ジェイムズへ。どうかいますぐロンドンに飛んできてちょうだい。わたくしたちの愛するアーチーが、わたくしの大事な息子が、あなたの弟が〟――母上はぼくが、アーチーが何者か忘れたと思っているのか？――〝いまにも破滅しそうなの。あの子は起きているあいだずっとあの強欲女と過ごしていて、その鉤爪にしっかり押さえられているのよ。このままでは、じきに手遅れになってしまうわ〟」

不吉な口調で朗読を終えると、ヒンズリーがまた短く笑った。

「彼女の狙いはアーチーの純潔かな？　運のいい坊やめ。それで、きみは弟の救出に駆けつけるのか？」

「期待されているのはそれらしい」ラドクリフは辛辣に言って、文面の最後まで目を通した。「とはいえ、かわいい弟の秘密の逢瀬の現場に乱入するのは少々気まずいだろうな」

「家族にする仕打ちではないよな」ヒンズリーが即座に同意した。そこで間を空けて、少し考えてから続けた。「心配したほうがいいと思うか？　アーチーは成年に達したらかなりの財産を相続するんだろう？　問題の女性はそれを狙っているのかもしれないぞ」

ラドクリフは驚いて手紙から顔をあげた。「ハリー、きみまでそんなことを言うのか？　少しはぼくの判断を信用してくれ。アーチーはまだ子どもだし、今回も例によって幼い恋心にすぎないさ。こういう手紙は毎年来るんだ。もし弟が真剣なら、母上ではなく弟本人から手紙が届いているはずだ」

抗議の意味で手紙を振ってみせたが、友はにやりとするだけだった。「じゃあ、いまもあの子に崇拝されてると思っているのか？　この二年間、ずっと田舎に隠れていたのに？　そんなふうに家族を避けているんじゃ、顔も見ていないんだろう？」

「別に避けてはいない」ラドクリフは冷ややかに言った。「家族の面倒は母がじゅうぶんに見ている。ぼくの助けなど必要としていない」

声に出してみると、我ながら薄弱な言い訳に聞こえたので、顔をしかめた。

「だが、いま必要とされているんじゃないのか？」ヒンズリーが真顔で見つめた――めずらしく真剣に。「きみもいつかはまっとうな伯爵にならなくちゃいけないんだぞ、ジェイムズ。永遠にここに隠れてはいられない」

ラドクリフは聞こえなかったふりをした。ヒンズリーがよかれと思って言っているのはわかっている――ともに大陸で戦ったハリーのことだから、まだ父が背負っているべき責任を負うことをラドクリフがこれほどいやがる理由もわかっているのかもしれない。なにしろ二人は同じ恐怖を見た。だが、ラドクリフよりはるかに長くウェリントンの軍に所属していたヒンズリーのほうが、ずっと簡単にその恐怖を忘れられたように思えた。そしてヒンズリーもこの国のほかの人々もみんな戦争は終わったと思っているかもしれないが、ラドクリフにはそう思えなかった。ここラドクリフホールにいるほうが、楽だ――土地の管理をして、借地人と話をして、責務を覚える。それなら許容範囲内だ。だが伯爵としてロンドンに戻り、貴族院で父が占めていた席につき、家族を連れてロンドンのけばけばしい舞踏室を回って、まるでなにも起きなかったようなふりをするのは――無理だ。できない。する必要もない。

「心配してくれてありがとう、友よ」しばしの間のあとに穏やかな口調で言った。「だが先ほど言ったとおり、アーチーが本気なら自分で手紙を書くはずだ」

そのとき執事が咳払い(せきばら)をした。「ミスター・アーチボルドからのお手紙が束に交じっております、旦那さま」ビーヴァートンが礼儀正しく言った。

ヒンズリーが笑った。「おやおや！」愉快そうに言う。「恋してしまったという告白かな？」

ラドクリフは顔をしかめ、手紙の束を次々とめくって、弟の筆跡を見つけた。

「ああ」すばやく文面に目を走らせながら言う。「そのようだ。それから、その娘との結婚すら考えていると」

「なんとまあ！」ヒンズリーが立ちあがり、自分の目でたしかめようとラドクリフの背後に回ったので、ラドクリフはいらいらと手紙の向きを変えた。手早く封筒のなかに押し戻し、コーヒーを飲み干してから朝食の席を立った。

「たった数週間で、どうしたらそんなことに？」ヒンズリーがコーヒーのおかわりをそそぎながら言う。

「まったくだ」ラドクリフは厳しい声で言った。「ハリー、悪いが早めに滞在を切りあげてもらうことになった。ぼくはやはりロンドンで必要とされているらしい」

グロヴナースクエアにあるド・レイシー家の邸宅に足を踏み入れたラドクリフは、少なからずぞっとした。どの窓のカーテンもぴったり閉ざされて明るい陽光を締めだしているため、屋敷のなかはほぼ真っ暗で、葬儀の静寂に包まれている。それでもパットソンはいつもどおり出迎えてくれた。ラドクリフが思い出せるかぎりの昔からこの家を取り仕切っている男で、両親と同じくらい、幼少期から切り離せない存在だ。頼もしい歓迎にラドクリフがパットソンの腕を握ると、パットソンは顔にはっきり安堵の色を浮かべた。

「今度はなんだ、パットソン?」ラドクリフは察して尋ねた。

「偏頭痛、とお呼びだったかと存じます、旦那さま」パットソンはほとんど唇が動かないほど静かに答えた。

「フランス語だと? いったい母上はどこでそんなものを仕入れてきた?」海を越えた病気となると、たちが悪いのが常だ。

「どうやら」パットソンが慎重に言う。「診断をくだされたのはレディ・ジャージーで、同じような症状に悩まれたことがおありだとか」

「なるほどな。それで……深刻なのか?」ラドクリフは尋ねた。こうした病気は真剣に受けとめるのがいちばんだと、過去の経験からわかっていた。あまり軽んじた見方をすると、取り返しのつかない侮辱を与えてしまうことがあるのだ。

「低い階級では、頭痛、として知られているものかと存じます」パットソンが上手に答えた。「急に起きたものでございます――具体的に申しますと、訪問なさっていたレディ・ジャージーがお帰りになった直後に」

パットソンの顔は完全に無表情だった。ラドクリフは笑みをこらえて足早に客間に入っていった。ここはさらに暗かったので、母の輪郭がわかるまでに少し時間がかかった。その母はというと、芝居がかった姿勢で長椅子に横たわっていた。

「おはようございます、母上」パットソンにならって声を落とし、そっと呼びかけた。

伯爵未亡人はぱっと体を起こした。「ジェイムズ？　あなたなの？　まあ、なんてうれしいことかしら」元気よく長椅子から飛び起きた。

「なにも見えないじゃない！」伯爵未亡人が憤然として言い、大きな声で呼んだ。「パットソン！　パットソン！　なにも見えないわ。カーテンを開けてちょうだい。これじゃあまるで死体安置所よ」

腹を立てたせいで、室内が暗いのは自分がそうしろと命じたからだという事実をきれいに忘れてしまったようだが、パットソンはなにも言わずにてきぱきとカーテンを開けて、客間を光で満たした。レディ・ラドクリフはだらしないでたち(アン・デザビーユ)で、髪は大ざっぱにまとめただけだし、灰色のドレスは飾り気がない。それでも軽やかな足取りで長男に近づくと、腕を大きく広げて温かく抱きしめた。

「ジェイムズ、愛(いと)しい子、会えて本当にうれしいわ」一歩さがって息子の両手を取り、まじまじと全身を眺める。

「ぼくもですよ」ラドクリフはほほえみ、やさしく母の両手を握り返した。「お元気でしたか？　パットソンの話では、かなり低調だったそうですが」

「ばかおっしゃい」レディ・ラドクリフが即座に打ち消すと、その背後でパットソンがほんのり傷ついた顔になった。「わたくしがそう長く倒れている女性ではないことくらい、知っているでしょう」

そのとおりだ。楽しみにしていた社交行事が目前に迫るとレディ・ラドクリフの病気がたちどころに消えてしまうさまは、ときに奇跡とも呼べるくらいだった。

「だけど、どうしてここにいるの、ジェイムズ？　ラドクリフホールから動かないと決めてしまったものと思っていたわ」

ラドクリフは眉をあげた。「そうですよ——ですが母上の手紙がじつに興味深かったので。ぜひそのミス・タルボットとアーチーの話をすべて聞かせてください」

大仰な手紙の内容をそのまま目の前でくり返されるのかと思っていたら、裏切られた。

「ああいやだ、ジェイムズ、どうかなにも言わないで」母は両手を頬に当てて、愛らしい恥じらいのしぐさをした。「わたくしがおばかさんだったのよ！」

「おばかさん……」ラドクリフはおうむ返しに言った。正直に言うと、かなりの距離をずいぶん急いで旅してきたので、母のこの反応には少しばかり苛立(いらだ)たされたが、どうやら事態はおおごとではなさそうだ。

「ええ、じつはね、最初はてっきりミス・タルボットのことを財産狙いだと思ってしまって、だからアーチーにはまったくふさわしくないと考えていたの。だけど実際は心配することなんてなかったのよ」

だなと考えた。

「それはよかった」ラドクリフは言いながら、であれば早々にデヴォンシャーに帰れそうだなと考えた。

「ええ、ええ。こんなに人を見誤ったなんて信じられないわ。ミス・タルボットは本当にすばらしいお嬢さんよ」

「ふーむ」上の空で答えた。だとしても葦毛(あしげ)の馬は休ませなくてはならないから、いますぐ出発というわけには――そのとき、母の言葉が引っかかった。

「母上、それはつまり、アーチーとそのミス・タルボットとやらはいまも交流があるということですか？」

「もちろんよ！　ミス・タルボットと妹さんは、いまではよくここへ訪ねてくるの。ミス・セシリーはアメリアと同じバース女学院に通っていたし、姉妹はドーセットシャーのリンフィールド家とごく親しいんですって。最初は完全に人柄を見誤ってしまったわ――わたくしが子どもたち全員を心配しがちなのは知っているでしょう？　裕福なせいで、悪い人種の餌食にされてしまうかもしれないと恐れていることは」

たしかに知っている。母は手紙のなかで、もっとひどい呼び方もしていた――いかがわしい性悪女、と。

「わたくしが間違っていたわ。むしろミス・タルボットはこのうえなく親切なお嬢さんよ。先週、めまいが続いていたときだって、だれより気遣ってくれたのは彼女だし、ドーセッツトシャーのお薬で完全に治してもくれたの」

「そうですか」ラドクリフは考えながら言い、椅子に腰かけた。

「そうなのよ。そしてわたくしはこう思うの――他人の健康に示す態度ほどその人の人柄を表すものはない、とね。あなたもそう思わない？」

「完全に同意しますよ。じつによく表している」ラドクリフは答えた。

口調は穏やかだったものの、なにか含みがあるように聞こえたのだろう。母は少し言葉を止めて、やや心配そうに続けた。「もちろんアーチーにはもっと立派な方とお友達になってほしいわ。だけど思うの、友情が長続きすればアーチーも幸せだろうと。そしてあの子の母親としてわたくしが望むのは、ほかのなによりそれなのよ」

母は、両親が整えた政略結婚ではるかに年上の男性と夫婦になったので、その言葉は信じられた――し、気持ちもむげに否定できなかった。しかし……。

「アーチーもアメリアも長期的な関係を考えるにはまだ若すぎるということで、意見が一致したと思っていましたが」穏当に言った。

「そうね」母が認める。「実際、あの子たちはまだ若すぎるわ。だけどお友達関係を続けたいというのを許しても害はないと思ったの。十中八九、二人ともじきに飽きるでしょう。それならもう少しのあいだ、一緒の時間を楽しませてやってもいいじゃない。だってミス・タルボットとアーチーは、趣味も興味の対象もすべて同じなのよ！」

ラドクリフはまたふーむとうなった。

「ジェイムズ、お願いだから気難しいことを言わないで」母がとがめるように言う。「もう少し待てるなら、じきに当の姉妹がやってくるわ。アーチーにもアメリアにも、とてもいい影響を与えてくれているのよ。日々の散歩にも誘ってくれるものだから、アメリアなんて、ここ数年でいちばん外の空気を吸っているんじゃないかしら。新鮮な空気は体にいいものでしょう？　あなたも一度ミス・タルボットに会えば、きっと好きになるわよ」レディ・ラドクリフは安心させるように言った。「わたくしたちみんな、彼女のことが好きだもの――ドティさえもね」

「ぜひ会ってみたいですね」きわめて愛想よく答えたが、心のなかでは疑惑の炎が広がっていた。

たしかにドティは人を見る目があるし、だれだろうと簡単には認めないところがあるが、しょせんは猫だ。

# 8

ミスター・ド・レイシーとレディ・アメリアに続いて、グロヴナースクエアの壮麗な邸宅前の階段をのぼるミス・キティ・タルボットは、いたく自分に満足していた。この一週間、ほぼずっとそんな気持ちだった。なにしろいまでは伯爵家の次男坊の愛情だけでなく伯爵未亡人の愛情まで勝ちとったのだ。こちらが健康状態を気遣い、深い同情を示すことで完全に牙城を崩したあと、ドーセットシャーの薬(キティは〝回復の特効薬〟と呼んだが、実際はエルダーフラワーの茎と乾燥させたタイムの小枝で香りづけしただけの水)でめまいが治ってしまうと、レディ・ラドクリフはキティを天使とみなすようになった。

キティは計算した――こちらに語りかけるときのミスター・ド・レイシーの声の温かさ、一緒にいるときにうっとりしたまなざしをそそがれる時間、こちらに会いたがるときの熱意などからはじきだすに、わたしたちの婚約は一週間も先ではないと。この幸せな状態についてて考えながら客間に入っていったとき、となりで叫び声がしてぎょっとした。

「ジェイムズ!」

ミスター・ド・レイシーとレディ・アメリアが同時に前へ駆けだして、背もたれの高い椅子から立ちあがった長身の男性に挨拶をしたので、戸口に残されたキティは目をぱちくりさせた。少しばかり動揺していた。名前と交わされている挨拶からすると、これこそロード・ラドクリフに違いないのだが、ここまでに集めてきた情報で、この紳士がめったにロンドンには現れないことを知っていたからだ。

若いド・レイシーたちは熱心すぎる子犬のように兄にまとわりついている。ロード・ラドクリフはほとんど家族と会わないと聞いていたので、家族への愛情をたいしてもち合わせていないのではと思っていたが、思い違いだったらしい。握った手を離そうとしないミスター・ド・レイシーに向ける温かいまなざしや、肘を引っ張るレディ・アメリアのほうへ首を傾けるときの甘やかすような笑みを見れば明らかだ。そうして三人が再会を喜んでいるすきに、キティは堂々とロード・ラドクリフを観察した。背は高く、引き締まった体つきは運動を好むからだろう。いかにもハンサムで、豊かな黒髪にやさしげな灰色の目、くつろいだ態度は自信に満ちている。とはいえ、それで好感をいだきはしなかった。経験上、外見のいい男性ほど内面はよろしくないし、そこに富と肩書きが加わればなおさらだ。

キティはゆっくり前進し、妹のセシリーがついてくるのを待ってから、レディ・ラドクリフの前でお辞儀をした。

「お邪魔でなければいいのですが」キティは言った。「ロード・ラドクリフがいらっしゃるとは存じあげなかったので」

「邪魔だなんて、とんでもない」伯爵未亡人が言い、二人を手招きした。「ジェイムズ、ジェイムズ——タルボット姉妹に紹介したいの。わたくしたちの新しいお友達よ」

「ミス・タルボット、ミス・セシリー」ロード・ラドクリフが挨拶し、お辞儀をする姉妹に礼をした。

体を起こしたとき、キティは初めて伯爵の目をまともに見た。さっき、わたしは本当にこの目をやさしげだと思ったの？　きっと光の加減のせいだ。いまは氷のようで、冷ややかにこちらを値踏みしている。恐怖の一瞬、すべて見透かされている気がした。これまでに自分がしたり考えたりしてきた恥ずべきことを一つ残らず知られていて、その一つ一つを糾弾されているような気が。息がつかえ、いまならこのわたしでも赤面できそうだと思った。伯爵が目をそらして恐怖の瞬間が去ると、どうにか気持ちを立てなおした。客間のあちこちに全員が腰かけて、パットソンが軽食をのせた盆を運んできた。キティはありがとうとささやきながら焼き菓子を受けとった。

「ミス・タルボット」一口めを頬張ったとき、ロード・ラドクリフが呼びかけた。「ぼくの家族とどうやって知り合ったのか、ぜひ聞かせてくれ。アーチーの手紙に書かれていたのは、たしか……靴がきっかけ、だったかな？」

「まあいやだ！」キティは恥じらいを装ってうつむいた。「ええ、レディ・アメリアとミスター・ド・レイシーがあの日、わたしたちを助けてくださったことには本当に感謝しています。とても困った状況に陥っていたので。けれどそのおかげで二人の親友が再会できたのですから、すばらしいことでした」

そう言って妹にほほえみかけたものの、セシリーは気を利かせてなにか言ってくれはしなかった。難しい子。だがミスター・ド・レイシーは溶けたバターのごとくうっとりとこちらを見つめていたので、キティはそこに励ましを見いだそうとした。

「ああ、じつにすばらしい、奇跡的とも呼べる偶然だな」ロード・ラドクリフが同意した。その口調は相変わらず礼儀正しかったが、キティは胸がざわつくのを感じた。

「わたしはとても運がいいんだと思います」キティは言った。レディ・ラドクリフのほうを向き、尋問のようなこの流れを断ち切ろうとした。「お天気はこのままよくなっていくそうですね。湿気も落ちつくといいんですが。きっといやな偏頭痛(ミグレン)を引き起こしているのはそれでしょうから」

「本当にそのとおりね」レディ・ラドクリフがあきらめたように言う。「けれどよくなるとは思えないわ」息子のほうを向く。「あなたが出発したとき、ラドクリフホールはいい状態だったのかしら？」

「ええ、もちろん」伯爵が即答した。

「ラドクリフホールはとても美しいところだと、ミスター・ド・レイシーからうかがいました」キティは言い、愛想笑いを浮かべた。「もっとお話をうかがいたいわ」

「この場にいる面々のほとんどには、そんな話はひどく退屈でしょう」ロード・ラドクリフが冷ややかに言った。「代わりにあなたの領地の話を聞かせてくれませんか——ネトリー、だったかな？」

キティの笑みはこわばった。「喜んで。ですが領地と呼ぶのは少し気前がよすぎるかと思います」

「ほう」ロード・ラドクリフが言った。「アーチーの話から、かなり広いのかと思っていましたが」

必死にこらえなくては、とがめるような目でミスター・ド・レイシーをにらんでしまいそうだった。失敗したことに気づいたのだろう、青年が急いで口を挟んだ。

「いや、違うんです、兄上。立派だというのは、広さより美しさの意味で言ったんですよ」この言いまわしがひどく気に入ったらしく、ミスター・ド・レイシーは得意げにほほえむと、称賛を求めてキティを見た。怒っていると思わせても意味はないので、キティもほほえんだ。とはいえ、無用な誇張でこちらの努力にせっせと水をかけないでほしいと思うのは、望みすぎだろうか？　これではまるで、わたしがわざと誤解させようとしたみたいだ。そんな下手は打ったりしないのに、じつに苛立(いらだ)たしい。

「わたしからは、なんとも」キティは言った。「いずれにせよ、わたしたちはそう思っています」

　もう一度セシリーを会話に引きこもうとして、なにか言ってくれるよう願いつつ妹のほうをちらりと見たが、セシリーはぼんやりと遠くを眺めていた。間抜け面も女性なら罪とみなされないのだから、運がいいと思うべきだろう。

「なるほど」ロード・ラドクリフがさらりと言った。「西部、でしたね？」

　その口調のどこかにキティは警戒心を覚えたが、答えないわけにはいかなかった。

「ドーセットシャーです」正直に言った。「ドーチェスターのすぐ西です」

「ぜひ見てみたいな」ミスター・ド・レイシーが熱っぽく言う。青年の純粋な熱意に、キティの苛立ちも少しやわらいだ。

「いつでも、あなたの好きなときに」無謀にも約束すると、大きな笑みが返ってきた。

　兄がミス・タルボットに示す関心にも飽きてきたのだろう、そこからはミスター・ド・レイシーとレディ・アメリアが会話を引きとった。そこでキティも一家にとりいるという作業にふたたび集中できるようになり、話にじっくり耳を傾けては、適切なところで鈴の音のような声で笑ったり興味深そうにうなったりした。やがて姉妹が暇を告げるころには、キティに自尊心をくすぐられたのと兄に意識をそそがれたのとで、レディ・アメリアもミスター・ド・レイシーも上機嫌になっていたため、結局はこの日の予期せぬ変化にもうまく対応できたのではないかとキティは感じていた。あとは、弟のことをどれほど幸せにできるかをロード・ラドクリフに証明するだけだ。なにしろ母親のほうは異論がないのだから、兄も反対するわけがない。

全員とさよならを交わし、ミスター・ド・レイシーからはまた明日と熱心に約束されて、キティは最後にロード・ラドクリフの前でお辞儀をした。そのとき、伯爵の目に先ほどと同じ表情を見た――深く斬りつけ、おまえはここに属していないと明言する表情。姉妹が歩いて帰るつもりだと知ったレディ・ラドクリフがすばやく用意させたド・レイシー家の四輪馬車に乗りこみながら、キティは不安で落ちつかなかった。どうしてあんな軽蔑の目で見るの？　ほかの家族はみんなわたしを認めているのに？　あんな反応をさせるなんて、わたしはいったいなにをした？　まるでわからない――まったく気に入らない。

一方、ラドクリフは数時間後、一家の邸宅を出てセントジェイムズプレイスにある自身の家に向かいながら、三つのことを確信していた。一つ、弟も家族も危険なほどミス・タルボットに夢中だ。二つ、ミス・タルボットはアーチーに恋心などみじんもいだいておらず、金のことしか頭にない。三つ、責任をもってぼくがすべてをつぶす。

# 9

　キティが朝食のテーブルにぱしんとメモをたたきつけると、妹とドロシーおばは飛びあがった。

「ド・レイシー兄妹が今日の散歩を中止にすると言ってきたわ」怒った声で説明する。

「ミスター・ド・レイシーはお兄さんのラドクリフと午後を過ごすし、レディ・ラドクリフとレディ・アメリアはレディ・モンタギューの娘たちに誘われてエルギンマーブルを見に行くんですって」

「伯爵が弟と一緒に過ごしたいと思うのは自然なことじゃない？」セシリーが軽い口調で言う。「それに、わたしだってエルギンマーブルを見てみたいわ」こちらは切ない口調だ。セシリーにとっては残念なことに、これまでのところ、姉妹はキティの夫探しに明け暮れるばかりで、観光する時間はほとんどなかった。

「今週二度めよ？」キティは鋭く返した。「自然なことなんかじゃないわ。意図的よ。ラドクリフはわたしたちの交流を断とうとしているのよ」

話の飛躍についていけなくて、セシリーは少し戸惑った顔になった。

「だから忠告したでしょう！」ドロシーおばが歌うように言った。その顔の一部は女性向け雑誌〈ラ・ベル・アッサンブレ〉最新版の陰に隠れている。「母親はごまかせたかもしれないけれど、ロード・ラドクリフのほうにはどうやら真意を見抜かれたようね……。ねえ、いまからミスター・ペアーズに乗り換えても遅くないのよ」

キティはいきなり立ちあがった。「帽子を取ってきなさい、セシー。それからサリーを呼んできて。出かけるわよ」

「いまから？」セシリーは、急ぎ足で部屋を横切る姉に悲しげな声で呼びかけた。「どこへ行くのよ？」

「そのなんとかマーブルを見たいの？　見たくないの？」キティは肩越しに返した。

やわらかな紫色の黄昏（たそがれ）のなか、グロヴナースクエアに歩いて帰るアーチーは上機嫌だった。今週は二度、ラドクリフが紳士のクラブ〈ホワイツ〉に連れていってくれた。三十歳を過ぎたご老体にならなくては越えられないと思っていた神聖な敷居をまたいだのだ。どんな想像をも上回るほど胸躍る体験だった。薄暗い部屋、男性同士の会話の低い響き、葉巻の煙のもや。なんてすばらしい。うれしさのあまり、ホイストの最後のゲームについてこと細かにラドクリフに語って聞かせずにはいられなかった――兄も同じテーブルを囲んでいたというのに。

「ぼくが手を見せたときの彼の顔を見ましたか、兄上？」アーチーは少年のように勢いこんで尋ねた。

「ああ」ラドクリフは辛抱強く答えた。「間違いなく不機嫌だったな」

「実際にうなっていましたよ」アーチーは得意げに言った。「ざまあみろ！」

ラドクリフには、この日の午後はそこまで魅力的ではなかった。若いころに〈ホワイツ〉やほかのクラブで長い時間を過ごしたが、また訪れたいと思わなくなって数年が経つ。とはいえ、楽しい時間だったことは否めない。アーチーの細かな午後の描写にはひどく退屈させられるとしても、おかげで弟は朝からミス・タルボットのことを話していないのだから。前日は何時間もミス・タルボットを称えて、どれほど慕っているか、いかにさまざまな美点があるか、もしかしたら結婚さえしたいかもしれないと語っていた。幸い狙いどおり、多少の軽い賭けごとで弟の気はそれた。もう二、三日こんなふうに過ごせば、ミス・タルボットという脅威は完全に過去のものになるだろう。それでもグロヴナースクエアに着いたときにはほっとした。早くアーチーを母の手に返して、比較的静かなセントジェイムズプレイスに撤退したかった。

「パットソン、母上と妹はいるかな？」アーチーがはずむ足取りで玄関ホールに入りながら尋ねた。「トランプゲームの話を聞かせてやらなくちゃ！」

ここに残ればもう一度アーチーの演説を聴くはめになると察して、ラドクリフは口を開けて別れを告げようとした――自身の書斎の暖炉の火とありがたい静寂を思い描きながら――が、そのときパットソンが言った。

「お二人とも、客間でミス・タルボットと軽食を召しあがっておられます」

「ミス・タルボットが来ているの？」アーチーの顔がぱっと輝いた。「すばらしい！　兄上も一緒にどうですか？」

「ああ、そうだな、そうしよう」ラドクリフは言い、弟のあとから静かに客間に入っていった。

「まあ！」伯爵未亡人が息子たちに気づいて言う。「抜群のタイミングね！」

「これは驚いた」ラドクリフは女性陣に礼をした。「全員揃って、待ち伏せしていたとは」

「あら、それじゃあわたしたちが悪党みたいですわ！」ミス・タルボットが陽気に言った。

その冗談にアーチーは大笑いしたが、ラドクリフはにこりともしなかった。

「あなたたちも一緒にお座りなさい」レディ・ラドクリフが言う。「ジェイムズ、エルギンマーブルはあなたが言っていたとおり、じつにみごとだったわ。そこでタルボット姉妹ともばったり会えたのだから、本当にうれしかった」

「それはすてきな……偶然だ」ラドクリフが一瞬、ミス・タルボットに視線を据えると、彼女はくいとあごをあげた。

「本当だね」驚いた様子でアーチーが言った――母と妹の予定を朝の手紙でミス・タルボットに教えたのは自分だということを完全に忘れて。すでに最高だった一日にタルボット姉妹まで加わって、アーチーは有頂天になっていた。が、そこでふと礼儀を思い出し、女性陣に深々と礼をした――前にいるのは公爵夫人で、だんだんラドクリフにはわかってきたようなあくどいフジツボ女ではないかのように。兄弟も椅子に腰かけた。案の定、アーチーは愛(いと)しい人のとなりに陣取って、彼女を喜ばせる役目に取り組もうとしていた。

「ミス・タルボット、久しぶりですね」アーチーはそう言ってしまってから、原因が自分にあることに気づいて、口ごもりながらも散歩を中止した謝罪を述べた。「その、ぼくは〈ホワイツ〉に行っていたんです」若者らしい純粋な熱をこめて、うやうやしく説明する。「とてもすばらしいところですよ」

ラドクリフは弟を無視してまっすぐミス・タルボットを見た。悪党には見えないが、それが悪魔の手口ではないか？　この女性は狼(おおかみ)さながら、上流社会に溶けこむための装いをし、最新流行である透けそうに薄いスカートを重ねて、髪はもろくはかない印象を与える外向きの巻き毛に整えている。たしかによく似合っているが、ミス・タルボットにはこの上品ないでたちに収まりきらない生命力を――もっと言えばたくましさを、強烈に感じた。たとえばミス・タルボットが当世風にいきなり気を失いそうだと思う者は、まずいないだろう。

アーチーの目に浮かぶまぎれもない崇拝の念を見れば――ラドクリフに言わせれば、ごほうびをほしがる子犬そっくり――弟がそのどれ一つとして気づいていないことは明らかだ。いまはミス・セシリーがエルギンマーブルについて語っているのに、アーチーが見るからに聞いていないのは、恥ずかしいだけでなく無礼でもある。とはいえミス・セシリーの話はひどく退屈なので、弟を完全には責められない。最終的に全員を退屈から救ったのは姉のミス・タルボットだったが、その動機は利他的なものではなかった。

「奥さま」ミス・タルボットが切りだした。「今朝読んだ本がとても興味深かったので、ぜひご紹介させてください。運動をすると脳が元気になるということが、長々と書いてあったんです。レディ・アメリアからうかがったんですが、奥さまは乗馬がたいへんお上手とのこと。もしかしたら、乗馬こそ目下のご病気を治す手段かもしれませんよ」

「最高の考えだ！」母親が返事をするより早くアーチーが言った。「母上、明日はみんなで乗馬をしましょう！」

「どうかしら」伯爵未亡人が言う。「あなたたちは元気に馬を駆るでしょう？　わたくしはもう疲れ果てているのに」

「ああ」ミス・タルボットが目を伏せてため息をついた。「わたしもロンドンに馬を持っていれば、ゆっくりしたペースで喜んでおともしますのに、レディ・ラドクリフ」

「あら、うちの馬を使えばいいじゃない」レディ・アメリアが声をあげた。いつでも好きなときに乗れる馬がいないなど、あってはならないと言わんばかりだ。

「そのとおり！　そうだ、全員で出かけようよ」アーチーが宣言した。「パーティだと思って、ウィンブルドンまで出かけよう！　明日！　ミス・タルボット、きみはペレグリンに乗るといい」

キティは大げさに息を吐きだして、片手で胸を押さえた。「そんなふうにからかうなんて、いけない人」悩ましげに言ってから、レディ・ラドクリフのほうを向いた。「だけどもしご迷惑でないのなら……」深い敬意を示しつつ言う。ところがこれに答えたのはロード・ラドクリフだった。

「迷惑だなどと、とんでもない」なめらかに言う。「ぼくがエスコート役を務めよう」

「最高だ！」アーチーが言う。

「ええ……すてき」ミス・タルボットも言った。

ラドクリフは、彼女が歯を食いしばっているのではないかと思い、自身が歯を剥きたい衝動をこらえた。

そこからはアーチーとアメリアのおしゃべりが続き、ほどよい興奮とともに遠出の計画が立てられたが、弟も妹も、自分たちがつまらない操り人形のごとく簡単に操作されたことにはまったく気づいていないようだった。この件は終わったと考えていた自分は愚かだったと、ラドクリフはいまごろ悟った。じつに愚かだった。

タルボット姉妹はそれからさほど長居をしなかった――する必要があるだろうか、訪問の目的は完璧に果たしたのに、とラドクリフは不機嫌に思った。姉妹は明るい声で別れを告げて、きれいにお辞儀をし、明日は朝早くに会いましょうと熱心に約束して去っていった。

ほんの数本、通りを隔てたロンドンの自宅に着いたとき、ラドクリフは胸のなかであれこれ思案していた。それゆえ、友人のヒンズリー大尉が書斎でゆっくり最高級のブランデーを楽しんでいるのを見たときも、素直に喜べはしなかった。

「それで、ジェイムズ?」友が興味津々に尋ねた。「彼女はもう追い払えたか?」

「いや」ラドクリフは苦々しく答え、自身もグラスにブランデーをそそいだ。「母が手紙で訴えていたとおりの、強情で危険な女だった――当の母は、そのことはきれいに忘れているらしいがな。ミス・タルボットはぼくの家族全員を、完全に意のままにしてしまっている。ぼくがこのタイミングでロンドンに戻ってきていなかったら、いったい家名にどんな傷をつけられていたか。幸い、社交シーズンはあと一週間ほどで始まるし、そうなればアーチーは気を引こうとする若い女性の群れのほうにうまいこと意識がそれるだろう。ぼくはただ、弟のために、これからの七日間であいつが彼女に求婚しないよう、目を光らせていればいいだけだ」

ヒンズリーがちらりと伯爵を見て、にんまりした。「驚いたな!」ほとんど誇らしげに言う。「いかにもお父上の言いそうなことを言うようになってきたじゃないか」

ラドクリフは少なからぬ不快感を覚えつつ、友をにらんだ。「やめてくれ」抗議するように言う。「そんなことはない」

「あるさ」友はゆずらなかった。「家族のためだの、家名だの。おやじさんがきみにウェリントンあての書簡を持たせて大陸に送りだす前、きみについて言っていたのとまさに同じことだ」

ラドクリフは鋭い目で友をにらんだ。「ぼくが書簡を届けただけじゃないことくらい、知っているだろう」

「ああ。で、ボナパルト翁が逃げてくれてよかったよ。さもないときみはウィーンで死ぬほど退屈していただろうからな」ヒンズリーが言い、非常識にもにやりとした。

「それにぼくは、アーチーが酒と賭けごとに浸りすぎだと勘違いして国から追いだしたりしない」ラドクリフは言い、ヒンズリーの言葉を無視して原点に戻った。「ぼくはただ、弟がミス・タルボットのような人物の餌食にならないように気をつけてやっているだけだ」ブランデーを口に含んでしばし考えにふけり、また口を開いた。「だがきみは完全に間違ってもいないな。たしかにぼくはめったに父と意見が合わなかったかもしれない――人生のほとんど、父を憎んでいたとも言える。だが父にはわかっていたし、ぼくにもわかっているのは、この家族の一員であるなら、ああいう毒蛇から互いを守らなくてはならないということだ。ぼくはそれを言いたかった」

「弟をだれとも結婚させたくないんだろう」ヒンズリーが訳知り顔で言う。

「弟のことを好きでもなんでもないような人物と結婚させたくないんだよ」ラドクリフは訂正した。「まあ、見ていろ。一カ月後には、ぼくらは彼女の名前すら忘れている」

# 10

　翌朝、ロード・ラドクリフがグロヴナースクエアに現れたときには、キティと妹はもう馬に鞍をつけていた。キティが乗っている牝馬は、ふだんはレディ・ラドクリフのためにとってある一頭で、じつは伯爵未亡人は、本人が体を動かす気にさえなれば驚くほど乗馬がうまかった。この鹿毛はキティが見たこともないほど美しく、過剰なほどに上品なところが、乗馬が久しぶりのキティにとっては幸いだった――ミスター・リンフィールドという婚約者を失ったことで、タルボット家は唯一近づくことのできていた厩舎も失っていたのだ。結局、レディ・ラドクリフはひどい疲労感に襲われたので仲間には加わらないことになったが、それを聞いてキティもラドクリフも驚いたり落胆したりしなかった。二人とも、伯爵未亡人がいないほうがこの日の目標は達成しやすいと考えていた。

　森さながらに建物の立ち並ぶロンドンの街は、キティの目には終わりがないように映ったものの、一行はすぐにそこを抜けだし、玉石敷きの通りはほこりっぽい道に、人が行き交う歩道は草の茂る野原に変わっていった。気を抜いてはだめ、とキティは自分に言い聞かせた。未来をたしかなものにするためには、今日という日もほかの日と変わらず重要なのだから。それでも、前方に土地が開けてくると、キティは多少の緊張がほぐれるのを感じた。もちろん緊張はすぐに戻ってきた——出発してほどなく、左側にラドクリフが馬を寄せてきたのだ。道幅は二頭が並ぶといっぱいだったので、ミスター・ド・レイシーは少しむくれた顔で二人のあとに続き、会話を聞こうと首を伸ばしていた。

前日のグロヴナースクエアでの一件から、キティは伯爵による尋問のようなものを覚悟していた。それでも、母親の前というくびきを解かれたラドクリフがどこまでずばりと切りこんでくるかは予測できなかった。

「ご家族はデヴォンシャーの出、だったかな？」伯爵がだしぬけに尋ねた。

「ドーセットシャーです」キティは訂正した。「ですが、もともとはロンドンの出です。わたしはここで生まれました」

「ほう。それがなぜ地方に？」

「新鮮な空気を求めて」キティは即答した。

「では戻ってきたのは？」

「人恋しくて」

「ごきょうだいは？」

「妹が四人」

「兄弟は？」

「いません」

「ご両親は？」

「亡くなりました」

「病気で？」

「ちょっと、兄上！」ミスター・ド・レイシーはやや憤然として叫んだが、兄にも愛しい人にも完全に無視された。

「腸チフスです」キティは答えた。「先に母が、一年後に父が」

あまりに事務的な説明に、キティは我ながら少しうろたえた。たった一文で要約してしまうなんて、なんだか姉妹がくぐり抜けてきた悲劇も簡単に言葉で説明できるかのようだ。けれど狼狽を顔に出して伯爵に見られるようなまねは絶対にしたくなかった。間違いなく、伯爵はこちらの嘘を見抜こうとしている。つまり、タルボット家の本当の財政状況をミスター・ド・レイシーに隠しておくような愚か者だと思われているのだ。未婚の妹が何人もいるうえに持参金は父が遺した借金だという事実を結婚初夜まで知らされなかったら、さすがのミスター・ド・レイシーもこちらの願望を叶えてくれるわけがない。

「では、縁談が整いしだいドーセットシャーに戻るのかな？」

そこまで直接的に訊かれるとは、キティは思っていなかったし、ミスター・ド・レイシーもそれには思い至っていなかったのだろう、驚きの声をあげた。

「ロンドンには社交シーズンのあいだだけ、いるつもりです」キティはゆっくり答えた。

「セシリーをロンドン社交界に触れさせたかったんです。もちろん妹は、結婚を考えるにはまだ若すぎますが、前もって世界の一部を経験させておくのは賢明なことだと思ったので。母が亡くなってしまった以上、それはわたしの義務だと思っています」

これを聞いてミスター・ド・レイシーがうっとりしたことは、振り返らなくてもわかった――伯爵の渋面を見れば明らかだった。

「それより」キティは会話の手綱を取って言った。「お二人とも、乗馬が本当にお上手！正直に申しあげると、まさか都会の方がこんなにお上手だとは思いもしませんでした！」

「なかなか言うね！」ミスター・ド・レイシーがうれしそうに言った。「聞き流しはしないでしょう、兄上？」

ラドクリフは弟を無視した。「親切な方だ、ミス・タルボット。だがお忘れかな、ぼくは地方に住んでいる。だからほめられるには値しない」

「そうでしたね、忘れていました」キティは嘘をついた。「うっかりしていました――閣下が最後にロンドンにいらしてから二年近く経つ、とレディ・ラドクリフからうかがっていましたのに。そんなに長いあいだ、ご家族から閣下を引き離しておけるなんて、ラドクリフホールはとても美しいところなんでしょうね」

反応はなかった。伯爵のほうが剣士としての経験は豊富だろうが、それでもキティには彼の目元がこわばったように見えた。

「やるべきことがあるので地方にとどまっている」やがてラドクリフが言った。

「やるべきことはものすごく多いんでしょうね」冗談めかした軽い口調で返した。「それほどたくさんのことをかかえていらっしゃるのに、領地管理のお手伝いをさせる人は雇っておられないなんて、驚きです。信頼できる者が一人いれば、もっと頻繁にロンドンへいらっしゃることもできるでしょうに」

「いや、ちゃんといるよ！」ミスター・ド・レイシーが兄をかばおうとして言った。「ミスター・パーキンスという有能な男が——ぼくたちの父の代から仕えていて……」言葉が途切れた。これではむしろ兄の怠慢を示すばかりだと気づいたのだ。キティがわずかに振り返ってみると、ミスター・ド・レイシーは不安そうな顔をしていた——崇拝の対象に初めて傷がついたせいだ。キティはほほえんだ。

「ミス・タルボット」ラドクリフが鋭い口調で言った。「ぼくがあなたの意見より自分の専門知識を信頼したとしても、きっとご容赦いただけるだろう。領主が土地の管理を他人の手にゆだねるなど論外。これは肩書きにともなう義務だ」

「では、お仲間の紳士のことはずいぶん低く評価していらっしゃるんでしょうね」大胆に切りこんだ。「なにしろみなさん、毎年春はロンドンでお過ごしですもの」

「きみのおばのミセス・ケンダル――彼女はきみの母上の姉妹かな、それとも父上の?」まるでキティがなにも言わなかったように、ラドクリフが鋭く尋ねた。

「母のです」キティはすぐさま返した。これで今日三つめの嘘だ――けれどこれはごく最初から必要だとわかっていた嘘。タルボット家の過去をできるだけきれいに保つために。

「まだお会いできていなくて残念だな」ミスター・ド・レイシーが本当に残念そうに言った。

ラドクリフは鋭い目でミス・タルボットを一瞥した。彼女は無表情を保っているが、無駄だ。

「自己紹介していないとは、おまえの怠慢だぞ」ラドクリフはとがめるような口調で弟に言った。

「そうなんですか?」アーチーはたちまちやましい顔になった。「グロヴナースクエアに招待してはどうでしょう? そうだ、明日の夜、みんなで食事をしませんか!」

「なんて親切なお誘い」キティは言いながら高速で考えた。ドロシーおばは、すでにさんざんキティの危険な計画に反対しているので、おそらくグロヴナースクエアには行かないだろう。「だけど、おばはまだあなたのお母さまを訪問してもいないわ」

「だったらぼくたちのほうから先に訪問するよ!」ミスター・ド・レイシーがくじけずに言う。

「ドロシーおばはとても疲れやすいの」キティは急いで言った。「それに、おじが亡くなってもう何年も経つけれど、おばはいまも気持ちのうえでは喪に服しているのよ」

道幅が広くなり、ようやく馬五頭が並べるようになったので、ミスター・ド・レイシーが自身の馬を急かしてキティのとなりにやってきた。

「母との静かな食事がそんなに疲れるかな？」不思議そうに言った。

「なんの話？」ようやく会話が聞こえる距離に来たレディ・アメリアが尋ねた。

「アーチーが、ミス・タルボットのおば上を明日の夜のわが家での食事に招待しようとしている」ラドクリフが説明した。「まだ首尾はよくない」

「あら、だめよ」セシリーが声をあげた。「明日の夜はドロシーおばと一緒にヴォクソールプレジャーガーデンズに行く約束だもの――忘れたの、キティ？」

いまなら喜んで妹の頬を平手打ちできた。

「なるほど」ラドクリフがつぶやいた。「このごろヴォクソールガーデンズは服喪中の人のあいだで非常に人気らしいからな」

「すばらしい！」ミスター・ド・レイシーが言った。「ぼくたちもおともするよ！」

キティには断れなかったし、ほかに言い訳を思いつける気もしなかった。そこでこの件が忘れられるよう祈りつつ、ここはただ、話題を変えるにとどめた。そこからの午前中はなにごともなく過ぎていき、草の茂る小道を馬にゆったり走らせたり生け垣を飛び越えさせたりするうち、キティもド・レイシー兄妹と一緒の時間を楽しめるほどになった。会話の機会も減ったので、つかの間の休息をありがたく思った。キティはセシリーをうながして、一行はウィンブルドンでしばし馬を休ませ、地元の宿屋で軽食をとった。キティはセシリーをうながして、詩人ウィリアム・クーパーの作品について意見を述べさせた。ウィリアム・クーパーというのは何者で、ウーヴラ（ウーヴラ）というのはどういう意味か、キティにはわからなかったが、妹をうながしたら始まる長い長い講義のことはよく知っていたし、案の定、それはほぼ帰りのあいだじゅう続いた。

グロヴナースクエアに戻ったキティは、お茶でもというレディ・ラドクリフの誘いを断った。これ以上、会話をしなければ、おぞましいヴォクソールガーデンズ計画をごまかせるのではと思ったのだ。ところが、自身のロマンティックな義務をすっかり怠っていたことにやましさを覚えていたミスター・ド・レイシーはそう簡単にごまかされず、すぐさま母親にヴォクソール行きを提案した。

「まあすてき！」レディ・ラドクリフが言い、楽しそうに手をたたいた。「みんなで行きましょう――ボックス席を用意させて！」

「でも、ひどくお疲れなのでは？」キティは必死に尋ねた。

「いいえ、もうすっかり元気よ！」明るく宣言するレディ・ラドクリフを見て、現金な人、とキティは心のなかで恨みごとをつぶやいた。

運命は決まり、キティはそれを受け入れるしかなかった。顔に笑みを貼りつけて、レディ・ラドクリフとレディ・アメリアとミスター・ド・レイシーにさよならを告げた――最後の一人は意味深にキティの手を握りさえした。けれどキティの笑みはラドクリフのほうを向いた瞬間に消えた。

「ではまた明日、ミス・タルボット」伯爵は言い、キティの手に頭（こうべ）を垂れた。

「ええ、また明日」キティは返した。

一瞬、二人はその場に立ち尽くし、どちらも相手を推し量るように見つめ合った。そして、もちろん本人たちは知らないことだが、二人同時に思った――まるで夜明けの決闘に同意したみたいだと。


二頭立ての二輪馬車でロンドンの通りを走るラドクリフは、気がつけば父の存在を求めていた。ミス・タルボットに会ってみて、先代ロード・ラドクリフが一家の名声を脅かすものに示していた冷たくも毅然（きぜん）とした態度の重みが、よくわかるようになっていた。今後、重要視すべきは当然ながら一家の名声だけであり、その幸せではない。一瞬の迷いもなく脅威を握りつぶすためにはどんな手順が必要か、間違いなくわかっている。なにしろ、ド・レイシー家は何世紀もそれをやってきた。

とはいえラドクリフは自分がその任務を果たせるかどうか、いまは自信がなかった。すっかり敵をあなどっていたとは、苛立（いらだ）たしいにもほどがあるし、父はきっと（もしまだ生きていたら）ますます長男に失望しただろう（そんなことが可能なら）。まるで、後ろの席に座ってラドクリフの手綱さばきを専門家の目で見つめているのはお仕着せ姿の馬丁のローレンスではなく父であるかのように、声が聞こえる気がした。

父なら間違いなくこう言うだろう――せっかくわたしが外交の仕事を用意してやったのに、領主に必要な有能さがほんの少しも磨かれなかったとは、じつにいまいましいことだな。おまえは昔からじつに無駄が多い。

ウィーン会議での陸軍武官という短命に終わった職が、どうやったら財産狙いをうまく追い払うのに役立つのかわからない――たしかにミス・タルボットはあの席にいたどの外務大臣にも負けないくらい真剣に土地の収奪をもくろんでいるようだが――それでも父は間違いなく墓のなかでのたうちまわっているだろう。そのあとの、さらに短命に終わった戦争体験も、とてつもなく父を怒らせた昇進も、いまはなんの役にも立たない。もちろん戦場でなら心置きなくミス・タルボットを撃てただろうし、そそられない展開でもない。つかの間、その光景を思い描いて楽しんでから、ワーテルローの作戦司令室を思い出した。鉄の公爵（アイアンデューク）と呼ばれたウェリントンが敵の考えを、動機を、心理を、解きあかそうとしている堂々たる姿を。

リージェントストリートの角のにぎわう交差点に近づいたラドクリフは、なめらかに馬を止めた。止まっているあいだに高そうな服を着た伊達男たちが散歩の足を休めて、すばらしい葦毛の馬に見とれる。そんな隠し立てのない称賛もふだんなら喜ばしいのに、今日は少しも心を晴らしてくれなかった。

「元気を出しなよ、ラドクリフ」後ろからローレンスが明るく声をかけた。召使いが高名なロード・ラドクリフに敬語も敬称もなく話しかけるのを聞いて、周りの者がぎょっとした。それを見て、ラドクリフはこの日初めて純粋な笑みを浮かべた。

「いずれ正式に呼びかけてくれると思っていていいのか？　わが友よ、ここはもう大陸ではないんだぞ」

「わかってますよ」ローレンスが陰気に答えた。「あっちのほうがずっと楽しかったな。デヴォンシャーのほうがまだ楽しいや。ここじゃあ、家と家のあいだを馬車で移動してるだけみたいな気がする」

「おまえにはさぞつまらないだろうな」ラドクリフは申し訳ない気持ちで言った。「ここにいるのがましになるよう、ぼくにできることがあればなんでも言ってくれ」

じつに寛大な申し出も、部分的にしか冗談ではなかった。ヨーロッパで命の危険に脅かされ、ラドクリフホールで自由を満喫したあとだから、比べればここロンドンでのローレンスの役割――ラドクリフに付き添って街をめぐり、馬の番をして運動をさせる――が退屈なのはよくわかる。

「タタソールズに行ってみたいな」ローレンスが不意に言い、悪びれもせずにっこりした。

「なるべく早いうちに連れていこう」ラドクリフは少し皮肉をこめて答えた。

このローレンスという男はなかなか鋭いやつなので、いまの親しすぎるやりとりも、自然であると同時に主人の気分を察してのものでもあるような気がした。ずいぶん長い知り合いだから、互いの気持ちはたやすく読みとれる。親しさは知識を生むし、ウェリントンがよく言っていたように、知識は力だ。

「じつは」ラドクリフはしばしの間のあとに、考えにふける声で言った。「おまえに頼みたいことがある。おまえの楽しめそうなことが」

「なんです？」ローレンスは疑わしげに尋ねた。

「ドーセットシャーには詳しいか？」

# 11

急に暖かくなった春の夜、穏やかな月光に包まれたヴォクソールガーデンズはいとも現実離れして見えた。川の向こう岸から乗ってきた船をおり、輝くランプが足元を照らすなか、高い木々に挟まれた小道を進む。キティは目を丸くしたまま、歌手や曲芸師をはじめ、ありとあらゆる見せ物の前を通った。ランプと薄闇の競演がすべての魅力を引き立てている。眠る前に母が読み聞かせてくれた物語のなかの、おとぎの国のようだ——小道をそれたらどんな危険がひそんでいるかわからないような場所。

滑るように前を行く伯爵未亡人とドロシーおばを眺めながら、キティはおばの演技について心配する必要はなかったのだと悟った。ミセス・ケンダルはほかのどんな挑戦とも同様、今夜にもみごとに対処していた。

「その試みには賛成できないわ、キティ。賢いことだと思えないし、無謀だし、あなたは自滅するだけよ」前の夜にドロシーおばは言った。「だけどもちろん協力するわ」

衣装については、二人の意見は少しばかり衝突した。ドロシーおばは世間から身を引いている未亡人という役割にご不満で、選んだドレスは素材こそ石のような色のクレープ地だったが、その襟ぐりは間違っても控えめとは呼べなかった。

「わたしを信じて。レディ・ラドクリフとお友達になるには、こういう装いのほうがずっと効果的なの」ドロシーおばは言った。「聞いたところでは、流行にとても敏感な方だそうだから」

それでもキティが納得しなかったので、ドロシーおばは一つだけ譲歩して黒い手袋をはめることになったが、手袋をはめようとはめまいと、やはり未亡人にしては胸元をはだけすぎだとキティは思わずにいられなかった。

ところが蓋を開けてみると、ドロシーおばのほうが観客をよく理解していた。レディ・ラドクリフはミセス・ケンダルがまじめで非難がましい未亡人ではなく、おしゃれな女性だとわかって見るからに安堵(あんど)していた――ばかりか、自身も最新流行のスタイルに身を包み、ミセス・ケンダルに負けないくらい胸元をあらわにしていた。そしてドロシーおばはキティが先に話しておいたとおり、亡くなった夫への愛といまだ癒えない喪失感などなどを全員に語って聞かせたものの、急にその話題をやめるなり、あざやかに上流社会のうわさ話へ移行した――レディ・ラドクリフがはるかに好む領域へ。ロンドンじゅうのメイドを知っているかに思えるサリーからドロシーおばが仕入れたうわさ話はとびきり新鮮で、レディ・ラドクリフはまたたく間にこの新しい友達のことが大好きになった。

ラドクリフも戦いに備えてきたことは明らかだった。伯爵は友人のヒンズリー大尉を招待しており、見たところこの紳士の役割はキティのお目付役らしい。というのも、キティが少しでも動けばかならず大尉がついてくるのだ。狙いはまず間違いなく、キティとミスター・ド・レイシーがロマンティックな月明かりのなかで二人きりになるのを阻止することだ。キティのほうはなんとしても夜が終わるまでにミスター・ド・レイシーと二人きりで話をする決意だから、なかなか鋭い戦略と言える。ラドクリフとのこの茶番も長引いてきたし、そろそろ求婚するようミスター・ド・レイシーに仕向けてもいいころだ。あとはただ、厄介な見張りさえ追い払えれば。

好機は円形の大広間で自然とおりてきた。オーケストラの演奏に耳を傾けていたとき、非の打ちどころのない装いの男性たちが自身の仲間から離れて、大きな声でラドクリフに呼びかけたのだ。ラドクリフはちっともうれしくないのだろう、身を固くしたが、男性たちは喜びの顔で腕を広げ、こちらに近づいてきた。

「ラドクリフ！　ヒンズリーも！　ロンドンに来ているとは知らなかった」

続く酔いまじりの挨拶の応酬にまぎれて、キティはそっとさがると、ミスター・ド・レイシーのとなりに回った。腕に手をのせて、こちらを向かせる。

「軽食のところまでエスコートしてくださる、ミスター・ド・レイシー？」小声で言った。

「すっかりのどが渇いてしまったの」

ミスター・ド・レイシーは熱意でつまずきそうになりながら、急いで請け合った。危ないところだった――というのも、すぐさまヒンズリー大尉が追ってこようとしたのだ。しかし大尉のことはドロシーおばが巧みにレディ・ラドクリフとの会話に巻きこんでくれたので、キティはこのときを逃さず、ミスター・ド・レイシーと一緒に向きを変え、円形大広間から抜けだした。この場を離れるのは十分以内でなくてはならないし、暗い小道や狭い散歩道、その他どちらかの名誉を傷つけかねない場所は絶対に避けなくてはならない。とはいえ、たとえ明るく照らされた人の多い庭園でも、十分あればいろいろなことができるものだ。キティはだれにも会話を聞かれないところへ来るまで待ってから、口を開いた。

「二人きりでお話できるなんて、とてもうれしいわ、ミスター・ド・レイシー」

「うん、ぼくもだよ」ミスター・ド・レイシーが言い、キティの手を取った。「じつにすてきな夜だ。そう思わない？」

「ええ、そうね」キティは答えた。「わたし、あなたとお話したくてたまらなかったの。じつは、どうしてもだれかに助言してほしくて――信用できるのはあなただけなのよ」

「なんと！」光栄だけれど少し慎重な面持ちになったのは、助言することにはあまり慣れていないからだ。「なにがあったの？」

「おばから、結婚しなくてはならない、それもすぐにと言われたの」キティは声にうっすらと絶望をこめようとしながら言った。「おばはミスター・ペアーズという男性を見つけてきてね、もちろん善良で親切な方なのだけれど、わたしはやっぱり受け入れられなくて」

「それはまた――どうして?」ミスター・ド・レイシーはわくわくしていた。

「わかるでしょう、ミスター・ド・レイシー……」言葉を止めて、勇気を振りしぼるように息を吸いこむと、狙いどおりミスター・ド・レイシーはまばたきもせずにキティの顔を見つめた。「わかっているはずよ。少なくとも、そうではないかとは思っているはず――わたしの思いはよそにあると……」

しばし言葉を宙に浮かせて、どうやっても誤解できないようにまっすぐミスター・ド・レイシーを見つめると、しめたことに彼の顔は濃いピンク色に染まった。

「ぼくは、その――うん、もしかしたらと思っていた」ささやくように言った。

「じゃあ、わたしがとても困った状況に陥っていることはわかっていただけるわね?」キティは続けた。「ミスター・ペアーズをお断りする勇気がわたしにあるかしら? 結婚して妹たちを支えなくてはいけないのに。もうあなたには打ち明けたわね、ミスター・ド・レイシー、父の財政状況のせいでわたしは絶対に結婚しなくてはならないことを。それでも、自分の心に反することをするのは……」

目をうるませることができたらよかったのだが、あいにく余計な水分は絞りだせなかった。

「ミス・タルボット」ミスター・ド・レイシーが熱をこめて言った。「ミス・タルボット、どうだろう、もし――もしも結婚相手がぼくだったら？」

じつに思いがけないこの展開に、ミス・タルボットは衝撃の息を吞んだ。

「ミスター・ド・レイシー」キティは言った。「本気でおっしゃっているの？」

「本気――そうだね、たぶん」つかえながら言う。「いや、間違いなく本気だ！　きみは梨なんて呼ばれている人物と結婚してはいけない。だって……気づいているはずだよ、ぼくがきみに深く心を寄せていることに。そうとも、ぼくは何年も前からきみを愛していたんだ、ミス・タルボット！」

知り合ってまだほんの数週間だと指摘する必要をキティは感じなかった。思いをこめて、ミスター・ド・レイシーの手に手を重ねた。

「すっかり圧倒されてしまったわ」ささやくように言う。「ああ、そんなことを言ってもらえてとても幸せよ、ミスター・ド・レイシー」

「お願いだから」すがるように言う。「アーチーと呼んで」

「アーチー。じゃあ、わたしのことはキティと呼んでくださるわね。だけど――」

「だけど？」不安そうに尋ねた。

「ねえ、アーチー、あなたのご家族に認めていただくのが先だと思うの。ご家族の承認なしにこんな大きな一歩を踏みだすなんて、間違っている気がするわ」

「もちろん、そのとおりだ！」アーチーは急いで同意した。「まったく、ぼくとしたことが、先に兄と話すべきだった。どうしてまだ話していないのかな。話すつもりだったのに」

「それなら、わたしたちの思いは完全に一致しているわね——いつもどおり」

二人はほほえみを交わした。アーチーは興奮に息を切らして、キティは大喜びで。

もう少しだ。勝利は、ほぼこの手のなか。

「止められなかったよ、ジェイムズ。彼女のおばにみごとやられた」ちょうどそのころ、ヒンズリー大尉はラドクリフに報告していた。ラドクリフの顔には礼儀正しい笑みが貼りつけられていた。「だけど二人はあそこにいる！　この場を離れて十分も経っていない。心配することはなにもないさ」

しかしヒンズリーはそう断言できるほどじゅうぶんな時間、ミス・タルボットと同席していない。そう思うとラドクリフは不穏な気持ちになった。

「ああ、戻ってきたのね。心配しはじめていたところよ」レディ・ラドクリフが、近づいてくるアーチーとミス・タルボットに声をかけた。

「ごめんなさい、母上、ちょっとエスコートしていたんです、キ——ミス・タルボットを、その、レモネードのテーブルまで」

動じやすい人物ならアーチーの失言に青ざめたかもしれないが、ラドクリフは表向き、なんの反応も示さなかった。やはり育ちのいい母親のほうもほんの少し目を見開いただけだったが、ミセス・ケンダルは笑みを隠すためにうつむかなくてはならなかった。二人きりの十分間で、アーチーはミス・タルボットのファーストネームを使っていいことになったらしい。じつにすばやい仕事だ、とラドクリフは苦々しく思った。また二人を遠ざけなくては――ただちに。

「食事にしましょうか?」ラドクリフが全体に呼びかけると、ヒンズリーがすぐさまミス・タルボットのとなりに行って腕を差しだし、ミス・タルボットは果敢にもそこに手をのせた――地上戦はしばし休戦といったところか。一行は夕食用のボックス席に向かった。ラドクリフが安堵の息をついたとき、左手にアーチーが現れた。意を決したようにあごを突きだしている。

「話があります、兄上。キ――ミス・タルボットのことで。とても重要なことだから、ぜひ話がしたいんです」

なんと。「ああ、もちろんだ」ラドクリフは弟を安心させようとして言った。「だがここは重要な話をするのにふさわしい場所ではないだろう。それにぼくは明日から数日、ロンドンを離れる。少し待てるか?」

アーチーはしばしこれについて考えた。「と思います」しばらくして言い、厳しい顔でひたと兄を見据えた。「でも、忘れませんよ」

ドロシーおばはディナーのあいだも演奏のあいだも家に帰る馬車のなかでも、みごとに役割を演じきった――が、ウィンポールストリートの敷居をまたいだとたん、あと一秒も黙っていられなくなった。

「やったの？」唐突に尋ねる。「婚約した？」

「完全にはまだよ」キティは答え、外套（がいとう）のボタンをはずした。「でも求婚はされたわ」

ドロシーおばは手をたたいた。

「お受けしたの？」セシリーが問う。「わたしたち、もう家に帰れる？」

「もう少しでね」キティは返した。「彼が家族の承認を得るまで、お受けすることはできないわ――でないと危ないもの。承認が得られたらもう一度求婚して、と言っておいた」

ドロシーおばは満足そうにうなずいた。「そのとおりよ。彼がじゅうぶん強く主張すれば、母親は反対しないでしょうね」考えるように間を空ける。「だけど兄については用心したほうがいいわ。彼はとても鋭い目をしてる――そしてあなたの存在をあまり喜んでいない」

「だけど、いまさらあのお兄さんにできることはそう多くないわ」キティはぞんざいに言った。肘かけ椅子にどさりと身を投げて片脚を肘かけにのせると、じつにレディらしくないだらしなさで身を沈めた。「奇跡でも起きないかぎり、アーチーに自分の言葉を撤回させることはできないもの。あと数日で、わたしはこの手に幸運をつかむのよ」

セシリーが批判するように小さく息を吐きだした。「姉さんたちが彼のことを話すときの口ぶり、どうかと思うわ。まるで――獲物のキツネのことみたい」

キティは満足しすぎていて怒る気になれなかった。「セシー、お金持ちになったら、あなただって絶対にうれしいはずよ。本のことを考えてごらんなさい！」

セシリーの知的な面へのこの訴えかけは、それまでの発言ほど道徳的によろしくないものではないように思われたので、セシリーも想像してほほえんだ。

「それに」キティは言った。「どのみち彼らのような男性はみんな、愛のない政略結婚をするものと決まっているわ。仮に、ある女性がそういう殿方の財産をありがたく活用しようとしたとして、その女性がわたしたちじゃいけない理由がある？」

キティの笑みは勝利の予感に満ちていた。これほどの安堵を感じた人がこの世にいるとは思えないくらいだった。

やったのだ。ミスター・ド・レイシーが――アーチーが、わたしに求婚した。だれにも奪わせるものですか――ロード・ラドクリフにさえ。

# 12

　それからの二日間はよく晴れた。ラドクリフも実質、抵抗をやめた。アーチーとレディ・アメリアはタルボット姉妹の日々の散歩にふたたび加わるようになり、そこには上の兄がお目付役としてついてくることはなかった。とはいえ周囲には人が多いので、恥じらいながら視線を交わしたり密かにほほえみ合ったりする以上のことはもちろん不可能だった。アーチーとキティをまた遠ざけようとする試みも、報復も、ラドクリフからのひとことも、なにもなかった。キティは勝ったのだ――まあ、ほぼ勝った。二人の結婚について、アーチーはまだ兄にも母親にも正式に話していない。二人とも、この週末はロンドンを離れているのだそうだ。それでもアーチーは情熱的に長々と誓った――二人が戻ってきたらかならず承認を得てみせると。

　その日曜、キティはベアトリスあての二通めの手紙を書いていた。すべて順調に進んでいて、ぶじに求婚されたと知らせる手紙だ。そこへメイドのサリーが入ってきて、階下でロード・ラドクリフが待っていると告げた。

「本当なの？」キティはうろたえて尋ねたが、サリーはただ閣下をなかへお通しするべきかと問うだけだった。キティはお通ししてと口ごもりながら返し、緊張している自分を心のなかで叱咤しつつ立ちあがると、いつもほど整っていない巻き毛を手で梳いた。

ウィンポールストリートの客間にいるラドクリフは場違いに見えた。伯爵がいるだけで客間は急に狭く、天井は低くなったような気がしてくる。置かれている家具も、キティが最初にここへ着いたときはとても高価に思えたが、グロヴナースクエアのそれらと比べればひどく粗末だ。伯爵の目つきからすると、彼もそのことをよくわかっているのだろう。

「こんにちは、ミス・タルボット。招待されてもいないのに現れたぼくの無作法をどうか許してほしい」

ミス・タルボットは寛大に許しを与えた。

「どういったご用件でしょう？」同じくらい礼儀正しく尋ねながら、手ぶりで椅子をすすめた。「ご家族のみなさんはお元気ですか？」

「ああ、とても元気でなにも問題はない。その状態を保ちたいと思っている」言いながらキティの目をまっすぐ見つめ、しばし静寂を広げた。二人はそのまま、相手が静寂を破るのを待った――先に口を開いたのが自分ではなく伯爵だったことに、キティは暗い満足感を覚えた。

「ミス・タルボット、残念だがぼくの家族との交流を断ってもらいたい。包み隠さぬ物言いで申し訳ないが、財産狙いでしかないきみがアーチーをだまして結婚までこぎつけるのを、許すわけにはいかないんだ」

伯爵の口調にこめられたやわらかな蔑みは、どなられるより強烈だった。キティは首がかっと熱くなるのを感じた。完全なる誤解で、わたしはアーチーを愛していますと言い返すべきだろうかと考えたが、そんなことをしてもまったく無意味だと、伯爵の冷ややかなまなざしのなにかが告げていた。だからその方法はやめにして、伯爵と同じように冷静に見つめ返した。相手の思惑を推し量ろうとする二つの視線がついに真っ向からぶつかった。

「そうですか。一つお尋ねしてもよろしいでしょうか。そういう結婚に反対なさるのは、わたしを財産狙いだと思っていらっしゃるから、それだけですか？」

伯爵は両手で雄弁なしぐさをした。「勘弁してくれ。それ以上の理由が必要か？」

「ええ、必要だと思います。わたしの現実的な側面がどうしてそこまで嫌われるのか、よくわからないんです」

「現実的な側面だと？」伯爵がくり返した。「よく言えるな。むしろ計算高いとか、欲深いとか、人の心を操るずる賢い側面とか、そういう名誉に値しない言葉のほうがはるかにふさわしいと思うがな、ミス・タルボット」

「名誉という贅沢（ぜいたく）が許されるのは裕福な人だけです」キティは冷ややかに言った。「そして、自力で立身出世を目指す特権をもっているのは男性だけ。わたしには面倒を見るべき四人の妹がいて、わたしのような女性に許されている職業――家庭教師やお針子といった仕事では、妹たちの半分にも食事や服を与えられません。裕福な夫を探すほかに、わたしにどんな道があるというんですか？」

「きみは無慈悲だな」伯爵が言った。

「閣下は世間知らずです」キティは頬を赤くして言い返した。「わたしと結婚しなければ、アーチーは周囲に押しつけられた〝いいところのお嬢さん〟のだれかと結婚するでしょう。それがだれであれ、かならず彼の心と同じくらい、彼の財産を気にするはずです。否定できますか？」

「だが少なくともその場合、相手は弟自身が決める」伯爵が厳しく言い返した。「嘘と結婚するよりましだ」

「嘘？　わたしは自分以外の人間であるふりをしたことはありません。わたしが裕福じゃないことをアーチーは知っています。わたしの家族の状況も知っています。わたしはずっと正直だったんです」

「正直？」侮蔑をたたえた口調でゆっくりと問い返す。

「ええ」キティは言った。

「では、弟はきみの家族について、本当のところをすべて知っているとと思っていいんだな？」辛辣に尋ねた。

「どういう意味か、よくわかりませんが」ゆっくり返したものの、キティは椅子の上で凍りついた。

「わかっているはずだ」伯爵が言う。「つまり、きみの両親が突然ロンドンを離れてドーセットシャーに行った理由を、ぼくは知っている」

　なにかまずいことを言ってしまわないよう、キティは歯を食いしばった。はったりということもありうる――はったりに違いない。

「わたしを脅したいのなら、はっきりおっしゃってください」絞りだすように言った。

「いいだろう」伯爵はあざけるように会釈をした。「きみの両親は……結婚前に知り合ったんだろう？　というより、母上はかなり儲(もう)かる仕事をしていたそうだな……何人もの紳士と知り合うことで。きみの〝ミセス・ケンダル〟と同じように」

　キティはなにも言わなかった。自分が息をしているかさえわからなかったが、心臓は耳のなかでどくどくと脈打っていた。

「そして父上が愛人と結婚しようと決めたとき」伯爵が同じやわらかな声で続けた。「父上の家族はそれを認めなかった――ぼくに言わせればもっともな話だ。そして醜聞を避けるために彼をロンドンから追いだした。父上にとっては大転落だっただろうな」

　しばし静寂が広がった。

「うかがってもいいですか」キティは声が震えるのを許さなかった。「どうやってそんなに愉快な説を思いつかれたのかしら？」

伯爵の目は勝利に輝いていた。「ぼくの馬丁のローレンスは役に立つ男でね、馬の番にかぎらずいろいろな仕事をしてくれる。その彼が数日前、きみのミスター・リンフィールドのところの下男からすべてを聞いてきた。ミスター・リンフィールドが急にきみとの婚約を破棄したのはそれが理由だったと知っていたか？　悲しいかな、きみの父上は亡くなる少し前のある晩、深酒の折にすべてを郷士に打ち明けてしまったらしい。そんな話を聞かされては、リンフィールド家としても結婚を許す気にはなれなかったということだ」

キティは激しく首を振ったが、伯爵の言うとおりとしか思えなかった。わたしがミスター・リンフィールドを失ったのはそういう理由だったのか。彼の両親があれほど急いでミス・スペンサーを押しつけたのは。何年もしっかり隠してきた家族の秘密を父さんがばらしてしまったから。絶望的な怒りが熱くこみあげてきた――父への、ラドクリフへの、わたしをこんな状況に陥らせた全世界への怒りが。

ラドクリフが優雅に手首をひねって嗅ぎたばこをつまんだ。こちらはこれほどの衝撃に打ちのめされているというのに、目の前でそんなのんびりとした行為を見せつけられて、怒りのあまりに思考が驚くほど明晰（めいせき）になった。

いま一度、自分を取り戻して冷静に尋ねた。「それで、いったい母の素性とこのお話にどんな関係があるんでしょうか？」

ラドクリフは片方の眉をあげた。「大きな関係があると、ぼくには思えるが」穏やかに言う。「家族の財政難については、きみは正直だったかもしれないが、不道徳な家柄については打ち明けていないんじゃないか？　アーチーはやさしい性格ではあるものの、そんな打ち明け話を温かく受け入れたりはしない。たしかに情事は刺激的だろうが、アーチーは醜聞を忌み嫌うように育てられた。そしてもしこの件が広まれば、きみにとってこの街は居心地のいい場所ではなくなるだろう」

キティは震える指をこぶしに握った。「この件が広まってほしくないなら、ロンドンを去れと？」ずばり尋ねた。

「いや、ぼくもそこまで無慈悲じゃない」嗅ぎたばこ入れをぱちんと閉じたさまは、交渉が終わったので帰り支度を始めたかのようだった。「いつ、どこへ行くかはきみ自身が決めればいい。上流社会のほかのだれかを誘惑することにしてもいい。ぼくには関係ない」ぞんざいに言う。「だがアーチーにもぼくの家族にも、二度と関わらないでほしい」

またしても静寂が広がった。伯爵は勝利を収めたのだから、もっと冷酷になることもできたはずだ。もっと復讐心をあらわにすることも。もしも立場が逆だったなら、朝の郵便馬車で去っていくのをみずから見送っていただろう。

とはいえ、じゃあ、親切と言える？　ロンドン社交シーズンがようやく本格的に始まろうとしているのに、こちらには太いコネがないから、大金持ちがめったに現れない周縁にしかいられなくなる。それでは無意味だし、かぎられた資金に対してお金がかかりすぎる。となると、ドロシーおばがもともと選んでくれたうちのだれかで手を打つしかない。考えてみれば、年二千ポンドは鼻であしらう額ではないし……。ド・レイシー家の人々が気軽にその富を扱うやり方が脳裏をよぎった。まるで熟考する価値などないように――吸いこむ空気と同じで、人生の既成事実にすぎないように。妹たちに同じ安心感を与えられるなら、わたしはなんだってやる……。

「お互い理解できたかな、ミス・タルボット？」ラドクリフの声で我に返った。伯爵の口調はもう冷酷ではない。わたしの目に浮かぶ喪失感に多少の同情をいだいたのだろうか？

「理解」ゆっくりと言った。「ええ、そう思います。わたしを追い払うには正体をあばく必要があるとお考えになったことは理解しました。それに対して、自分がアーチーをグレトナグリーンに連れていってそこで結婚することも理解しました。閣下は弟さんに深い愛情を寄せていらっしゃるから、わたしたちが結婚したら、駆け落ちの醜聞を静まらせるために全力を尽くしてくださると考えてよさそうですね」

どんなに血なまぐさい戦場においても、その威厳と落ちつきで知られたラドクリフは、あんぐりと口を開けた。

「グレトナグリーン？」道化のようにくり返す。

「日曜にあんな遠くまで旅をすると思うと気が滅入りそう――だけど本当に必要ならやる

しかないわ。結局、必要なら仕方がないもの」

驚きのあまり、ラドクリフは唖然とした。

「必要なら仕方がない」ささやくようにくり返し、ミス・タルボットを見つめた。いかにも上品に腰かけた彼女の姿は優雅そのもので、よこしまな心をみごとに隠していた。

「ミス・タルボット」もう一度、切りだした。Tの音をやたらと強調するさまは、本当は吐き捨てるように言いたいのをこらえているように響いた。「きみほど女らしい繊細さを欠いた女性にはお目にかかったことがない。図々しくもそこに座ってぼくの弟の美徳を脅すとは、まるで……まるで安っぽい芝居の悪党だ！」

「安っぽい？」キティは少し傷ついた。「それはまた、ずいぶんひどい言い草ですね」

伯爵は途方に暮れた様子でキティを見つめたが、すぐに笑いだした。キティは用心深く伯爵を見つめた。もしかして、神経衰弱？　だって彼の母親は病気がちだ。

「お茶をいかがですか？」ほかに言えることはないように思えて、慎重に尋ねた。すると伯爵はまた大笑いした。

「いただけるならすばらしい、ミス・タルボット」ラドクリフは言い、慇懃に礼をした。ミス・タルボットはメイドを呼びに客間を出ていき、すぐに戻ってきた――メイドは盆を手に、ミス・タルボットはカップを持ってそのあとに続く。彼女がお茶をそそぐのを眺めながら、伯爵はまだ笑いが唇に残っているのを感じた。

「またしてもきみをあなどっていたようだ」メイドが客間を出てドアを閉じると、ラドクリフは事務的に言った。「それゆえ、ぼくたちは袋小路に入ってしまった。ぼくはきみが弟と結婚するのを許可できない。弟をきみから遠ざけるためならなんでもする覚悟だが、スコットランドへ向かう途上での不快な一幕は避けたい」

「わたしにはほかに選択肢がありません」ミス・タルボットは簡潔に、恥ずかしげもなく言った。「いい妻になってみせます」まつげの下から伯爵を見あげて、丸めこむようにつけ足した。この女性がアーチーを陥れるのはいとも簡単だっただろうと、ラドクリフはそのとき悟った。

「少々やりすぎだな」あざけるように言うと、ミス・タルボットのはにかんだ表情はしかめっ面に変わった。「きみなら、標的にできる裕福な青年くらい、いくらでも自力で見つけられるだろうに」この呪われた女性から家族を守るためにロンドンのほかの男性を捧げようとするとは、自分もどうかしていると思いつつ、言葉を重ねた。

「さも簡単なことのようにおっしゃるんですね。閣下が当たり前のように入っていかれる神聖な大広間は、じつはとても間口が狭いんですよ。わたしがアーチーと出会えたのはまったくの偶然からで、同じような幸運がまた舞いこんでくるとはとうてい思えません。アーチーをあきらめるなら……紹介が必要です。招待状が。ほかにもっといい言葉が見つからないので申しあげると、後押しが」

「ぼくにそんなことができると思っているのか？」好奇心をたたえて尋ねた。

「ロード・ラドクリフ、上流社会において閣下がどれほどの立場におられるか、わたしはよくわかっています」落ちついた声で言う。「その気になりさえすれば、閣下がどこまでおできになるかも。ええ、もちろんできるはずです。上流社会の輪のなかにわたしを導き入れて、その先はわたし一人で大丈夫なほどしっかりと足場を築くことくらい」

ラドクリフは自分の耳が信じられなかった。

「財産狙いの片棒をかつがせようというのか？」驚愕の思いで尋ねた。

ミス・タルボットは鋭くうなずいた。「ええ。でなければ、わたしとアーチーの婚約を祝福していただきたいわ」

「どうかしている」彼女の理性に訴えかけようとして言った。

「ぜひとも考えてみてください」ミス・タルボットは肩をすくめたが、内心は固唾を飲んでいた。「断言しますが、これは空脅しではありません。家族を死なせるわけにはいかないんです」

ラドクリフはうろたえて椅子の背にもたれた。当然ながら礼儀と良識は、こんな提案は断るべきだと叫んでいた。適切ではないし、正しくもない――実際は必要ですらない。迅速に動けば、ミス・タルボットのよこしまな脅しが実行される前に阻止できるはずだ。調べてわかった事実を母の耳にささやいて、アーチーを地方へ連れ去れば、伝染性のあるミス・タルボットから家族の身を守れるはず。それでも、この無法な女性が報復としてなにをしでかすか、よくわからなかった。ド・レイシーの名と地位は、容易には傷つかない――とはいえ、危険にさらしていいのか？　これまで毎度毎度、この女性をみくびってきたのに？

受け入れるのはそんなに悪いことか？　少なくとも向こうのやり方なら、こちらはより簡単になりゆきを監視できる。それに……と、ラドクリフはしばし想像した。ミス・タルボットが上流社会で暴れまわり、そのきまじめで堅苦しい門番を翻弄するさまを――ただし今回は、家族に害が及ばないよう安全な距離にさがらせた状態で。

惹かれない光景ではなかった。この女性はいったいどんな混沌を引き起こすだろう？　ぼくが二十一歳になったその日からしつこく追いまわしてきたやり手の母親たちの計画を、どんなふうに覆す？　こんな毒蛇に大事な息子の一人をかっさらわれたら、あの母親たちもさぞかし身のほどを思い知るに違いない。それに、ミス・タルボットが成功しても失敗しても、アーチーはこの女性の本性を目の当たりにすることになる。

キティはしばし無言のまま、伯爵が熟考するに任せていたが、やがてやわらかに語りかけた――ラドクリフの目には、イヴに話しかけたあの蛇のように映った。

「閣下のお母さまは来週、ディナーパーティを開かれる予定で、お知り合いの輝かしい紳士淑女のほとんどを招待していらっしゃいます。わたしも招待するよう、お母さまを説得していただければ、わたしは社交シーズン最初の舞踏会への招待を自力で手に入れてみせます」

「それだけか？」皮肉をこめて言った。

ミス・タルボットはしばし考えた。「いいえ」その答えに、ラドクリフは忍耐力を求めて天を仰いだ。「その社交シーズン最初の舞踏会で、わたしと踊ってください」

「招待と、ダンスか」考えながら言った。また静寂が広がる。「じつに異例のことだ」厳しい口調で続ける。「いかなるかたちであれ、ぼくの家族に害が及ぶようなことがあれば、ぼくは一瞬の迷いもなくきみを破滅させる」

「それでも……？」ミス・タルボットがひるんだ様子もなくうながす。

「それでも、交渉成立だ。きみが上流社会に入っていけるよう手配する。引き換えに、わが家は永遠にきみとおさらばだ」

ミス・タルボットはほほえんだ。

知を得るために悪魔に魂を売り渡したファウストは、もしやこんな心境だったのではとラドクリフは思った。

# 13

ラドクリフ伯爵未亡人が家族と健康の次に強い情熱をそそぐのは、長きにわたるレディ・モンタギューとの社交上のライバル関係だ。この二人の女性が互いに燃やす競争心こそ、社交シーズンの開始に合わせて催されるレディ・ラドクリフの毎年恒例ディナーパーティを最初に生んだものだった。レディ・モンタギューも伯爵未亡人で、娘二人という強みがあるうえ、どちらもアメリアより年上だから、以前は豪華な舞踏会でロンドン社交シーズンをスタートさせてきた。アメリアがまだ社交界デビューしていないため、レディ・ラドクリフは対抗して舞踏会を開くことこそできないものの、過去二年はモンタギュー家の舞踏会より数日早く、ごく内輪のディナーパーティを催している。これが大いにうわさされ、楽しまれているのは、ひとえにささやかな会だからだ。その排他性によって招待状はきわめて貴重なものになり、レディ・ラドクリフはこの〝クーデター〟に大きな喜びを感じていた。招待者リストは実際に招待がなされる数カ月前に作成されるが、含まれるのは選びぬかれた十四人から十六人で、一家のごく親しい友人とその子どもたちにかぎられる——偶然ながら、全員が上流社会のなかでも最高の部類に属していた。

そういうわけで、これほど直前になって座席の変更を母に頼むのが容易でないことは、ラドクリフにも予想できた。案の定、タルボット姉妹とミセス・ケンダルを招待してはどうかと提案したとき、伯爵未亡人は正気を疑うような顔で長男を見た。

「そんな、いまさら！」レディ・ラドクリフはぎょっとして言った。「そんなに女性が多くなったら座席の配置がすっかり混乱してしまうわ。それに……」少し口ごもってから続ける。「ミセス・ケンダルとタルボット姉妹のことは大好きだけれど、あなたも知ってのとおり、これは前からとても……選りぬきの会よ。とくにミセス・バレルはうるさい方だし……」

レディ・ラドクリフは言いよどんだ。ミセス・ケンダルとタルボット姉妹がどんなにきちんとふるまっていようと、ミセス・バレルが求める上品さの水準には満たないだろうことを、実際に口に出して言いたくなかったのだ。結局、あの三人は肩書きがないしコネもないし、無名だ。

ラドクリフはため息をついた。どうやらミス・タルボットの人心操作術をまねるときが来たらしい。

「じつは母上、今年はぼくもディナーパーティに出席したいと思っていたのです。それで、座席を混乱させないためにはタルボット姉妹を加えるのがもっともたやすい方法ではないかと考えましてね。ぎりぎりに招待されて気分を害さない上流社会のメンバーは、ほかに思いつきませんから」

レディ・ラドクリフの目が輝いた。「ジェイムズ！　本当なの？　出席するようあなたを説得できるなんて、思ってもいなかったわ。だって、前にモンタギュー家とシンクレア家について、とてもひどいことを言っていたでしょう？」

「後悔しています」ラドクリフは嘘をついた。「ミセス・ケンダルとタルボット姉妹に加えてヒンズリーも招待すれば、数はうまく揃うのではありませんか？」

レディ・ラドクリフはしばし考えた。パーティの価値を高めてはくれない三人を招待するのは理想的とは言えないが、ジェイムズとヒンズリー大尉がいれば補ってあまりあるというものだ。レディ・ラドクリフは抜け目ない女性なので、長男がめったにロンドンに来ないことで、かえって魅力を増しているという事実には気づいていた。その彼が出席するとなれば、間違いなく会は特別なものになる。ただし、懸念点が一つ。

「アーチーをまたミス・タルボットに会わせていいのかしら？」伯爵未亡人は尋ねた。「わたくしがリッチモンドから戻ってきたあとに、何度かアーチーがほのめかしたのよ、彼女に正式に求愛する許可をあなたに求めるつもりだと。もしもあの二人の組み合わせに反対するつもりなら、今回、彼女を招待するのは賢明ではないと――」

「その点についてはもう心配していません」ラドクリフは頼もしい口ぶりで言った。「弟からすでに二度、まさにそのような要求をされそうになったと話す必要はない。幸い二度とも、こちらは留守にしていた。「安心してください、母上。アーチーもミス・タルボットも本当には思いを寄せていませんから」

「そういうことなら、いますぐタルボット姉妹に手紙を書くわ！」母はぱっと晴れた顔で宣言した。「そうそう、ヒンズリー大尉に軍服を着てくるようお願いできるかしら？」

「ディナーパーティ？」ドロシーおばの声は、まるでキティが人前でガーターを結びましょうと提案したかのごとく、驚愕の色を帯びていた。

「ええ、すてきでしょう？」キティは笑顔で手紙を振った。「上流社会でも最上流の紳士淑女が集まるんですって。うまくいけば、すばらしい状態で社交シーズンに乗りだせるわ！」

ドロシーおばはひたいに手を当てた。「困った子」疲れた声で言う。「五分も目を離したら、すぐにまた愚かな計画の渦中にいる。もうロード・ラドクリフに正体がばれたんでしょう？　次にやるべきことはそれじゃないと思うわよ」

「いいえ、これよ」キティはきっぱり言った。「ラドクリフが母さんの件をみんなにばらすと脅したことを考えれば、それを逆転させたわたしはほめられていいと思うけれど」

「母さんの件って、どんな件？」セシリーが隅から声をあげたので、キティは小さく飛びあがった。妹の存在をすっかり忘れていた。

「ええと」さわやかに言う。「なんでもない。なにも心配いらないわ」

「だけど知りたいのよ」セシリーはゆずらない。「母さんのことなら、わたしにも知る権利があるでしょう?」

妹の頑固な表情にキティはため息をつき、そばへ行ってとなりに座った。

「驚くかもしれないけれど」事実を真綿でくるむ余裕がなくて、切りだした。「母さんは昔――その、母さんは――貴族相手の娼婦だったの。それで父さんと出会ったのよ」

セシリーのあごが落ちた。「ええ?」かすれた声で言う。「ありえないわ。母さんは女優だったのよ」

「そうよ」キティは言った。「女優であり、しょ――」

セシリーが両手を耳に押し当てた。「やめて!」

妹の子どもっぽさに、キティは苛立ちがこみあげるのを感じた。いまはいろいろ準備しなくてはならないのだから、こんな非生産的な時間の使い方をしたくない。

「し、信じられない。母さんとはよく偉大な劇作家の話をしたのよ」セシリーがつかえながら言う。「シェイクスピアとか、マ、マーロウとか」

「ねえ」キティは元気づけるように言った。「別になにも変わらないわ。母さんはやっぱりわたしたちの母さんよ。それで母さんがシェイクスピアや……マーなんとかを好きじゃなかったことにはならない。あなたはいま、母さんについて新しい面を知っただけ。少なくとも、興味深いことじゃない？」

セシリーが向けた鋭い視線は、ちっとも興味深くなんかないと告げていた。

「どうしていままで話してくれなかったの？」セシリーが問う。

「あなたが動揺すると母さんは思っていたの。正解だったわね！」

「でも、姉さんには話したんでしょう！」セシリーがとがめるように言った。

真相を打ち明けるべきかと迷って、キティは唇を噛んだ。真相は、セシリーにこんな話を聞かせることすら、母は夢にも考えていなかった。セシリーは一家の大事な夢想家で、知識人だ――母は、セシリーには本や芝居のことを話し、衝撃の過去についてはキティにしか話さなかった。キティと母のあいだに秘密は一つもなかった。厳しい財政状況を率直に話し合い、いかにそこから脱するかを一緒に画策した。セシリーと母の関係性とは、まったく異なっていたのだ。

「キティ、わたしたちは出席できないわよ」ドロシーおばの声が、セシリーのうろたえた声を圧して響いた。

キティは眉をひそめて振り返った。「どうしてそんなに反対するの？　これは絶好の機会よ、おばさま。本物のチャンスが転がりこんできたの」

「あなたのお母さんもそうだったわ。で、その結果はどうなった⁉」ドロシーおばが甲高い声で返したので、キティもセシリーも少しぎょっとして後じさった。ドロシーおばは震える手で口を押さえた。

「そういうつもりじゃなかったの」ドロシーおばが言う。「ごめんなさい……その、あなたがあんまり彼女に似ているから……。彼女もそんなふうに自信満々だった。愛も結婚もお金も、すべて手に入れられると信じていた。だけど実際の上流社会では、そんなに単純なことは一つもないし、すべてが一瞬で奪われてもおかしくないの。結局、彼女はロンドンを追いだされて、わたしは二度と会えなかった」

室内が静まり返った。こんなに落ちつきを失ったドロシーおばの姿を見たのは初めてだった。

「だけど母と違って」キティは宣言した。「わたしはだれとも恋に落ちないわ」

「それで安心できるかどうか」ドロシーおばがもどかしげに両手を宙に放った。「ともかく、そんな計画はまったくもって賢明じゃないわ。そういう席でどうふるまうのが正解か、わたしたちのだれも知らないのに」

「てっきりおばさまは知っているかと」キティは正直に言った。「紳士と接してきた経験があるから」

「彼らの妻の前ではないわ」ドロシーおばが言う。「あなたたちと同じくらい、わたしにも未知のことなの。こういう会にはいろんな決まりごとがあるけれど、そのどれ一つとして、わたしたちは知らない。それに、その場にいる紳士のだれかがわたしに気づいたらどうなるか、考えてみた？」

「十年も経っているでしょう？」キティは疑わしげに言った。

「その十年はわたしにとても親切だったの」ドロシーおばはぴしゃりと言った。「わたしの髪がいまは赤ではなく焦げ茶だとしても関係ない。わたしがそういう人たちを避けているのには理由があるのよ、キティ。それにあなただって、お母さんそっくり！　レディ・ラドクリフには、出席できないとお返事するのがいちばんだわ」

「そしてあきらめるの？」キティは反抗的にあごをあげた。「いやよ。知っておくべきことはすべて事前に調べるわ。わたしたちは絶対、このディナーパーティに行く！」

宣言どおり、キティは果敢にもその日の午後、情報収集の旅に出た。セシリーを連れての目的地は図書館だ。というのも、セシリーが女学校で作法の本を与えられたこと、その本で乙女の美徳を教わったことを、しょっちゅう話していたからだ。ところが結果は失望に終わった。いまいましいことに、もっとも学術的な本でさえ、内容が希薄でまったくの役立たずだったのだ。いったい、〝真実を重んじましょう〟だの〝高慢にならず気品をもちましょう〟だのといったたわごとが、ディナーパーティでなんの助けになるというの？　姉妹は収穫なしで図書館をあとにし、その夜、キティはドロシーおばと目を合わせられなかった。

暗黙の了解で、どちらもこの件については話すことなく、三人とも早めにベッドにもぐったが、キティは眠れなかった。ロンドンに着いてからの日々で、都会が立てるほぼ絶え間ない音に慣れてはきたものの、暗いなかでさえ窓越しに漏れ聞こえてくる音には、まだ完全にはくつろげなかった。故郷では――ネトリーでは、キティかベアトリスのどちらかが眠れないときはふとんの下でひそひそと打ち明け話をし、秘密や不安を分かち合うことで、自分たちは一人ぼっちではないのだと感じられた。ベアトリスに打ち明けていない秘密もいくつかありはするけれど――借金の正確な額や両親の結婚前についての真相はキティ一人が負えばいい重荷だ――不安なときはベアトリスに頼るのがすっかり習慣になっていた。とりわけ母が亡くなって、このうえない孤独感を味わっていたころは、ベアトリスがいてくれたおかげでどんなに心を支えられたかわからなかった。

いま、それがない。

「セシー?」キティは暗がりにささやきかけた。けれどやわらかな寝息が、セシリーはもうぐっすり眠っていると告げていた。

父が生きているうちに上流社会の礼儀作法について聞いておけばよかったと、いまさらながらに悔やんだ。そうする機会は無数にあった――けれど、その知識がいかに重要になるかなど、当時のキティは知る由もなかった。両親を失ったとき、〝最悪〟は衝撃と悲嘆に明け暮れる最初の数日には訪れなかった。それはあとからやってきた――両親に訊きたいと思うことが生じたときに、日々、何度も。以前からぼんやり不思議に思っていたけれど声に出して問おうとはしなかったこと、くだらないこと、重要なこと。そんな疑問が生じるたび、当然ながら直後に悟るのだ――質問できる両親はもういないのだと。

いま頭のなかをぐるぐるめぐっている疑問の数々を両親のどちらかにぶつけられるなら、なにも惜しくない。父にはもちろん上流社会のことを訊きたいけれど、わたしは本当に正しいことをしているのだろうかとも訊きたい。ドロシーおばの言うことを聞くべきか、それとも自分の直感を信じるべきかと。わたしたちは助かるだろうかと。ああ、どうかもう一度、すべては丸く収まると言ってもらえたら。そっとひたいに手を当てて安心させてもらえたら。

暗いなかでセシリーがしゃっくりをしたので、キティは首を振って幻想を払った。現実を見るに、いまやるべきは、この世界を熟知しているだれかに相談することだ。わたしが知りもしない小さな決まりごとや儀式をすべてわかっているだれか。内部の人間がどうやって外部の人間を見破るかを知っていて、わたしが自身の無知を露呈する心配をすることなく率直に話せるだれか。紫色の空が漆黒に染まったころ、キティはついに認めた。そんな人物は一人しかいない。

翌朝十時、セントジェイムズプレイスに面したラドクリフ家のタウンハウスの玄関を開けた執事のビーヴァートンは、のぼり段のいちばん上に期待の顔でこちらを見あげるミス・タルボットとメイドを見つけて驚いた。この異例のできごとへのまっとうな反応は、当然ながら、旦那さまは訪問者にはお会いにならないのでお帰りくださいと女性陣に伝えることだった。ところが、いったいぜんたいどういうわけか、ビーヴァートンは気がつけば女性陣を書斎に通して、訪問者の到来をロード・ラドクリフに知らせるべく階段をのぼっていた。

「ミス・タルボットだと？」ラドクリフは薄暗い寝室の奥から信じられないと言いたげに尋ねた。「ここへ？　いま？　いったいどういう……？」

どうにかベッドから起きだして、十五分後には書斎にたどり着いたものの、そのいでたちは通常、訪問者に見せたいよりはいくらか乱れていた。戸口にたたずんで、無表情にミス・タルボットを見つめた。不可解ではあるが、本当に彼女はここにいる。

「ミス・タルボット」ついに口を開いたが、礼はしなかった。それ以上、なにも言わないでいると、ミス・タルボットも気づいたらしい――彼が起きてきはしたものの、礼儀のほうはまだ眠っているのだと。

「お茶かなにか、いただきます？」先導が必要だと感じたのか、ミス・タルボットが提案した。ラドクリフは唇を引き結んだが、男の召使いに紅茶と軽食を運ぶよう命じて、ミス・タルボットに椅子をすすめた。

「きみが訪ねてくるとは思いもしなかった、ミス・タルボット」多少の落ちつきを取り戻して言った。「訪ねてくると知っていたとしても、さすがにこれは早すぎる」

ミス・タルボットは驚いて伯爵を見た。「だけどもう十時過ぎですよ！　まさか、まだ眠っていらした？」

「忘れてくれ」ラドクリフはぐっとこらえて言った。「なぜ来た？　昨日、母からの招待状が届いただろうから、これ以上、話し合うことはないはずだが。それとも、ぼくとの約束を反故(ほご)にしたくなったたか……？」

「いいえ、とんでもない」ミス・タルボットは打ち消すように手を振った。「約束は守りますので、ご心配はいりません。わたしはもうアーチーを狙っていませんから。だけど閣下にいくつか質問があるんです」

ラドクリフは、ドアのそばの椅子に腰かけているメイドのサリーをちらりと見てから、視線をミス・タルボットに戻した――聞かれていいのかという確認だ。すると彼女はまた手を振った。「ああ、サリーはすべて知っていますから、ご心配なく。ひとことも漏らしません」

「そうか」ラドクリフは言った。「申し訳ないが、ぼくはそこまで彼女を信用できない。廊下で待たせたほうがいいんじゃないか？　まあ、ぼくがきみに手を出すのではと恐れているなら話は別だが」

最後の一文をつけ足したときの口調には、そんなことは起こりえないがと言いたげな皮肉っぽさがあふれていた。当然それを聞きつけたキティは、侮辱されたと思うまいとした。サリーが部屋を出ていってドアが閉ざされると、ラドクリフの横柄な態度はいくらか薄れた。

「こちらの役割は果たしたと思っていたが」伯爵が歯切れよく言う。「きみが上流社会に入りこめるよう手配し、そこからはきみが引き受ける」

「まさかそんなに簡単だとは思っていらっしゃらないでしょう？」とがめるように言った。キティ自身、ドロシーおばに教わるまではそれくらい簡単だと思っていたことなど、きれいに忘れて。

「申し訳ないが、思っていた」

「レディ・ラドクリフのディナーパーティについて、知っておくべきことが山ほどあるんです。つまり、失敗しかねないことが山ほど」

「そうなのか？」返しつつも、切ない気持ちでベッドを思った。

「そうなんです。あなたのお母さまは出会ってものの数秒でわたしが上流社会の人間ではないと見破られました。同じことが二度と起こらないようにしなくちゃならないんです」

「で、最初に思いついたのが、ぼくに助けを求めることだったと？」ラドクリフは信じられないと言いたげに尋ねた。「昨日は脅迫し合った仲だが」

「最初に思いついたのは」キティは訂正した。「図書館でした――だけどくだらない礼儀作法の本が教えてくれることなんて、聖書に書かれているようなことばかりで。それに、あなたに質問するのはそれほどおかしなことじゃないんです。だってあなたはわたしに成功してほしいはずでしょう？　取り引きしたんですもの」

「一秒ごとに後悔している取り引きをな」ラドクリフは言いながら両手で顔をさすった。紅茶ではなくコーヒーを命じればよかった。

キティはこれを無視して尋ねた。「パーティにはどなたが出席なさるの？」

「レディ・モンタギュー伯爵未亡人、その息子のロード・モンタギュー、娘二人」指折りながら挙げていく。「ロード・ソールズベリーとその妻、ミスター・バレルとその妻、ミスター・シンクレアとその妻、夫妻の息子のジェリー、ミスター・ホルブルック、そしてきみも会ったことのあるヒンズリー大尉」

キティはうなずき、あとでドロシーおばに伝えるべく名前をすべて頭にたたきこんだ。「レディ・モンタギューに紹介されたときは、どのくらい深くお辞儀するべきかしら？」

ラドクリフはしばし無言でミス・タルボットを見つめた。「中くらいだ」これで終わりであってくれと願いつつ答えた。ミス・タルボットが立ちあがった。

「見せてくださる？」

「見せる？」

「ええ。伯爵夫人の前でお辞儀をするときの適切な深さをやってみせてください。どうやらわたし、初めてお母さまにご挨拶したときは、ちゃんとできなかったみたいなんです」

「だが、ぼくは女性じゃない」ラドクリフは指摘した。

「それでもしょっちゅうご覧になっているでしょう？」キティは早くやってみせろと言わんばかりに手で伯爵をうながした。

もう少し遅い時間で、多少なりともミス・タルボットの来訪に心構えができていたなら、断ったかもしれない。だが心構えはできていなかったし、まだ朝早い時間だったので、これほどしつこくせっつかれては従ったほうが楽に思えた。立ちあがり、伯爵夫人の前でのお辞儀として通用しそうな動きをしてみせた。ミス・タルボットが鋭い目で観察し、そんなに浅くてよかったのかと言いたげな顔で、器用にまねをした。

「相手がロード・ソールズベリーとレディ・ソールズベリーだったら、変わってきますか？」

「ああ。侯爵夫妻だからな――こんな感じだ」また実践してみせた。さらにもう一度、今度はただのミスターであるシンクレア夫妻とバレル夫妻の前でのお辞儀を。

完全に記憶したミス・タルボットは、満足してふたたび椅子に腰かけた。

「そのあとはどうなります？」次の質問だ。「すぐに着席？　どんなものを食べるのかしら？　わたしはどこか特定の席に座るべき？　どんな会話をするのかしら？　着るものは？」

　ロード・ラドクリフの頭がすっかり起きてミス・タルボットの存在をうっとうしく思いはじめる前に、キティは貴重な情報の宝庫を引きだすことに成功した。そういうわけで、〝いますぐ出ていって二度と来るな〟と伯爵に命じられたときは、喜んでその命令に従った。

　伯爵みずから玄関まで見送り――さもないと出ていってくれないのではというい やな予感がしたのだ――ぶっきらぼうに〝いい一日を〟と告げると、はるかに陽気な別れの挨拶が返ってきた。

「きみにはどうでもいいことかもしれないが」玄関を閉じる前に、ラドクリフは険しい声でつけ足した。「上流社会では、メイドを連れていようといまいと、未婚の女性が未婚の男性の家を訪ねるところを目撃されるのは非常に不適切だと考えられている」

　ミス・タルボットは大げさに天を仰いだ。「まったく、都会の人はすぐに騒ぐんですね。新鮮な空気が足りないせいかしら？」

　ラドクリフは乱暴に玄関を閉じたが、キティはきわめて幸せな気分で、サリーとともに軽やかに階段をおりた。上流社会に鮮烈な印象を与えるために必要なことはすべてわかった。なんだろうとかかってこいという気分だった。

# 14

「こういう夜の催しでなにを着るのが正解か、はっきりわかっている人はいないのよ。レディ・モンタギューが着飾りすぎていないといいのだけれど」客間で招待客を待ちながら、レディ・ラドクリフが楽しそうに言うのを聞いて、ラドクリフは笑みをこらえた。母にしてみれば、レディ・モンタギューがそういう失敗を犯すほど楽しいことはないのだ。

時計が七時を打ったとき、最初の招待客が到着しはじめたので、ラドクリフはそれぞれに礼と挨拶をしながらも、気がつけばタルボット姉妹の到来を待っていた。

「ミセス・ケンダル、ミス・タルボット、ミス・セシリー・タルボット！」パットソンの声と同時に、三人の女性が入ってきた。三人とも、じつにみごとな最新流行の装いだ。ミセス・ケンダルはやわらかな藤色で、ミス・タルボットとミス・セシリーはヴォクソールガーデンズのときに着ていたのと同じ白のドレス――とはいえ、銀色の紗(しゃ)のショールがドレスに新しい表情を与えていた。

「こんばんは、ミス・タルボット」ラドクリフは礼儀正しく言った。ミセス・ケンダルには母が、ミス・セシリーにはアメリアが挨拶をしている。

ミス・タルボットは会釈をして、小声でささやいた。「まだ後悔していらっしゃる?」

「ああ、海よりも深く」ラドクリフは答えた。

ミス・タルボットはほほえんだ。「今夜はわたしのために花婿候補を用意してくださったのかしら?」いたずらっぽく尋ねる。

「あいにく数はごくわずかだが、このパーティを命綱とみなしたのはきみだから、それはきみの過ちであって、ぼくのではない」

「ご自身では力不足だとお思いなら、そうおっしゃってくださいな」伯爵を苛立たせたくなって、キティは言った。

「あるいはリストを作るべきかもしれないぞ」考えるようにラドクリフは言った。「きみを満足させられるほど裕福で、きみの餌食にしてもぼくが罪悪感を覚えなくていいほど道徳心に欠ける紳士のリストを」

怖い目でにらんで、ミス・タルボットが言った。「おやさしいこと」そしてレディ・ラドクリフの前へ移動した。

「ミス・タルボット、今夜はすてきね! そのブローチ——すばらしいわ! 作り手はいったいだれかしら?」最後の一文は答えのいらない問いだったのだろう、伯爵未亡人はすぐにひそひそ声で続けた。「レディ・モンタギューが遅れそうだから、わたくし、とても怒っているのよ。なんて失礼なのかしら。わたくしに敬意をいだいていないのよ、間違いないわ」

「モンタギュー伯爵閣下、モンタギュー伯爵未亡人閣下、レディ・マーガレット・キャヴエンディッシュ、レディ・ジェイン・キャヴェンディッシュ」戸口からパットソンが声を響かせた。

「ようこそ！」とたんにレディ・ラドクリフはうれしそうに言い、両腕を広げて歓迎を示した。女性二人はほとんど滑稽なほどの温かさをこめて、それぞれに挨拶をした。

「こちらにいらして。ミセス・ケンダルとその姪御さんのタルボット姉妹に、ぜひ会っていただきたいわ。わが家の新しいお友達なの。レディ・モンタギューはわたくしの親しいお友達で、こちらは息子さんのロード・モンタギュー——アーチーとは兄弟同然よ。レディ・モンタギュー、こちらはミス・タルボットといって、わたくしの最新のめまいのことでとても力になってくれたの」

キティとセシリーはレディ・モンタギューの前でお辞儀をした。

「お話はうかがっていますよ」そう言ったレディ・モンタギューの口元はほほえんでいたが、目は品定めしていた。

キティは深く息を吸いこんで、落ちつけと自分に命じた。今夜は、出席した女性全員に気に入られて終えることが肝要だ。ロンドンは男性の世界かもしれないけれど、その鍵を握っているのはこういう女性たちなのだ――招待状を送り、ゴシップを広め、わたしの運命を左右しかねない嫌がらせをするのは。

「タルボット？」レディ・モンタギューがあらためて尋ねた。「パリのタルボット家の親戚かしら？」

ええ、とキティは思ったが、それは宣伝したいつながりではない。だれかが両親の醜聞を連想しては困る。

「いいえ」穏やかに嘘をついた。「ドーセットシャーの出身です」

「あら、じゃあソールズベリー家はご存じね？」

「まだ紹介されていません」キティは正直に答えた。

「まあ」レディ・モンタギューの目がちらりとキティの向こうを見た。急に、少し関心を失ったように。「じゃあディグビー家は？　すばらしい領地よね？　娘たちは去年の夏をあちらで過ごしたの」

「わたしたちは行ったことがありません」キティは言い、首を振った。「ですが、美しいところだと聞いています」

レディ・モンタギューはまた失望した顔になり、今度はドロシーおばのほうを向いた。

「こちらは……ミセス・ケンダル、だったかしら？」

キティの耳にも〝ケンダル〟はやや平凡に聞こえた。事前に名前を変えられていたらと思ったものの、もうとっくに手遅れだ。ドロシーおばのふるまいはみごとで、亡くなった（架空の）夫とどのように出会ったかをおもしろおかしく語ったが、レディ・モンタギューは見るからに聞いていなかった。キティたちがどんな名士ともつながっていないとわかった以上、この三人は役立たずとみなして、もっと肥沃な大地に移りたがっているのだ。その後、だれに紹介されても同じことが起きたので、キティはうろたえた。どうやらここにいる全員が、タルボット姉妹とミセス・ケンダルは〝社交の地図〟のどこにいるのか知りたがっているらしく、答えがわからないことに深い戸惑いを示したのだ。タルボット姉妹は見た目もふるまいも〝家柄のいいお嬢さん〟だが、それなら知っているはずの人を一人も知らない。西部一帯の上流家庭のどれ一つとして知り合いではないとキティが否定しつづけているうちに、集まった招待客の態度は横柄になってきた。どうやらここは思っていたよりも狭い世界で、受け入れられるにはそのどこかに分類されなくてはならないらしい。

この苦境における唯一の救いは、ほかの招待客はロード・ラドクリフの存在が気になりすぎて、姉妹をじっくり尋問する余裕がないことだった。彼らにとってラドクリフは魅力的な人物なのだろう――肩書きがあって裕福で、もちろん独身だが、大陸での日々以来、めったに上流社会でお目にかかれない。ウェリントンの武官として仕え、ワーテルローで戦ったものの、役割は外交的なものにかぎられていた――めったに長男を含まないたぐいの逸話だから、容赦ない階級制である上流社会はなおさらこれをおもしろいと思うのだ。ラドクリフが口を開くたび、戦争にまつわる勇敢な物語が始まるのではないかと期待するように、部屋全体が少し静かになった。だがラドクリフがそういう話をすることはなく、やがてレディ・ラドクリフがディナーの用意が調ったと告げたときには、キティはほっとした。ありがたいことに、レディ・ラドクリフがキティに割り当てた席はアーチーのとなりではなかった——アーチーにはもう手を出さないという最近の約束により、今夜はここまで彼と目が合うのを避けていた。割り当てられたのは、ミスター・シンクレアが左に、ヒンズリー大尉が右にいる席だった。

着席するときにヒンズリーがウインクをよこしたが、アーチー追求の邪魔をした大尉を許していなかったキティは、冷ややかな視線で応じた。コースの一品めが出てくると、キティは緊張しつつ、ミスター・ヒンズリーとミスター・シンクレアに皿が供されているすきに料理に驚嘆した。量だけでも圧倒的だ。テーブルの四隅にはアーティチョークのスープで満たされた蓋つきの鉢が置かれ、そのあいだにはバターに浸した白身魚や子牛の腰肉、そして二十以上のつけ合わせが並んでいる——そのすべてに、キティには名前もわからないソースがかかっていた。ネトリーでの最後の夜に食べた、野菜のプディングと子牛の内臓のひき肉詰めとは大違いだ。

ラドクリフから、女性はまず左側の男性に話しかけなくてはならないと聞いていたので、キティはミスター・シンクレアのほうを向いておずおずと笑みを投げかけ、この男性がその妻より話しやすい人物であるよう祈った——ミセス・シンクレアは、キティがビューフォート家を知らないわけがないと言い張り、頑としてその件を流そうとしなかった。残念ながらミスター・シンクレアは、ほがらかな人ではあるものの、もはやおなじみになってきた尋問を控えてはくれなかった。

「ビディントン？ ああ、あのあたりならよく知っているよ！」ミスター・シンクレアは言った。「じゃあ、もちろんダッキーを知っているね？」

「ダッキー？」聞き違いだろうか？ いえ、間違いなくダッキーと聞こえた。キティはぽかんとしてミスター・シンクレアを見つめた。ダッキーというのは場所？ それとも文字どおりカモ(ダック)のことで、なぜかあの地域で有名なの？ 手のひらがじっとり汗ばんでくるのを感じながら、いちばん安全な答えはなんだろうと無言で考えていると、ミスター・シンクレアは戸惑いの顔になっていった。

「ロード・マラードだよ」キティの返答はないのだと悟って、ミスター・シンクレアが言いなおした。

「ああ」キティは小声で言った。つまり、あだ名。「いえ、存じません」

ミスター・シンクレアは眉をひそめた。「そんなばかな」ゆずらずに続ける。「彼はあのあたりに狩猟用の小屋を持っているんだ。間違いない」

耐えられなくなったキティは、あるていど危険を冒すことにした。説明もせずにこうした質問を避けてばかりいてはだめだ。知り合いがいないことになにかしらの理由がなくては、この夜を乗りきれない。

「じつは」勇気を出して切りだした。「おばとド・レイシー家をのぞくと、ロンドンには一人の知り合いもいないんです。父はわたしたちを完全に上流社会から遠ざけていました——娘がだれかにだまされるかもしれないとひどく恐れていたので、わたしたちは一度も町を出たことがなかったんです」

「そうだったのか」ミスター・シンクレアはこの話に興味を覚えたようだった。「お父上は風変わりな方だったのかな？」

「とても。打ち明けてしまうと、妹もわたしもまったくの世間知らずなので、未熟なところがあっても許していただけるとうれしいわ——間違ったことを言ってしまうんじゃないかと不安で不安で！」

「となると、きみはロンドン一のうぶなお嬢さんだろうね」その点はなかなかの魅力だとミスター・シンクレアは思い、つかの間、太い眉の下からミス・タルボットを見つめた。「なにも緊張することはない」励ますように言って、室内を手で示した。「ここにいるのはロンドン屈指のやさしい人ばかりだ！　安心してわたしたちに身をゆだねるといい」

ミスター・シンクレアの言葉に嘘はなかった。コースの一品めがさげられると、二人とも反対側の席のほうを向き、ミスター・シンクレアはタルボット姉妹のめずらしい育ちについてレディ・ソールズベリーに語った。するとレディ・ソールズベリーは訪れた最初のチャンスに、次の席の人にこの話を伝えた。だれもが好奇心に満ちたささやきで受けとめ、コースの二品め（一品めより多くて、ガチョウとロブスターとホロホロチョウが盛られていた）が終わるころには、タルボット姉妹は新奇な存在としてみなされるようになっていた。横柄な態度も薄れてきた。集った紳士淑女も上流社会も、これほどめずらしくて魅力的な娘たちを見つけてくるとは、レディ・ラドクリフこそ目の肥えた女主人役ではないかと思いはじめていた。

テーブルをそっと見まわしたキティは、目が合ったドロシーおばと小さな安堵の笑みを交わした。反対側に目を向けると、セシリーがいきいきしているのを見てうれしい驚きを感じた。妹は、若きロード・モンタギューにサッフォーの哲学について長々と講釈を垂れているらしい——自身の知性をめいっぱい披露することを許された人がたいていやってしまう、あれだ。青年のほうは死ぬほど退屈しているだろうに、じっと耳を傾けてくれているので、キティは心のなかで感謝を捧げた。

上流社会も庶民とそう変わらないのだとわかってきて、もうそこまで攻撃されているように感じなくなったキティは、ようやく周囲をじっくり観察することができた。たしかにこの人たちはカットグラスのような声で話すし、その礼儀正しさは儀式めいているし、用語もまったくわけがわからない——イートン校と女家庭教師とロンドン、把握しているべきだけれど本人を知らなければ使ってはならない紳士淑女のあだ名。それでも、この人たちもほかのみんなと同じように食事をするし、悪魔のごとくうわさ話をする——ただし礼儀に見合うよう、心配と同情という名のリボンをかけて。

「エガートンの息子さんはお気の毒にねえ」ミセス・バレルの声は小さいけれどテーブル全体に聞こえた。

「なにがあったの？」尋ねるミセス・シンクレアの顔は心配そうだが目は輝いている。

「トランプなんかで一財産を失ったそうよ。ご家族はひどくお怒りだわ」レディ・モンタギューが悲しげに首を振りながら言う。「返済のために土地を百エーカー売らなくてはならなかったんですって」

「まっとうな家族には起きないことよ」レディ・ラドクリフは少し気分のすぐれない顔で言った。「彼もワーテルローにいたんじゃなくて、ラドクリフ？」

言葉が唇から漏れた瞬間、レディ・ラドクリフはしまったという顔になった。たちまち全員が静かになってロード・ラドクリフを見つめたが、伯爵は低い声で肯定しただけだった。詳しく話すつもりはないのだとわかったとき、レディ・ソールズベリーが切りこんだ。

「ロード・ラドクリフ」テーブル越しに呼びかける。「ワーテルローのことを話してくださいな。わたくしたちみんな、聞きたくてたまらないんですのよ」

「ラドクリフは戦争の話をするのにもう飽きてしまったの」伯爵の母親がすかさず口を挟んだ。

「あら、だけど今夜はわたくしたちを楽しませてくださるはずよ」レディ・ソールズベリーはゆずらない。「そうでしょう、ロード・ラドクリフ? わたくしたちが丁寧にお願いすれば」

「なにをお知りになりたいのですか?」ラドクリフは冷ややかに言った。

「どんな感じでしたの?」レディ・ソールズベリーは熱心に身を乗りだした。

「ひどかったですよ」ラドクリフは言い、グラスのワインをあおった。さりげない口調だが、キティはそこに警告の響きを聞きとった。レディ・ラドクリフとヒンズリー大尉の張り詰めた顔からすると二人も気づいたのだろうが、レディ・ソールズベリーはひるまず続けた。

「すごい光景だったんでしょうね」うっとりして言う。「ずらりと並んだ連隊、何頭もの馬、英国の赤い軍服、そして——」

「死?」ラドクリフが暗い笑みを浮かべて言った。「あの日のことでなにより覚えているのは、死です。赤い軍服ではなく」

レディ・ラドクリフが不意に席を立った。「女性のみなさん、あちらでお茶でもいかが?」努めて明るい声で言われ、キティは名残惜しくもブラマンジェを置き去りにした。

　今夜最初の冷ややかな態度が嘘のように、女性陣はミス・タルボットとミセス・ケンダルに温かく接した。ミセス・バレルだけは過保護な父親という説明に納得していないようだったが、絶対に流行に乗り遅れることのないレディ・モンタギューとミセス・シンクレアは、タルボット姉妹を〝最高に上品な生き物〟とみなすことに決めたらしい。キティもキティでこの役柄に磨きをかけ、ロンドン社交界という海を航行するための助言を女性陣に求めた。世慣れているように見られたい若い娘に慣れきっていたご婦人方は、自分たちの社会的地位の高さをこれほど素直に認められて、新鮮かつ鼻高々な思いだった。男性陣が加わるころには、キティは来月開かれる舞踏会三つへの招待を約束されていた。

「成功だと思っていいんじゃないかしら」帰りの馬車のなかで、キティはドロシーおばにささやいた。

「ええ」ドロシーおばは思案顔で言った。「そうね。まず失敗すると思っていたけれど、成功と考えていいでしょうね」

　ドロシーおばがこちらを向いたので、キティは戦略の無謀さや危険さについてまたお説教をされるのだと身構えた。ところがこの女性にはまた驚かされた。

「やっぱりあなたはどうかしていると思うわ」ドロシーおばが言う。「それに、そのしつこいほどの粘り強さにはへとへとにさせられる。だけど認めましょう、今夜はすごく……わくわくした」言葉を切る。「だから、そう――乗るわ。できるかぎり協力する」

「いまはだれと結婚したいの?」セシリーが混乱しきって口を挟んだ。「ロード・モンタギューじゃないわよね? ディナーのときにわたしのとなりに座っていた興味深い青年」

キティは天を仰いだ。「セシリー、さすがのわたしも肩書きのある紳士を狙うほどばかじゃないわ。それも、あんなに有力な家の出の紳士を。少しは信用してちょうだい」

「そう、よかった」セシリーはあいまいに言い、また意識をどこかに飛ばした。そこからは心地よい静けさに包まれ、キティは目を閉じて座席に首をもたせかけた。

街の反対側では、ラドクリフが歩いて自宅に向かっていた——グロヴナースクエアからセントジェイムズプレイスまでは近い。伯爵もまた、ほっとしていた。ミス・タルボットはみごとにその役割を演じた。招待客全員がいとも簡単に彼女の手管に落ちてしまうので、彼らに代わって恥ずかしくなりそうなほどだった。

もちろん、なりそうだっただけで、なりはしない。レディ・ソールズベリーにワーテルローのことをしつこく訊かれたせいで、彼らの運命など知ったことかという思いだった。じきにこの件からは完全に手を切れるだろう。ミス・タルボットに約束したダンスを踊るまではロンドンにいなくてはならないが、それが片づけばもう関わる必要はなくなるし、ロンドンにいる理由も消える。今夜をかぎりに、ミス・タルボットに悩まされる日々は終わるのだ。

# 15

翌朝、キティがラドクリフの家を訪ねたのは、厳密には思いつきでというわけではなかった。前の夜、またしてもなかなか眠れず、何時間も思い悩んで過ごした。上流社会について、知らないことはまだ無数にあるというのに、たった一晩の成功でもう安心だと、わたしは本気で考えているの？　悩ましいまま夜明け前にやっとまどろんで、太陽が完全にのぼったころには、失敗を避けたいならもっと下準備が必要だという結論にいたっていた。

のぼり段に立つミス・タルボットとサリーを見て、執事のビーヴァートンはうろたえた顔になったが、そんな反応もこの家の主人のそれに比べればどうということもなかった。ふたたびあの恐怖が降りかかってきたと知った伯爵は、ぎょっとした。

「今度はなんだ？」悪魔に立ち向かうため、いやいやながら階段をおりていって尋ねた。

「あと少し、訊(き)きたいことがあるんです」キティは言い、手提げ袋(レティキュール)からメモ帳を取りだした。「始めても？」

「やれやれ……」伯爵がつぶやくのがキティにも聞こえた。

「レディ・モンタギューの舞踏会では、どのダンスを踊りそうかしら?」いざとばかりにメモ帳にかがみこみ、ペンをかまえて尋ねた。

「コティリオンとカドリールだろうな。それからよくあるカントリーダンス」逃げられないとあきらめて、伯爵は答えた。「そしてワルツ。だが、きみは足場が確保されるまで避けたほうがいいだろう。うるさ型はまだ少しふしだらだと考えているから」

キティはうなずいてすばやくメモをとった。

「私的な舞踏会では食事が供されるのかしら?　それとも事前に食べておくべき?」次なる質問だ。

「供される」

「それは食べたほうがいいのかしら?　それとも若い娘は食べなくてもいいんだと上流社会は思いたがっている?」

伯爵は目をしばたたいた。「食べていい」簡潔に答えた。「だが、たいていの人は事前に家ですませてくる」

「何時に到着するのがいいの?　招待状には八時と書いてあるけれど、それはつまり、八時に来いということ?　それとも八時より早く?」

似たような調子で質問は続いた――ラドクリフがこれまで注意を払ったこともなく、今後二度と考えたくもない、細かなことについて。闘争心はどこへ消えてしまったのだろう、とラドクリフはおぼろげに思った。まるであのメモ帳を前にしたら生気をすべて吸いとられてしまったようだ。そのせいで、穏やかだった朝が消え去っていくのを無言の絶望のうちに眺めているしかないような。

ミス・タルボットがぱたんとメモ帳を閉じたときにはほっとしたものの、試練は終わっていなかった。ミス・タルボットが今度はハンドバッグから女性向け雑誌〈ラ・ベル・アッサンブレ〉を取りだし、ドレスの絵が描かれているページを見せてきた。「こういうのを着るつもりだけれど——間違っていないかしら？」

「大丈夫だろう」力なく答えた。

「わたしが避けるべき失敗は？」

「たくさんある」返事の声がくぐもっているのは、いまや両手に顔をうずめているからだ。

「一つ挙げてみます？」辛辣に言った。

「いやだ」伯爵は不機嫌に答えた。

ラドクリフの忍耐が尽きたのを感じて、キティは立ちあがって帰り支度を始め、明るくごきげんようと告げたものの、同じ明るさは返ってこなかった。

「頼むから、裏口から出ていってくれ！」伯爵はミス・タルボットの背中に叫んだ。が、ときすでに遅く、彼女はもう去っていた。

その日、ラドクリフが心の平穏を取り戻すには少し時間がかかった。幸い、これ以上の訪問者はいなかったものの、すでに痛手を負っていた。予定どおり、たまった手紙に目を通してラドクリフホールに適切な指示とじき戻る旨を伝える返信をしたためるのではなく、ミス・タルボットの図々しさ、厚かましさ、厚顔無恥について、むかむかしながら考えて過ごした。いっそ戻ってきてくれたら、今度はこの手で放りだしてやれるのにとさえ思った。ベッドにもぐるころになっても、またミス・タルボットが来たという知らせで起こされるのではないかと心のどこかで不安だった。ありがたいことに、そうはならなかった。しかしながら、弟のアーチーが階下にいるという知らせで起こされた。

婚約のことでラドクリフと話をする約束だったのに、ずいぶん長く待たされて、アーチーは少しばかりじれていた。過去二回ほどセントジェイムズプレイスを訪ねたときは不首尾に終わったので、こうして兄と対面するのは、当初の予定より何日も遅れていた。もちろん厳密にはラドクリフの許可はいらないし、二週間後には成年に達するので、そうなればなおさら不要なのだが、アーチーにとってそこは重要ではなかった。兄はいまや一家の長。父が存命なら父に求婚の許しを求めていたのだから、いまは兄の許しを求めるべきだ。それが筋というもの。

「アーチー、よく来てくれた。今日はどんな用件かな?」ラドクリフは尋ねたが、弟の用件には大いに心当たりがあった。

アーチーは深く息を吸いこんだ。「とても大事な件で話があるんです」

ラドクリフはため息をこらえた。

「大事な件とは？」

「ぼくの手紙を覚えていますか？　兄上がロンドンに戻ってこられる前に書いた手紙で、ぼくの思いを真剣にミス・タルボットに打ち明ける許しを、いや、励ましを与えてほしいという」また息を吸いこんだ。「ぼくの気持ちは変わっていません。だから話し合いたいんです——」

ラドクリフは手をあげた。アーチーがこれ以上話しつづけても、自身を苦境に追いやるだけだ。

「アーチー、その前にぼくから話がある。ミス・タルボットはおまえにふさわしい女性だと思えない」

これにはアーチーも凍りついた。「なぜです？　母上が前に言っていた、彼女は財産狙いだとかいうくだらない話を、まさか兄上も信じているんですか？」

「それとこれとは関係ない」ラドクリフは嘘をついた。いまいましいミス・タルボットを貶めるようなことを言っても、恋に浮かされた勇敢な防衛線がますます強く張られるだけだと察して、戦術を変えた。

「ただ、それほど急ぐ理由がわからないということだ、アーチー。ミス・タルボットとは出会ってまだ数週間だろう。いましばらくこのまま友情を育むことに、なにか問題でもあある、とアーチーは感じていた。ミス・タルボットもあると言っていたが、どんな問題だったかはよく思い出せない。梨に関係があったような？

「それは――その――つまり、一度だれかを愛したら、遅らせる必要はないからです」我ながら上手に言えた。とっさにしてはすばらしい。

ラドクリフは納得しない顔でうなった。「そうかもしれないが、おまえはまだ若い。成年にも達していない。急いで結婚する理由はどこにもない。一人の女性に特別な思いを感じるまで、あと何十回も恋をするかもしれないぞ」

口調も言葉もやさしかったが、アーチーはすぐさまかっとなった。

「ぼくは坊やじゃありません」激した声で言う。ラドクリフの顔が陽気な年長者の表情をたたえたまま動かないので、ますます怒りが募った。「兄上がこの数年、もっと家族と一緒に過ごしていたら、そんなことはとっくにご存じだったはずだ！」

その言葉が口から飛びだしたとたん、ラドクリフの両眉があがったので、アーチーは早まった自分を悔やんだ。「ご、ごめんなさい。本気で言ったんじゃないんです」つかえながら言った。

「アーチー、ぼくはやるべきことがあったから地方にいたんだ」ラドクリフは冷静に指摘した。

アーチーはつま先でじゅうたんの端を蹴った。「やるべきことはたくさんあったんでしょうね」やや辛辣につぶやく。

ラドクリフは、おそらくこれで今週十二回めになるが、心のなかでミス・タルボットを呪った。あの女性が家族の頭におかしな考えを吹きこむようになるまで、一家にこんな問題は一つもなかったのに。

なだめるように両手を掲げた。「結婚に即反対というわけじゃない。ただ、社交シーズンをじっくり体験してみてほしいんだ。もし数週間経ってもおまえの心がミス・タルボットから離れていなければ、そして彼女の心もおまえから離れていなければ、そのときもう一度、話をしよう」

アーチーの肩に手をのせてくるりと向きを変えさせ、そっとドアのほうに押しだした。

「まるで、一度は話し合ったような口ぶりですね」アーチーは少し足を引きずりながら不満そうに言った。

ラドクリフは聞こえなかったふりをした。「モンタギューとシンクレアがロンドンに戻ってきたのだから、乗馬にでも出かけたらどうだ？　ロンドンを離れて、少し楽しんでは？」提案しながら玄関の外にアーチーをそっと押しだして、手を振る。「では、明日のモンタギュー家の舞踏会で！」

ほがらかに送りだされ、ドアはばたんとは閉じられなかったものの、アーチーには似たようなものに思えた。困り果てて、磨きあげられたドアノブを見つめた。いったい兄上になにがあったんだろう？　ワーテルローから戻って以来、よそよそしくなっていたのは事実だ——けれど少なくともデヴォンシャーにいたときは、手紙では弟の人生を気にかけている印象だったのに。それがいま、これ以上ないほどとらえどころがなくなった。兄がロンドンに戻ってきて、ようやくまたみんな揃ったのだから、家族にとって新しい章が始まったのだと思っていたが、どうやらこうして同じ街にいても、兄は家族とあまり関わりたくないらしい。

アーチーはとぼとぼ歩きだし、そんな悲しい思いを払おうとした。もう一度、早急に兄と話をしなくては。この気持ちは一時的なものではないとわかってもらわなくては。時間がかかってしまっても、ミス・タルボットが許してくれるといいのだけれど。とはいえ、と苦々しい気持ちで思った。ミス・タルボットもこのところ、ぼくと話すことにさほど熱心ではない。散歩は中止だし、何日も会えないのにまったく気にしていない様子だ。ぼくがなにか間違ったことをしているに違いない。こういうことをする際の正しいやり方をなにか忘れているのだ。それについて兄と話せないなら、親しい友人の助言を仰ごう。やっとロンドンに戻ってきた仲間の。

その日の午後、アーチーが〈クリブズパーラー〉を訪れると、グロヴナースクエアでのディナーパーティに出席していたジェリー・シンクレアは、タルボット姉妹の妹のほうは〝死ぬほど退屈〟だと文句を言った。

「イタリアのオペラについて延々話しつづけるものだから、耳がもげそうになったよ」憤然として言い、グラスを取った。「だれがそんな話をしてくれって頼んだのかってことさ。とはいえ、二人とも恐ろしいくらいの美人だな、アーチー」

「だけど、姉のほうはぼくに恋しているように見えた？」アーチーは尋ねた。

「正直に言うとだな、きみのことはあまり気にしていないように見えたぞ」ジェリーはすまなそうに言った。「彼女にはちゃんとたしかめたんだよな？」

「ああ」請け合ったものの、少し不安だった。「誓ってもいいけれど、当の彼女が言ったんだ――ぼくは求婚する前に家族と話をするべきだって。ぼくと婚約したくないなら、そんなことは言わないはずだろう？」

ジェリーはたしかにそのとおりだと同意した。仲間のもう一人のルパートは聞いていないようだった。若きロード・モンタギューは自身を偉大な詩人と考えており、日々、陰気な詩をつづっては自身の才能に思いを馳せている。それでも意見を聞かせろとアーチーにせっつかれると、そんな会話には芸術家の精神が汚染されると怖い声で返した。

「それに」ルパートはつけ足した。「ジェリー、きみがミス・セシリーを退屈だと思っても不思議はないね。彼女の知性はきみのそれをはるかに上回っているから」

こうして会話は道をそれ、日が沈むころには三人とも元気いっぱいになったので、ソーホーへ出向いて、気がつけば悪名高いトランプ賭場にたどり着いていた。酒を聞こし召したアーチーは、ここでも憂鬱がおりてくるのを感じた。暗い気分で室内を見まわすと、とっくに成年に達している男たちばかり。ふと、そのなかに粋な紳士のロード・セルバーンを見つけて、暗い声でジェリーにささやいた。「彼のことならミス・タルボットも大いに気にするだろうな」

「ぼくならセルビーは避けるね」友の向こうに目をやって、ジェリーは返した。「見た目は紳士だし、肩書きもまだもっているが、最悪なたぐいの恥知らずといううわさだぞ」

「ぼくが言いたいのは」アーチーは不機嫌に言った。「女性に正しく求婚する方法を知っている男に見えるってことさ。だれもが一目置く男に」

「間違いない」ルパートも重々しく認めた。

三人全員でロード・セルバーンを見ていると、向こうは視線に気づいて顔をあげ、気づいているぞと言いたげに人差し指を振ってみせた。三人は赤くなってすぐに目をそらした。

「まさに彼みたいになりたいな」アーチーは大胆に宣言した。

「文なしのうえに借金まみれだぞ。きみはきみでいるのがいちばんだ」ジェリーが明るく励ました。

派手に負けたあと、三人はぶらぶらとロンドンの街を戻っていった。遅い時間にもかかわらず、通りには同様に酔っ払った者がちらほらいたので、なにかがおかしいと気づいたときには、狭い脇道の後方から数人の男がついてきていた。数秒後、前方に別の男たちが現れて行く手をふさいだ。うろたえて足を止めたアーチーは、鋭い危機感に吐き気を覚えた。

「な、なんだ」ジェリーが不安げにつぶやいた。

めったに感情を表さないルパートさえ警戒をあらわにした。アーチーはなぜか、昔ながらの礼儀正しさを示せばこの状況も打開できるような気がして、さっと礼をしてから丁寧に尋ねた。「紳士諸君、なにかお困りですか？」

「金を出せ」男の一人が静かに言った。「そうすれば痛い思いはさせない」

「困ったことに、一ペニーも持っていないんだ」ジェリーが声をあげた。「トランプで有り金を全部すってしまって」

「残りもすべて手が届かない」アーチーも困り果てて言った。

「それは残念だな」男が言い、一歩前に出た。

アーチーは、抜かれた刃がぎらりと光るのを見た。そのとき――

「おい！」通りから声がした。

銃声が響いて、男たちが四散する。アーチーは大きく息を吐きだし、ありがたい思いで救済者のほうを向いた。その人物が近づいてくると、刺繍を施された真紅のチョッキが見えてきて、ロード・セルバーンだとわかった。

「助かりました！」感謝をこめて言う。「本当にありがとうございます」

「なんでもないさ」ロード・セルバーンがさりげなくピストルをポケットにしまった。

「街のこのあたりは恐ろしく危険なこともある。きみはラドクリフの弟だね？」確認するように言いながら手を差し伸べたので、アーチーはそれが命綱であるかのように握った。

「みんな、ここから離れたほうがいい。こんな夜にはだれに出くわすか、わからないからな」

三人はおとなしくロード・セルバーンについて、ごみ一つ落ちていないグロヴナースクエアの通りまで戻った。そこでロード・セルバーンはほほえみと会釈を残して去っていった。若き紳士たちは夢うつつで別れ、それぞれ頭のなかで自身をもっと勇敢な人物に描きかえながら、この夜の筋書きを作りなおした。家に入ると母が興奮状態で待ち構えていたが、それでも気分を壊されることなく、アーチーは笑みを浮かべたままベッドにもぐった。これならミス・タルボットも熱心に耳を傾けるに違いない。

四月九日　木曜　ネトリーコテージ

大好きなキティへ

姉さまから手紙をもらえて本当にうれしいわ。とはいえ届いたのはつい昨日なのだけれど――ここへ手紙を届けるのに、郵便馬車はちっとも急いでくれないみたい。どの舞踏会のことも詳しく書いてくれなくてはだめよ。一枚に収まるかぎり、めいっぱいに。だって姉さまとセシリーがそんなに豪華なところで高貴な人たちに混じっているところを想像できたら、きっととても楽しいから。

ここ数週間は穏やかな天気を味わっているけれど、昨日は風が強くて、夜のうちにかなりの数の屋根タイルがゆるんでしまったわ。お天気がもてば大丈夫でも、雨が続いたらまた漏るでしょうね。わたしはどうしたらいいと思う？　姉さまが置いていってくれたお金で日常生活は間に合うけれど、修理代には足りないし、両方は無理だと思うの。

ジェインとわたしは昨日、ビディントンでミスター・リンフィールドにばったり会いました。彼はもう結婚して、むかつくほど恩着せがましい態度なの。それでもジェインがとった行動の言い訳にはならないわね――あの子がわざと彼にカブの雨を降らせようとしたのはだれの目にも明らかだったもの。もちろんそんな無作法なまねをしたこと、しっかりお説教をしておいたわ。だけど野菜まみれになったリンフィールドが愉快だったことは否定しません。

姉さまがいなくてすごく寂しい。じっと我慢の子で、お帰りを楽しみに待っています。

愛をこめて。

あなたの妹、ベアトリスより

# 16

初めての舞踏会の夜が来た。大丈夫、万事順調だ。キティもセシリーもドロシーおばも、この数日は仕立て屋と帽子屋とダンスのレッスンに大忙しで、いまではこれ以上ないほど準備が整っていた。外套に身を包んで貸し馬車に乗りこみ、ロンドンの通りをがたごとと進んで、バークリースクエアにあるモンタギューハウスを目指した。

キティはもう六週間も首都で過ごしたので、ロンドンでもっとも裕福な通りに並ぶ家々の壮麗さや、もっとも洗練された地域の豪華さに慣れていても不思議はない。けれど、社交シーズンまっただなかのロンドンには心の準備ができていなかった。世界屈指の裕福な人々が一堂に会して、それぞれが自分を誇示しようと最大限に努力しているとき、この偉大な街がどう見えるかには。

モンタギュー家のタウンハウスは月より明るく輝いて、ランタンのようにきらめく窓からは金色の光が漏れていた。ひしめく馬車でそれ以上先に進めなくなったため、貸し馬車が通りの端で停まると、キティはなるべく身を乗りだして、自分の目でこの光景を見ようとした。まぶしい女性たちが慎重に馬車からおりて――どの馬車も立派な家の複雑な紋章つきだ――滑るようにタウンハウスのなかへ入っていく。みんなクジャクか異国のめずらしい鳥さながらで、壮大な展覧会にやってきたようだ。なんという世界だろう、とキティは息を吞んだ。そして、わたしたちにとってはなんというチャンス。妹を見ると、あのセシリーでさえもいまは完全に思いが一致して、姉の肩越しに外を見つめていた。二人とも、目が皿のように真ん丸だった。

「お嬢さんたち、準備はいい?」ドロシーおばが言い、スカートをかき集めた。前方の馬車がふたたび動きだしたので、おりる用意を始めたのだ。ついに順番が来ると、たとえ手を貸してくれる元気な下男がいなくてもほかの女性と同じくらい上品に馬車をおりようと、キティは細心の注意を払った。この瞬間からは、世界に見られている。キティは舞踏会用のドレスのスカート――象牙色のサテンに繊細な白の薄絹を重ねたもの――をつまむと、妹とおばと三人でゆっくり前へ進み、ついにライオンの巣へ足を踏み入れた。

今宵のために千本はろうそくが灯されているに違いない。キティは驚嘆して周囲を見まわした。さらに奥へ進みながら頭上に現れたシャンデリアを見あげ、最少でも千本だと思いなおした。ろうそくの光は揺れる明かりを室内に投げかけていて、すべての人をますます美しく見せていた――親密な愛撫のごとく、耳元や手首や首周りの宝石をきらめかせて。口は必死に閉じていたものの、目はどうしようもなく室内をさまよった。どこを見たらいいのかわからない。どちらを向いても、これまで見たこともないほどの富のあかしがある。宝石、ドレス、ろうそく、料理、非の打ちどころなく装った下男たちは踊っているようになめらかに動きまわり、シャンパンをのせた盆を難なく優雅に運んでいる。

温かく出迎えてくれたモンタギュー伯爵未亡人は三人の名前を覚えていて、今宵のドレスをほめてくれた。キティはその顔を観察していたものの、嘘はなさそうだった。そのあとついに舞踏室へ通された。ダンスはまだ始まっておらず、あちこちに人が集まって、話したり笑ったりしている。何人かは凝りに凝った装いとはいえ、キティは自分たちのいでたちが間違っていなかったことにほっとした。けれど、この安堵もつかの間のことだった。すぐに気づいたのだが、舞踏室にいる全員が、先にだれかが三人にきちんと挨拶をするまで話しかけようとしないのだ。これは事前に知らされていなかった。キティは必死に知った顔を探したものの、冷ややかに品定めするいくつもの顔が視界を泳ぐばかりだった。

「レディ・ラドクリフがこちらに手を振っているわ」ドロシーおばが励ますように耳元で言った。「ほら、あそこ」

ドロシーおばの視線を追うと、たしかにレディ・ラドクリフがにこにこと手招きしていた。おかげでまた呼吸ができるようになったキティは、時間ならたっぷりあると言わんばかりのゆっくりした足取りで、妹とおばを連れて伯爵未亡人に近づいていった。目と耳よ、と自分に言い聞かせた。みんながするとおりにすればいいの。

「三人とも、なんてすてきなの！」レディ・ラドクリフは陽気に挨拶をした。キティたちはほめ言葉を返そうとしたが、伯爵未亡人は耳を貸さなかった。「わたくしはよれよれ」言い張ってため息をつく。「ほとんど眠れなかったの。ゆうべのことを聞かせてもきっと信じてもらえない――ああ、ミセス・チェリトン、お会いできて本当にうれしいわ。ミセス・ケンダルにはもうお会いになった？」

レディ・ラドクリフのそばにいると、たちまちすべてがぐんと簡単になった。ド・レイシー家は無数の人を知っていて、レディ・ラドクリフは惜しみなく紹介してくれた。ものの数分で、キティは上流社会の半分にほほえんでお辞儀をしてほめ言葉を送ったような気がした。ほどなく、アーチーが現れた――母親から飲み物を取ってくるよう言われてその場を離れていたのだ。青年はミス・タルボットを見て大喜びし、昨夜の胸躍るできごとを早く聞かせたいと思った。それでも会話の邪魔はしたくなかったので、しぶしぶながらも先にミス・セシリーのほうを向いた。

「暖かい夜ですね」礼儀正しい明るい声で言う。「もう四月だなんて信じられますか？」

「〝足早にひそやかに、先急ぐ時間は過ぎてゆく〟」セシリーは物憂い声で言った。

「……そうですね」アーチーはやや慎重に返した。人に詩を暗唱されるのはあまり好きではなかった。その人がなにを言いたいのかさっぱりわからないので、こちらがひどく愚かに思えてくるからだ。なかでもかび臭いご老体のだれがそれを言ったのかわからないときはとくにそう思わされるし、アーチーにはいつもだれだかわからない。訪れた最初の機会にセシリーをロード・モンタギューに任せて、自分はキティの背後で待ち構えた。

アーチーの情熱の炎が静かに勢いを失って消えていくことこそ、つかの間のロマンスにとってはもっとも親切で簡単な終わり方だろうと、キティは考えていた。そんなふうに終われば、意地悪なうわさが広まって、キティにとってはまだ頼みの綱である彼の家族と疎遠になることもないのではと。まさかいまになってもなお、アーチーが二人きりになりたくてうずうずしているとは思いもしなかった。会話の輪に加わらせると、とたんにアーチーは前夜の冒険を長々と語りはじめた。結末を聞いたらびっくりするぞと、見るからに自信たっぷりだ。彼のために言っておくと、もちろんアーチーは知る由もないのだ――青年をおだてる経済的動機を失ったいま、キティの愛情がはるかに移り気な生き物になってしまっていることを。キティはところどころでうなずき、礼儀正しくほほえみながら、もっと興味深い人物はいないかと青年の背後に目を光らせていた。

「そのとき、ぼくたちは襲われた！　追い剝ぎに！」アーチーは嬉々として言った。「連中はマスケット銃を持っていて、だけじゃなく、ナイフも、それで、ぼくたちを殺す――最低でも金をむしりとると脅した。全員が途方に暮れたそのとき――ばん！　銃声が響いた！」

「あそこにいるのはボー・ブランメル？」キティは抑えきれずに口を挟んだ。

思いやりを欠いたその言動に、アーチーは大きなショックを受けた。一瞬の沈黙のあと、冷ややかな声で言った。「はっきりとはわかりませんが、マアム、ミスター・ブランメルはまだ大陸にいると思いますよ」

マアム？　キティが驚いて視線を戻すと、アーチーの顔には険しい怒りの表情が浮かんでいた。

「ああ、ミスター・ド・レイシー、ごめんなさい」そう言って、彼だけに意識を集中させる。「ふっと気がそれてしまっただけなの。どうか続けて――結末を聞きたいわ」

「ぼくが殺されるかもしれないのに、これっぽっちも心配そうじゃなかったね」自尊心を傷つけられて、激した口調で言う。「それなら結末がどうなったかは話さないでおくよ」

頑なな態度をとられても、キティはどうにかなだめすかして結末まで語らせ、聞き終えたときには嘘偽りなくこう言えた。「なんだか怖いわ、ミスター・ド・レイシー。お兄さまにはもう話したの？」

「ぼくになにを話したって？」

キティの背後に現れたラドクリフはいかにも洒落者だった。上流社会は嫌いだと明言していても、洗練された若き伯爵という役割は上手に演じている。

「兄上、聞いてもきっと信じませんよ」アーチーがわくわくを多少取り戻して言った。けれど残念ながら、兄は無言で嗅ぎたばこをつまんだだけだった。

「その件ならもう母上から聞いた」伯爵が言う。「二度な――手紙と対面で。だから三度めは必要ない」目に見えてがっかりした弟に、少し温かい声でつけ足した。「だがこうして会えたからには、本当は殺されているんじゃないかと心配する理由がなくなって、ほっとした」

「兄上もご存じでしょう、母上はいつも大騒ぎをするんだ。そういうことじゃないんですよ」アーチーは安心させるように言った。

「それならよかった。母上は家の近くの塔におまえを閉じこめると言っていたからな」

「ええ？」アーチーが驚いて言う。「ずいぶん奇妙なことを」

「心配いらない」伯爵は請け合った。「おまえにそういう趣味はないとぼくから説明しておいた」

一瞬かかって、アーチーは自分がからかわれているのだと悟り、短く笑った。

「次にソーホーへ行くときは馬車を使ってはどうだ？」伯爵が穏やかに提案した。

「それじゃあおもしろくありません」アーチーはぞっとして言った。「それじゃあだめです」

キティはまたしても兄弟の会話にあまり意識を払っていなかった――妹のそばにいる若い男性たちを眺めて、その懐具合を考えていたのだ。そういうわけで、ふだんほどよく考えずに次の言葉を発してしまった。

「だったらピストルを持っていけばいいわ」上の空で言った。あの背が高い紳士はお金持ちに違いない――懐中時計を見ればわかる!

アーチーは口ごもり、ラドクリフは意図した以上に勢いよく嗅ぎたばこを吸いこんでしまった。

「ピストルは持っていないな」アーチーが素直に言い、兄のほうを向いた。「持つべきでしょうか?」

「だめだ」伯爵が穏やかに返した。

ほぼ同時にミス・タルボットが続けた。「今後、そういう連中を追い払うのに役立つわ。少し練習すれば、撃つのはそう難しくないし。失礼、おばが呼んでいるみたいなので」

これで兄弟から離れられるとばかりに、ミス・タルボットはいそいそと去っていき、兄弟はその背中を見つめた――このときばかりはまったく同じように、すっかり言葉を失って。

# 17

たった一晩で夫が見つかるとはキティも思っていなかった。この領域での経験は浅いとはいえ、そこまでうぶでもない。しかしありがたいことに、かなりの関心を集めることには成功した。それもこれも、ド・レイシー家と知り合いだったおかげだ。

会話をした男性のほとんどはもちろん単なる好奇心から声をかけてきただけだったが、そのうちの数人は翌日、訪ねてくるのではと期待できた――そしてキティのほうは、そういう関心に応じる余地はあることを態度ではっきり示した。好意的な第一印象を与えたいま、残るはダンスだ。

約束どおり、ダンスカードの一人めはラドクリフにとっておいたものの、ほかの男女が手を取りはじめた段になっても、人々のなかに伯爵の姿は見当たらなかった。一人めをとっておいたのが無駄だったなら――まあ、後悔することになるのは彼のほうだ。背の高い姿を捜して人だかりに目を走らせた。そのときふと人の輪が開いて、こちらに歩いてくる彼が目に飛びこんできた。まるで絞首台に向かうような足取りだ。伯爵がやや皮肉っぽく礼をして、手を差しだした。

「このダンスはきみと踊る約束だったと思うが？」口調は礼儀正しいものの、言葉にはいたずらっぽさがあった。キティは優雅に手を取ったが、本音では、とっておきの怖い顔を見せてやりたかった。

「ずいぶんゆっくりでいらしたのね」しっかり腕をつかんで、にこやかに言った。

「なにしろ脅されているのでね」伯爵が上品に応じながら、ダンスフロアにエスコートする。「そういう不安があると、時間厳守はおろそかになる」

「わたしとの約束を守らないと、ますます不安が増えますよ」穏やかに言った。

「紳士の名誉は常に信用できるものだ。淑女の名誉についても同じことが言えるといいのだが」伯爵が返した。

キティは反撃をこらえた。ダンスフロアの位置についてみると――一曲めはカントリーダンスだ――無数の目がこちらに向けられていた。今夜初めて、キティは純粋な笑みを浮かべた。よかった、うまくいきそう。二年間も上流社会に姿を見せていなかったロード・ラドクリフが、無名だけれど興味深いミス・タルボットと踊るのだ。これで間違いなく有名になれる。

「ずいぶん満足しているようだな」そう言うラドクリフは満足のかけらもなさそうだ。

「ぼくと踊るくらいでたいした得があるとは思えないが」

ヴァイオリンの演奏が始まった。ラドクリフは一礼し、キティはお辞儀をした。

「閣下は男性だから、よくご存じないんですね」少しばかにしたように言った。「これはすべてよ」

二人はしばし無言のままステップを踏み、近づいては離れた。

「最終候補は出揃ったのか？」次に会話ができる距離まで近づいたとき、ラドクリフは尋ねた。「犠牲者候補は」

「求婚者のことをおっしゃっているなら」キティは返した。「まだです。今夜はいろんな男性とお話ししたから、覚えきれなくて」

別の女性が言ったのなら、じつに恥知らずで傲慢なせりふだ。けれどミス・タルボットの口調には困っている気配があったので、たくさんの名前をきちんと覚えておくという難題に迫られて本当に悩んでいるのがラドクリフにもわかった。

「だけどミスター・ペンバートンとミスター・グレイはとくに関心があるように見えました」キティは続けた。「それからもちろん、ミスター・スタンフィールドはとても魅力的」

「では、ロード・ハンベリーは印象に残らなかったか？　ロード・アーデンも？」ラドクリフは薄笑いを浮かべて尋ねた。「どちらとも、ゆっくり話をしていたようだが」

「わたしは現実主義者ですから」つんとすまして答えた。「ロード・アーデンがロンドン屈指の好色家であることは、とっくにわかっていた。「それに、貴族は狙っていません」

これには伯爵も少し意外そうな顔になった。

キティは説明した。「爵位のある男性は、自身の道を選ぶことができないのだから、それを狙うなんて賢い一手とは言えないでしょう?」

「初めて意見が一致したな」ラドクリフが言った。「爵位のある男性は、未来の妻について調べ尽くすことをおのれの義務と考えている――そしてきみの生まれ育ちに耐えられる紳士は、ぼくの知り合いに一人もいない」

ラドクリフのこういう侮辱にはもう慣れていたが、それでもやはり傷ついた。わたしの生まれ育ちですって?ここにいる多くの女性と違って、紳士の娘ではないと?

「閣下はどうなんです?」手がふたたび結ばれたとき、冷ややかに尋ねた。「あなたの結婚について、お母さまは大きな野心をもっていらっしゃるんでしょうね」

「ふーむ」答えはそれだけだった。

「違いますか?」キティはたたみかけた。

「母が野心をもっていようといまいと」冷静に言う。「ぼくの行動にはほとんど関係ないし、この会話にはなおさら関係ない」

「あら、お気に障りました?」興味と満足の両方を覚えて、キティは尋ねた。「だとしたら、失礼」

「だとしても」伯爵はキティの言葉を聞き流して続けた。「ハンベリーを避けることにしたのは正解だ。彼の領地はたいへんな窮地に陥っていて、一年以内に破産申請をしてもおかしくない。そういうわけで、彼は間違いなく女相続人と結婚するつもりだ」

「じつに有益な情報だわ」キティは驚きつつ言った。「ほかにもわたしが知っておくべき破産しそうな紳士はいるかしら？」

「まだぼくを利用するつもりか？」ラドクリフは問い返した。「残念ながら、ぼくの助言はここで品切れだ」

「もう少し協力しようとなさるかと思っていたわ」困った顔でこぼした。

「ミス・タルボット、ぼくはもう十二分に約束を果たしたんだから、これ以上、協力したいとはみじんも思わない」

ダンスは終わりに近づいていた。ラドクリフのきっぱりした言葉と口調からすると、二人の交流も終わりに近づいたらしい。

音楽が終わると、伯爵はキティの手に礼をして言った。「ここからは一人でやれるな？」

「ええ」キティは言った。「やってみせます」

アーチーはあてもなく部屋から部屋へさまよい歩き、軽食が用意された部屋では不機嫌に料理を味わって、会話に引き入れようとする人はすべて無視した。どうしてぼくの想い人は追い剥ぎを撃退した話を聞いてもさほど興奮や尊敬を寄せてくれなかったのか、どうしてぼくと話をしたくないように見えたのか、さっぱりわからなかった。許しがたいことだ。たとえ胸躍るような事件が起きたとしても、だれよりあっと言わせたい人がなんとも思ってくれないのなら、いったいなんの意味がある？　そのうえじつの兄には子ども扱いされた。彼女の前で！

　いらいらをなだめようと、プラムケーキをもう一切れ、口のなかで嚙(か)みつぶしてから、また歩きだした。むしゃくしゃしたまま、こんなパーティなどぶち壊してやろうかと思ったそのとき、ちょうどトランプルームから出てきた紳士とぶつかりそうになった。

「失礼！」倒れかけたのを、相手の紳士が腕をしっかりつかんで助けてくれた。

「いやいや(ディアボーイ)、なんでもないさ」紳士がのんびりと言う。「だれかがぼくの腕のなかに倒れこんでくるなんて、そうよくあることじゃない」

　冗談めかした物言いに、アーチーが笑顔で見あげると、そこには愉快そうなロード・セルバーンの顔があった。「これは！」うれしくなって挨拶した。

「ああ、ミスター・ド・レイシー」ロード・セルバーンが笑顔で言う。「また会えてうれしいよ」

　いまでは神とみなしている人物が覚えてくれていたとあって、アーチーはぞくぞくしてほほえんだ。

「一緒にどうかな？」部屋から出ていこうとしていたはずなのに、セルバーンは誘った。

アーチーはためらった。ちょうど音楽が聞こえてきたし、母は次男がダンスの輪に加わることを望んでいるはずだ。ちらりとダンスフロアを振り返ると、すでに男女が対になりはじめていた。しまった。あんなに長々ふてくされていなければ、勇気を出してミス・タルボットをダンスに誘えたのに。そうしたら問題はすべて解決していたのに。まだ間に合うのではないかと、ミス・タルボットを捜して室内に目を走らせた。すると、妹のミス・セシリーがモンタギューにエスコートされてフロアに出ていくのが見えた——友人は妹のほうに惚(ほ)れたらしい。ミス・タルボットはどこだろう……あそこだ。ラドクリフと踊っている。いったいどうして？　兄は彼女のことをそれほど好きでもなさそうだったのに。

「ミスター・ド・レイシー？」ロード・セルバーンの声で我に返った。「トランプは？」

「ええ、やりましょう」この最新の謎を忘れたくて、誘いに応じた。セルバーンに続いて薄暗い次の間に入ると、知らない男たちのテーブルに加わった。いましもホイストが始まろうとしている。

「つまらないゲームさ」セルバーンが小声でアーチーに言う。「しかし、ここではこれ以上は望めない」

アーチーは同意を示してうなったが、この展開をつまらないとはとうてい思えなかった。早くジェリーに聞かせたい。きっとうらやましさで逆上するぞ。

「ねえ、きみ(ディアボーイ)はとんでもなく金持ちなんだろう？」セルバーンがカード越しにアーチーを見ながら、挑発的に尋ねた。

これほどずばり尋ねられたのは初めてだった。「ええ、まあ」答えてから続けた。「というか、数週間後にはそうなると言うべきか。成年に達したときに」正直であることの大切さについては母からいつも言われているし、まだ二十一歳になっていないと知られたらこの人物からの評価がさがるとしても、真実を話すのがいちばんだと思えた。

「ぼくがきみなら、もっとずっと楽しいことをしているな」セルバーンがぞんざいに言った。「本当に、これがきみの考える楽しい時間かい?」手で室内を示した様子は、舞踏会もなにもかも、じつにくだらないと思っていることをほのめかしていた。

「いや、それは」アーチーは言った。「もちろん違います。仕方なく来ただけで」

「もちろんぼくも義務としてここに来た」セルバーンが物憂げに言う。「妻を手に入れるにはこうするしかないようだし、家名だのなんだの、母からうるさく言われるしな。しかしここにいないときは……」内緒話をするように身を乗りだしたので、アーチーも一言一句聞き漏らすまいと身を乗りだした。「……誓って言うが、ぼくは楽しみ方を知っている」

その夜、キティのダンスカードに空白はなかった。ラドクリフとのダンスが終わると、ものの数分で次の誘いが押し寄せてきた。ロンドンの上流社会に属する人々のなかでターンしながら、キティは重力から解き放たれたような気がしていた。そして、真の力を手に入れたような――世界はこの手でつかめるところにあり、それをつかむ勇気があるのはわたしだけのような。輝く上靴を履いたまま、日付が変わるまで踊りつづけたころ、ドロシーおばが軽く手をひるがえして、そろそろ帰る時間だとほのめかした。途中でセシリーを拾い――妹はまたしてもロード・モンタギューをつかまえて退屈な会話から逃げられなくさせていた――女主人におやすみなさいを告げてから、夜に踏みだした。

キティは馬車の座席の背もたれに寄りかかってため息をついた。

「楽しかった、セシー？」いまさら思い出したように尋ねた。

「いいえ」妹は嘘をついた。

# 18

たった一晩で、どれほどの変化が起きることか。モンタギュー家の舞踏会のあと、タルボット姉妹の社交予定表は、ぎゅう詰めとはいかないまでも、ほどよく忙しくなった。夜明けに帰宅してから数時間のうちに、招待状や名刺が舞いこんできたのだ。今週中にも舞踏会がもう二つあるうえ、おそらくは息子に頼まれた母親たちから食事会への招待状が無数に届き、さらには姉妹の気を引こうと必死な若者たちから名刺の山が寄せられた。朝食の席で、キティは勝ち誇った気持ちでセシリーにこのことを伝えたが、かわいそうな妹は興味もなさそうにトーストをつつくだけだった。

「わたしはプラトンを読んでいたいのに」沈んだ声で言う。「それか、偉大な芸術家の作品を見ていたい。それなのに姉さんは、くだらないパーティの付き添い役をさせるだけ」

「かわいそうだとは思うわよ、セシー」キティは言った。「だけどね、一日じゅう哲学書を読んでいて、どうやって食べていけるの？　それでお金は生みだせないし、そもそもわたしにはまったく内容が理解できないわ」

メイドのサリーが朝食のテーブルを片づけたあとすぐに戻ってきて、若い紳士が訪ねてきていて、通してほしいと言っていると告げた。

「お通しして」キティは即答し、きちんと長椅子に腰かけた。息を吸いこみ、心を広くもとうと誓う。目はよく見て、口元には笑みを浮かべて。最初に入ってきたのは残念ながらミスター・タヴィストック（ありがたいほど口が軽いレディ・モンタギューからドロシーおばが聞きだした情報によると、年三千ポンド）で、まずはキティのサファイアブルーの目を絶賛するところから始まった。が、キティの目が実際は茶色だということに両者が気づいたとたん、気まずい空気が広がって、その空気はどうにももとに戻らなかった。次に現れたのはミスター・シモンズ（年四千ポンド）で、窮屈そうにあごを首に近づけたこの日の男性は、キティが言うすべてに異を唱え、果てはキティが（ごく正確に）述べたこの日の空模様についてさえ反論してみせた。最悪なのはミスター・レナードで、この紳士はセシリーを訪ねてきたのだが、べっとりしたお世辞で会話を始めたせいで、キティには彼の唇から油がしたたらないのが不思議なくらいだった。

「どの部屋にいてもご自身がいちばんの美人だという事実に飽きてくることはありませんか？」ミスター・レナードがべたべたのお世辞をささやくと、妹の背筋を嫌悪の震えが駆けおりたのが、キティにもわかった。

この男性を早々に追い払っても、キティはいっさい罪悪感を覚えなかった――セシリーはこんな男性に悩まされなくていい。念のため、ミスター・レナードのあとに妹を訪ねてきた紳士全員に、しっかり目を光らせておくことにした。

大勢の訪問者のなかで、キティのお気に入りは間違いなくミスター・スタンフィールドだった。どんな相手だろうと、純粋な恋心をいだくなんてとんでもない大間違いだとわかってはいるが、この紳士となら、あっけなくそういう罠にはまってもおかしくない。前の晩にしばしミスター・スタンフィールドと話してみて、その器用な会話術に感心していたキティは、彼がドロシーおばの客間に入ってくるのを見てうれしく思った。

ほかの男性がこぞって姉妹をほめちぎるのと違って、ミスター・スタンフィールドはただキティの手に無言で礼をし、穏やかにほほえんで、何時間とも思えるほどのあいだ、目を見つめた。まさしく古典的なロンドンの紳士——のりの利いた純白のシャツ、上品に結わえられたネクタイ、手にはビーバーの毛皮製の帽子——だが、ほほえむと思いがけず、ならず者風のハンサムな顔がのぞく。

「ドーセットシャーのことを聞かせてください」いま、ミスター・スタンフィールドはそう言いながらキティのとなりに優雅に腰かけた——じっと目を見つめたまま。「とても美しいところだそうですね」

「ええ」キティはうれしい気持ちで認め、故郷について語った。ミスター・スタンフィールドはじっと耳を傾けて、いろいろ質問した（こんなささいなことがすばらしい人柄の証明であってはならないはずだが、仕方ない。ほかの賛美者は一人もそうしなかった）。「ドーセットシャーではぼくのような都会の人間を受け入れてくれるでしょうか？」またしてもキティの目を見つめたまま、ミスター・スタンフィールドが尋ねた。「それともひどい役立たずだからと、ぼくたち全員が追いだされますか？」

これがたわむれというやつかしら。すごく楽しい。「上手にクラヴァットを結んだり賭けごとをしたりする以外に、なにか技術はもっていらっしゃる？」

ミスター・スタンフィールドは笑った。そこへ、ミスター・ペンバートンが訪ねてきたとふくれっ面のサリーが告げた――このメイドは紳士たちのおかげで背負わされた余計な仕事にもうすっかり嫌気が差していた。するとミスター・スタンフィールドはしぶしぶながらも席をゆずることにした。

「来週、オールマックスで会えますか？」ミスター・スタンフィールドに尋ねられて、キティはためらった。

オールマックスはロンドン屈指の排他的な空間だ。父はときどき足を運んでいたそうだし、父だけでなくおそらく上流社会の全員が結婚市場と呼んでいる。神聖なるホールは毎週水曜の夜に開かれて、足を踏み入れるには招待券が必要だということもキティは知っていた――けれど、具体的にはどうすれば招待券が手に入るのか、まだ突き止めていなかった。ミスター・タルボットの家族があれほど徹底的に息子夫婦を追放していなければ、これまた事情は違っていたかもしれない。

「来週は……」あいまいに言葉を濁した。

ミスター・スタンフィールドはうなずいたが、その目にかすかな迷いを見て、キティは心のなかで悪態をついた。いまのでミス・タルボットに減点一。上流社会で無名のキティにとって、オールマックスへの招待券は、周囲に彼女の品質を保証するものなのだ――招待券がなければ、減点。

「だけどシンクレア家の舞踏会には出席します」キティはつけ足した。

ミスター・スタンフィールドはキティの手に礼をした。「では、ぼくもかならず出席しましょう」笑顔で約束した。

キティがさよならを告げると、彼は去っていった。このときばかりは、ミスター・スタンフィールドとの再会を楽しみにするという贅沢を、キティは自分に許した。

ミス・タルボットは、残りの社交シーズンではもうロード・ラドクリフを見かけないものと思っていた。というより、今後一生、目にすることはないと思っていた。そういうわけでその週末、シンクレア家の舞踏室で背の高い伯爵の姿を見つけたときは驚いた。なんて偶然――キティはまっすぐ彼のもとへ向かった。あのあとさらに二人の紳士から、次の水曜にはオールマックスで会えるかと問われていたので、なんとしても招待券の入手法を突き止めなくてはと思っていたのだ。ラドクリフなら知っているはず。

明るい声で挨拶をしたが、返ってきた挨拶はそっけなかった。それでもキティはあきらめなかった。

「オールマックスへの招待券を発行するのはどなたですか?」ずばり尋ねた。伯爵は忍耐力を求めるように天を仰いだ。

「プリンセス・エスターハージー、リーヴン伯爵夫人、ミセス・バレル、レディ・カースルレー、レディ・ジャージー、レディ・セフトン、レディ・カウパー」指折りながら挙げていく。「週に一度集まって、だれをリストにのせるかを決める――まあ、きみに可能性はないだろうが」

「どうして?」キティは尋ねた。「なにかやり方を間違えていることでもあるのかしら?」

「どうやら」伯爵はゆっくり言いながら、のろのろと嗅ぎたばこ入れを取りだした。「どうやら……ぼくの忍耐力は尽きたようだ、ミス・タルボット。今後、ぼくを図書館扱いすることは禁ずる――さあ、もう行ってくれ」

キティはもどかしさを覚え、必死に言い募った。「そんな、最後にこの質問だけ!」

「だめだ」伯爵は言い、静かに嗅ぎたばこをつまんだ。「早く行かないと、この女性はいまいましい財産狙いだと部屋じゅうに向けて叫ぶぞ」

キティは顔をしかめた。「ひどいわ」強い口調で言う。「ほんの少しでもやさしさをもち合わせていらっしゃるなら、もう少し役に立とうとしてくださるはずよ。そうしたって、閣下が失うものはなにもないでしょう？　オールマックスのことを説明して、だれがだれかを教えるくらいのことで。どうやら閣下はあまり慈悲深い方ではないんですね」

　この熱い弁舌がくり広げられるあいだ、ラドクリフの眉はどんどん高くあがっていき、弁舌が終わると、嗅ぎたばこ入れがぱちんと閉じられた。

「まったく、きみの言うとおりだな」そう言う伯爵の目にはよこしまな光が宿っていた。「ぼくとしたことが、とんだ怠慢だ。ここからはきみの目的のためにこの身を捧げよう、ミス・タルボット」

「本当に？」突然の心境の変化に、キティは少し警戒心をいだいた。

「ああ、きみのもっとも忠実なしもべになるとも」伯爵は請け合った。

　警戒したのは正解だった――ラドクリフの申し出は、とびきりよこしまないたずら心から生まれたものだとすぐに明らかになったのだ。その夜の伯爵はもう、いまいましい影のごとくキティのとなりに張りついて、彼女が話したり目を向けたりする紳士全員について〝役に立つ〟情報を耳打ちしつづけた。

「左手にいるのはミスター・ソーンベリー」小声で言う。「年四千ポンドで、悪くはないが、頭がいかれている。一週間のうちにきみをキツネかなにかと思って銃で撃ってくるぞ。反対側のあの紳士は、頭は完全にまともだから有利だな。だがうわさでは水疱だらけだぞうだ。きみはどう感じる？」

　無視しようとしたものの、まるで特別うるさくて厄介なハエが顔の周りをぶんぶん飛びまわっているようで、どんなに気にするまいとしてもその声が耳に入ってきてしまう。通りすぎる青年について情報が浮かばなかったときは、伯爵はただ〝金持ち〟とか〝貧しい〟とだけささやいた。

「やめてくださる⁉」無視しても無駄だと悟って、キティは甲高い声で言った。

「ぼくはきみの役に立とうとしているだけだ、親愛なるミス・タルボット」伯爵は感じてもいない悔恨を顔に浮かべて言った。「どうにかして慈悲深い人間でありたいから、きみがまっとうな忠告もなしに道楽者と話すのを黙って見ているわけにはいかない」

「人に聞かれます」キティは怖い声でささやいた。

「それなら、向こうもまっとうな忠告を受けるわけだ」のんびりと言った。

　救いを求めてあたりを見まわしたキティは、近づいてくる紳士に気づいてにっこりした――が、紳士はその笑顔に釣られるどころか危険を察知したように向きを変えた。同じことが何度か起きたあと、ついにキティは気づいて愕然とした。「みんな、わたしたちが求愛中だと思っているんだわ！　なんてこと」

　幸い、ラドクリフはこれに衝撃を受けて愉快さを忘れたらしく、キティはそのすきに彼のそばを離れて人のなかに逃げこんだ。まったく、わたしの努力を一度踏みにじるだけでは足りないの？　いつもわたしを苦しめなくては気がすまない？　気がつけば軽食のテーブルの前にいたので、足を止めてごちそうに見とれるふりをしながら、実際は新しいダンスの相手をこっそり探した。フロアの向こうからロード・アーデンがぬるぬるとやってくるのが見えたので、即座に向きを変えた。すると華やかなご婦人と目が合い、こちらへいらっしゃいというようにほほえまれたので、気は進まないながらも近づくしかなかった。

　ロンドンでの日々で、こういうご婦人には敬意をもちつつ苦手意識をいだくようになっていた。キティが知るかぎりでは、縁談が調ったり壊れたりするのは、わが子に代わってやる気満々なこういう女性たちの差配によるのだ。その動きは包囲戦より地味かもしれない――ごくさりげなく紹介がなされ、会話が操られ、敵は貶められる――けれど、どんな軍事作戦にも負けないほど容赦なく、計画は練りに練られていた。

「マアム」どう呼びかけたらいいのかわからなかったので、礼儀正しく言いながらお辞儀した体を起こした。

「ミス・タルボットね？」ご婦人がやさしく声をかける。「レディ・キングスベリーよ。ごきげんよう。さあ、とても大事な内緒話をしているふりをして。さもないとロード・アーデンにダンスを申しこまれてしまうわ」

　秘密のいたずらに輝く目を見て、キティはたちまちこのご婦人が好きになった。視界の端で、「ねえ、教えて」レディ・キングスベリーがわざと親しげに身を寄せてくる。

ロード・アーデンが向きを変えるのが見えた。「この社交シーズンでいちばんすてきな殿方を、本当につかまえようとしているの？」言いながら、ラドクリフが母親と話しているあたりを頭で示した。

じつにあざやかなお手並みだったので、キティは息を呑んだ。ごく親しい同士のうわさ話という雰囲気には、うっかり口を滑らせたくなるところがあったのだ。もしもキティがほんの少しおばかさんだったなら、あるいはラドクリフに関心があったなら、そそられるままこのご婦人に話をしていただろう。

「どういう意味か、よくわかりません」キティは言った。「ロード・ラドクリフのことをおっしゃっているのなら、閣下とはご家族を通しての知り合いというだけです」

それから、今夜ラドクリフを頭痛の種にさせたのとおそらく同じ、よこしまな心に刺激され、純真な顔でこう続けた。「ですが、閣下がロンドンに戻ってこられたのは妻を見つけるためだということは存じています。わたしなんかよりずっと高みを狙っていらっしゃるはずだわ」

レディ・キングスベリーは同情するように舌を鳴らしたが、別のことを考えているのは明らかだった。このちょっとしたおいしい情報にご婦人の思考がかちゃかちゃと回転する音が、キティには聞こえる気がした。案の定、キティがその場を失礼するとほぼ同時に、レディ・キングスベリーはお仲間のほうを向いた。これなら、今夜が終わるころにはこの話も上流社会全体に広まって、じきにラドクリフはもうキティを困らせていられないほど忙しくなるだろう。

「ミス・タルボット、次のダンスはぼくと踊ってくれますね？」振り返ると、見るからに汗をかいているミスター・ペンバートンが目の前にいた。〝金持ちだがひどい男〟というラドクリフの声の残響を押しやって、キティは笑顔で受け入れた。

ペンバートンへの気持ちは入り乱れていた。長身で豊かな口ひげをたくわえていて、やけに恩着せがましい態度のこの紳士は、贅沢な感想が許されるなら恐ろしく退屈だと言っていただろう。実際は年八千ポンドとあって、たいへん有力な候補と考えなくてはならなかった。活気のあるカントリーダンスの輪に入っていきながら、忙しいステップのおかげで会話がままならないことに、キティは心のなかで感謝した。どうやらミスター・ペンバートンは、リージェントストリートの西への広がりについて講釈すればキティが喜ぶものと思っているらしい。

「ほとんどの人は知らないが――」説明しはじめたところで、ダンスの次の動きでふたたび離れる。「――あのレンガは――ひどく無学で――信じようとしない――」

キティがそばにいないときも講釈を中断しようとしないので、話の筋を追えなかった。周囲の女性たちの顔からすると、パートナーが代わるたびにそれぞれが断片を聞かされているようだ。幸い、ミスター・ペンバートンがキティに求めているのは笑顔だけらしいので、それは忘れず投げかけておいた。ダンスが終わると、ミスター・ペンバートンは自身の成功に胸を躍らせた様子で、熱心に近づいてきて会話を続けた。

「失礼、ペンバートン。だが次のダンスの相手はぼくだ」かたわらで深い声がした。振り返るとミスター・スタンフィールドがいて、いたずらっぽい笑みを浮かべていた。キティに手を差しだし、不満顔のミスター・ペンバートンを残して、次のダンスのためにさらっていった。

「わたしとしたことが、うっかり。でも、ダンスカードにあなたのお名前はなかったと思うのだけど」位置につきながらキティは言った。

ミスター・スタンフィールドはにっこりした。「騎士道精神からしたことだと打ち明けたら、ぼくの無礼を許してくれますか？」茶目っ気たっぷりに問う。「あんなドラゴンの前に立たされているレディを見捨てては、自分を紳士と思えなくなります」

キティは笑い、次の瞬間にはコティリオンの渦に呑まれた。このダンスでもミスター・ペンバートンのときと同じくらい会話は難しかったが、ミスター・スタンフィールドはそもそも会話をしようとしなかった。ただ一緒に笑いながら、くるくる変わる位置とパートナーにたやすく対応していた。ミスター・スタンフィールドの足さばきは舌と同じくらいなめらかで、二人は一つもステップを踏み違えなかった。ダンスはあっという間に終わり、どちらも息をはずませて、笑いながら止まった。

「ぼくは数日、ロンドンを離れます」ミスター・スタンフィールドが礼をして言う。「ですが早く戻ってきて、またこんなダンスを踊りたい、ミス・タルボット」

「お約束はできないわ」キティは冗談めかして返した。

「こちらからも求めるべきではありませんね」笑顔で言う。「そんなことをしたら、千人いるライバルの一人に呼びだされてしまう」

もともとこのダンスを約束していたミスター・グレイが、ひどく怒った顔で背後に現れた。ミスター・スタンフィールドは笑いながらキティを彼にゆだね、その場を離れて別の若い女性に近づいていった。キティはその女性をしげしげと見つめた。澄んだ白い肌に淡い金髪のその娘には、この街の男性陣が大いに好むはかなさがあった。

「ミスター・グレイ」キティは二人から目をそらさずに言った――ちょうどミスター・スタンフィールドが色白な娘にダンスを申しこんだところだ。「あそこの若い女性はどなたかしら？　グラスに入ったミルクのような女性は」

ミスター・グレイは少し気まずそうに咳払い（せきばら）をした。「ああ、あれはミス・フレミングですよ、ミス・タルボット」

「知らないお名前だわ」キティは眉をひそめた。競争相手になりそうな若い女性の名前はできるかぎり把握したはずだが、ミス・フレミングの名前はだれからも聞いたことがなかった。

「あの一家はロンドンに来て間もないので」ミスター・グレイが言う。「ミス・フレミングは今週、オールマックスでデビューしたんです。たしかそこでミスター・スタンフィールドと知り合ったんじゃないかな」

キティはますます眉をひそめた。オールマックスが結婚市場と呼称されるのは誇張ではなさそうだ。なにしろミスター・スタンフィールドとミス・フレミングはいま、とても親しそうに見える。不安がこみあげてきた。最初の舞踏会でいい気になって、あとは簡単に話をまとめられると思いこんでいた――妹たちにもそんな調子で手紙を書いてしまった。偽りの期待をいだかせてしまった。自身のおごりが悔やまれる。しっかり用心しなくては、また妹たちをがっかりさせるかもしれない。

これでわかった。個人宅で開かれる舞踏会でどんな成功を収めようと、それは毎週水曜に帳消しにされる。キティが周縁に取り残されているあいだに、家柄に恵まれた娘たちはこの社交シーズン指折りの殿方にライバルなしで攻撃をかけているのだ。指をくわえて見ていられない。たとえこの命と引き換えにしてでも、オールマックス常連のご婦人のだれかから、かならず招待券を手に入れる。

# 19

気がつけばラドクリフは予定よりずっと長くロンドンにとどまっていたが、なぜかデヴォンシャーに帰る日は決められずにいた。都会での生活は日増しに気詰まりになっているというのに、だ。いったいどういうわけか、シンクレア家の舞踏会からこっち、しつこい若い女性とさらにしつこいその母親が群がってくるようになっていた。

舞踏会やラウトパーティ（上流社会の婦人が主催する集まり。舞踏会や演奏会などと違って目玉となるものがなく、招待客はおもに着飾って会話を楽しむ）やトランプ会やピクニックや外出への招待状が次々に舞いこんで、玄関ホールには名刺また名刺の山が積まれた。自宅には歓迎されざる訪問客まで現れた――うららかな春の午前中に、暑さで気を失いかけたので一休みさせてほしいという若い女性とその母親が押しかけてきたのだ。そのときは急いで裏口から抜けだしたので、どうにか逃げおおせた。結婚市場にあるていど追いかけられるだろうことは以前から予測していた――爵位とかなりの富があり、仲間の貴族と違って歯はすべて揃っている――が、今回の包囲網の白熱ぶりは前例がない。いったいなにが彼女らをそこまでやる気にさせているのかさっぱりわからないし、もしこの状況が続くなら、臆病者さながらに撤退するしかなさそうだ。

　グロヴナースクエアで母と妹と食事をして初めて、この状況に説明がついた。食堂に入るとほぼ同時に、レディ・ラドクリフが喜びと抗議の入り混じった様子で、息子の腕のなかに飛びこんできた。ラドクリフは母の肩越しに妹と目を合わせたが、アメリアはにやにやするだけだった。

「どうかしましたか、母上。お元気ですか？」慎重に尋ねると、母が体を離した。

「わたくしが喜んでいないなんて、どうか思わないでちょうだい」母がわけのわからないことを言う。「だけど、どうして先にわたくしに話してくれなかったの？」

　コースの一品めが供されるころになって、ようやくこの不可解な言動の意味が完全に理解できた。母は、息子がロンドンに残っている理由を花嫁探しだと思っている。ラドクリフはどっと汗が出るのを感じた。

「そういうことではありません」きっぱり言った。

「だから言ったじゃない！」アメリアが歌うように口を挟む。

「どこでそんなくだらない話を聞いたのですか？」ラドクリフは尋ねた。

「レディ・モンタギューよ」母はむくれた顔で言った。「彼女からそんな事実を聞かされるなんて、とんでもない衝撃だったんですからね！」

「そんな事実はありません」食いしばった歯のあいだから言う。「彼女はどこで聞いたんです?」

「それは、ほら」母があいまいに手をひらひらさせたのは、うわさ製造機を示すためだろう。「レディ・キングスベリーがだれかから聞いてきたのよ」

「やっぱりそうか。相変わらずだな」苦々しげに言う。「それにしても、彼女はいったいどこでそんな大嘘を――」不意にある光景を思い出して言葉が途切れた。ミス・タルボットと宝石をちりばめたレディ・キングスベリーが、ひそひそ話をしながら二人でこちらを見ていたさまを。

「あの悪魔め」小声で言った。

「なんですって?」母がむっとして言ったので、ラドクリフは深く謝罪した。

「だけどそれなら、どうしてまだわたくしたちと一緒にロンドンにいるのか教えてちょうだい」息子が本当のことを言っているのだとようやく納得して、レディ・ラドクリフは言った。期待と不安を目にたたえて息子を見る。「わたくしたちといるのは耐えられないのだと思っていたわ――ワーテルローのあとでは」手を伸ばし、息子の手をつかむ。「わたくしたちのところに戻ってきてくれたの?」

ロンドンだけのことを言っているのではないとわかって、ラドクリフは母の手を握った。

「わかりません」正直に答えた。

たしかに母の言うとおり、ラドクリフは英国の地を踏んで以来、人ごみや華やかさ、ロンドン社交界の壮麗さから距離を置いてきた。国を離れる前より少し痩せて、目にしてきたすべてに少しとりつかれていた。父の葬儀をのぞけば、あらゆる理由を並べて避けてきた……全世界を。そのほうが簡単に思えた。ロンドンの上流社会の重たい期待から逃れて自分を理解しようとするほうが。それなのにいまは、あらゆる理由を探しだしてこの街にとどまろうとしている。我ながら、うまく説明できない。

「わかりません」もう一度言った。「ですがもう少し、ここにいようと思います」

母がうれしそうにほほえんだ。「よかった」簡潔に言う。「今夜、ソールズベリーの舞踏会でエスコートしてくれるかしら？　アーチーはあてにならないの。あの子、最近どこに出入りしているのかしら」

目下の苦境を引き起こしたのはミス・タルボットだろうとラドクリフは確信していた。英国軍で務めを果たしたおかげか、ぺてんにはあてていど鼻が利く。その鼻が、あのどうしようもない厄介者のにおいを嗅ぎつけていた。

同じ日の夜、ソールズベリー家の舞踏会にキティが着いて早々、恐ろしい形相のラドクリフが近づいてきたのは、そういうわけだった。伯爵はぞんざいに礼をするなり、ひどく慇懃（いんぎん）に、きみは醜悪な怪鳥ハーピーそのものだと告げた。

「そうかしら」まるで、今日は少し寒いですねと言われたように、キティは返した。「正直に申しあげると、いったいなんのお話かわからないわ」

「異を唱えるのは心苦しいが、はっきりわかっているはずだ。最後にきみと話してからぼくが三度も求婚をせがまれたのは、きみのせいじゃないというのか?」

キティは笑みをこらえられなかった。「閣下、お詫びいたします」できるだけまじめに言う。「軽はずみなことを言ったとしたら、ひとえにわたしとの忌むべき関係から閣下の評判を守るためだったんです」

「ほう、つまり実際はぼくの評判を守るために、ぼくをとんでもない無法状態に放りこんだと? ロンドンじゅうの母親と娘のなかに?」

キティは笑みが広がりそうになったのを、唇を噛んでこらえた。いまではラドクリフとのこうしたささいなやりとりが楽しくなっていた。伯爵といるところを目撃されれば上流社会での足場が固まるからというだけではない。上流社会のほかの面々は礼儀の仮面をつけたラドクリフしか知らないのに、わたしだけは皮肉たっぷりのウィットをむきだしにした彼を知っているという喜びのせいもあった。

「ええ、そうですとも」大まじめに答えた。

伯爵がじっとにらんでから言った。「後悔するぞ」予言の口調だ。「きみがぼくに降りかからせたこの災い、かならず仕返しをしてみせる」

キティは返した。「脅し合うなら、踊りながらのほうがいいかもしれませんね。それならだれにも聞かれませんから」期待の目で見る。「わたしをダンスに誘わないんですか?」

「たったいま、きみのほうから誘ったと思うが」ラドクリフは言った。「いまのをそう表現できるなら」

「いいえ、わたしは閣下のほうからお誘いにならないのかと訊いたんです」きっぱり訂正した。「ですが閣下は気難しくていらっしゃるようだから、誘っていただかないほうがうれしいわ」

「ちょうどいい。なにしろぼくの答えはノーだからな。ぼくは基本、好きな人としか踊らないことにしている――恥知らずの生意気女とは絶対に踊らない」

キティはむっとした。「出会う人全員にそこまで失礼なことをおっしゃる習慣でもおありなの？」

「正反対だ」ラドクリフはさらりと答えた。「むしろぼくは感じのいい人間だと、上流社会全体に思われている」

「まあ、みなさん愚かでもしょうがありませんね」鋭い口調で言った。「上流社会のほとんどは、いとこと結婚する習慣がおありなんだから」

鋭く息を吸いこんだラドクリフは、口に含んでいたシャンパンでむせそうになり、それから咳まじりに大きな声で笑った。

「いや、じつにみごとだ、ミス・タルボット」うまい皮肉には称賛を惜しまない。

「じゃあ、わたしと踊ります？」ミス・タルボットは尋ねた。

「絶対に断る！」舞台役者の大仰さで宣言した。

キティも同じくらい芝居がかった様子でくるりと背を向け、こみあげるなにかをこらえた――なにかって、そう、これは今夜わたしと踊らない伯爵への怒りだ。この場にいる花婿候補に、目に見える効果的な後押しを加えられないことへのもどかしさ、それだけ。

なにしろ今夜はやるべきことがある。ただ殿方を魅了するだけでは足りない。オールマックスの常連婦人たちは摂政時代の上流社会においてもっとも高い地位にあり、もっとも尊敬されていて、それぞれが並外れた特別な力をふるう。そのなかの一人が発行したオールマックスへの招待券があれば、決定的な承認を受けたことになる。これはただの招待状ではないし、前に父が言っていたとおり、まさに上流社会と超上流社会を隔てるものなのだ。

父は上流社会のこういうところを少し退屈だと思っていて、古くさい社交界よりもキティたちの母親と過ごすほうを好んだ。皮肉な話、とキティは思う。だってわたしは、父が避けていた場所にどうにかしてもぐりこもうとしているのだから。けれど、それについて考えている余裕はなかった。

オールマックスの招待券をどうやって手に入れるか、攻略法はいくつか思いつく。プリンセス・エスターハージーとリーヴン伯爵夫人はすぐさま除外した。さすがのキティでもそこまで地位の高いご婦人に話しかける度胸はない。ミセス・バレルにはレディ・ラドクリフのディナーパーティで会ったものの、今夜はどこにも見当たらなかった。レディ・カウパーはどの人か、レディ・キングスベリーに教わったので、一時間近く輪のそばをうろうろして仲間に入ろうとしてみたものの、無駄な努力に終わった。むしゃくしゃしつつこの道はあきらめて、次なる道を探った。運よく、部屋の向こう側でレディ・ラドクリフとレディ・モンタギューが、レディ・ジャージーと話しこんでいるのを見つけた。逃す手はない。キティは部屋を横切っていった。

「ミス・タルボット！」レディ・ラドクリフが言った。「お元気？」

ところがそのあと伯爵未亡人はキティを会話の仲間に加えるのではなく、肘に手を添えてご婦人たちから離れようとした。「レディ・モンタギュー、レディ・ジャージー、ちょっと失礼」

切ない思いでレディ・ジャージーを振り返るキティを、レディ・ラドクリフは静かな部屋の隅へ連れていった。

「ミセス・ケンダルに伝えなくてはと思っていたのよ」内緒話のように言う。「だけどあなたでもいいわ。ミス・セシリーがあんなにあからさまにロード・モンタギューを射止めようとしているのをそのままにしておいていいの？」

キティは目をしばたたいた。

「射止めようとしている？」信じられない思いでくり返した。「誤解なさっています。セシリーはだれのことも射止めようとなんかしていません」

レディ・ラドクリフはそっとキティの腕をつかんだ。「妹さんが今夜だけで二度もロード・モンタギューと踊ったことに、もしかしたら気づいていないのね。シンクレア家の舞踏会でも二度。わたくしには少しふしだらに思えるわ」

キティはまた目をしばたたいた。一晩で二度踊るくらいのことが、この人たちにはそんなに大きな結婚願望のしるしなの？　それについても教えておいたほうがいいとラドクリフ伯爵が思っていてくれたらよかったのに。キティはレディ・ラドクリフに深くお礼を言ってから、必死にセシリーを捜した。ああ、あそこにいる。厄介なことに、ロード・モンタギューと話していて……どうやら三度めのダンスを踊りそうだ。走りはしないまでも急いで妹のもとに向かった。

「セシリー！」明るく呼びかける。「それにロード・モンタギュー。ご機嫌いかが？　申し訳ないのだけど、お母さまが捜していらっしゃったわ――いますぐお話がしたいんですって。行ってさしあげたほうがいいんじゃないかしら？」

ロード・モンタギューは邪魔をされて戸惑った表情を浮かべ、少し不機嫌になりながらも、ぶらぶらと去っていった。

「セシリー」キティはひそひそ声で言った。「知らなかったでしょうけれど、同じ男性とは一晩に一度しか踊ってはいけないの。それ以上はひどくふしだらだと、この人たちには映るのよ」

今度はセシリーが戸惑った表情を浮かべた。「ずいぶんお上品なのね」ほとんど興味なさそうに言う。「それにくだらなく聞こえるわ。だって古代ギリシャでは――」

「だけどここは古代ギリシャじゃない！」キティは少し甲高い声で遮った。「ここはロンドンで、これが――これが決まりごとなの」

「でも、ダンスが好きなのよ」セシリーは不満そうに言った。「ここで唯一、わたしが好きだと思えたものなの」

こんなことをしている暇はなかった。もう一度、レディ・ジャージーはいないかと周囲を見まわしたものの、当のレディはどこにも見当たらなかった。隅の大時計が十一時を打つと、今宵（こよい）のざわめきにも負けずに響いたその低い音に、キティはがっくり来た。時間が溶けていく。今夜が、今週が、過ぎていく。招待券を手に入れなくてはいけないのに。

まさにそのとき、部屋の向こう側にミセス・バレルを見つけた。神よ、感謝します。ミセス・バレルが話している女性たちに見知った顔は一つもなかったが、それは関係ないはずだ。ミセス・バレルには会ったことがあるし、その場にいる女性のなかでキティはもっとも地位が低い。

「来て、セシー」妹に命じて、ミセス・バレルのほうへ歩きだした。

「ミセス・バレル」挨拶をして深くお辞儀をしたが、こちらを向いたミセス・バレルにキティだと気づいた様子はなかった。

「先週、レディ・ラドクリフの夜会でお会いしました」キティは言った。

「あら……ええ」ミセス・バレルがたっぷり間を空けて言った。「ミス・タラント、だったかしら?」

「タルボットです」キティは言ったが、婦人の目が小さく光ったのを見て、本当はわかっていたのだと悟った。「お伝えしたかっただけなんです」あきらめずに言う。「今夜のドレスがとてもすてきでいらっしゃると」

ほめ言葉はいつだって安全、なはず。

「ありがとう……」ミセス・バレルの口調は相変わらずこちらが不安になるほどゆっくりなままだ。婦人がキティの頭からつま先まで一瞥(いちべつ)した。「あなたもすてきよ……その扇の刺繍(ししゅう)」

細かすぎるほめ言葉は侮辱に等しく感じられるものだし、周囲の女性がみな薄笑いを浮かべ、一人などはくすくす笑ったところからすると、みんなもそれに気づいたのだろう。キティは顔が熱くなるのを感じた。口を開いてなにか言おうとしたが、そこでまた遮られた。

「あちらの女性が呼んでいらっしゃるようよ」ミセス・バレルが冷ややかに言った。「行ってさしあげたら……彼女が疲れてしまう前に」

ちらりと振り返ると、ドロシーおばが大きな身振りで呼んでいた。やめてほしくてにらんだものの、ドロシーおばはまったくやめようとしなかった。

「お引き止めしてはいけないわね」ミセス・バレルが甘やかに言うと、またくすくす笑いが起きた。女性たちはみなお辞儀をして去っていき、キティは顔から火が出そうだった。

「お願いだから手をおろして」キティは小声でドロシーおばに訴えた。「恥ずかしいわ」

「恥ずかしいのはあなたよ」ドロシーおばが言い返し、キティの腕をつかんでダンスフロアから引っ張っていった。「ミセス・バレルみたいな方には気軽に近づいていってはだめなの。わたしにだってそれくらいはわかる。ミセス・バレルは思いつくかぎりでいちばん礼儀にうるさい方で、みんなひどく恐れているし、レディ・ラドクリフでさえ気後れなさるのよ。あなたはとんでもない大恥をかくところだったわ」

「でも、前にお会いしているのよ」キティは言い返した。「ああいう女性に話しかけちゃいけないなら、どうやってオールマックスの招待券を手に入れられるというの？」

「いいかげん、そんな考えは捨てなさい」ドロシーおばはぴしゃりと言った。「招待券なんて絶対に手に入らないし、こういうやり方ではまず成功しません」

「おばさまはこういうことも絶対に無理だと言っていたけれど、わたしたちはいまどこにいる？」キティは抑えきれずに激しい口調で言い返し、舞踏室を手で示した。「いつになったらわたしを信じてくれるの？」

ドロシーおばは必死に冷静さを保った。

「信じる信じないの問題じゃないの」どうにか忍耐強く言う。「上流社会のなかでもとりわけオールマックスが排他的なのには理由があるし、手に入らないと決まっているものを追い求めるのは労力の無駄よ。あなたはもう裕福な紳士数人を引っかけるのに成功したじゃない。まだ足りないの？」

また激しく言い返したいのを呑みこんだ。どう説明したら、正気を失ったと思われずにすむだろう？　この部屋にいられるだけでもたいした成功だというのはドロシーおばの言うとおりだけれど、それはキティが期待していた成果ではないのだ。まだ入ることを許されていない場所がある。ミス・フレミングのような女性は招待されるけれど、わたしは招かれない場所が。オールマックスが与えてくれる強みは……簡単に打ち負かせるものではない。そしてミスター・スタンフィールドが見るからにミス・フレミングへの関心を強めている以上、それなしではこちらに勝ち目はないのだ。

「どうしてそこまで？」答えないキティに、ドロシーおばはすがるように尋ねた。

「それは……」キティはつかえながら答えた。「純粋に、わたしのものだったかもしれないから。もし――もし父さんと母さんがあんな仕打ちを受けていなかったら、わたしは一瞬も考えることなくこのすべてを手に入れられていたから。ここにいるお嬢さんたちとわたしはたいして変わらないわ。わたしは彼女たちに負けていない。すぐ近くにあるって感じるのよ――だから手を伸ばしてつかみたいと思わずにはいられないの」

理解を求めてドロシーおばの顔を見ると、目がほんの少しやわらいだのがわかった。

「不公平だと感じるかもしれないわね」ドロシーおばが静かに言う。「だけど過去の間違いをすべて正すことはできないわ。ここへ来た理由を思い出しなさい。それ以外のことに気をとられていてはだめ。あなたがつかみたがっているのは、絶対に手が届かないものなの――今度ばかりはわたしを信じて。さあ、もう忘れるわね？」

キティはしょげて足元に視線を落とした。ドロシーおばが正しいのはわかっている。残り時間は六週間しかない。大事なことを忘れないようにしなくては――心ではなく頭で考えるようにしなくては。「ええ、わかった。もう忘れるわ」

「よろしい」ドロシーおばはきびきびとうなずいた。「さて、このあいだの夜におしゃべりしたすてきな紳士はどこかしら。新しいドレスをとても気に入ってくれると思うのよ」

ドロシーおばはほめ言葉を求めて去っていき、キティはセシリーを捜した。まだ完全には納得できず、この不公平についてだれかと話したくてたまらなかった。

「ネックレスがちょっとゆるいみたい」見つけたセシリーが言い、首元の宝石に触れた――もちろん模造宝石だ。キティは背を向けるよう妹を手でうながし、ネックレスを確認した。

「ああ」すぐに問題に気づいて言う。「きちんととめられていないわ。少しじっとしていて」

この気晴らしがありがたくて、細かい作業に集中した。

「あなたの好きな詩人たちもこういうことについてもっと書くべきね」上の空でセシリーに言いながら、ネックレスの留め具をいじった。妹の首筋の繊細な肌を挟まないよう、慎重に。「上流社会の決まりごとや、政治や、そういったものについて。間違いなく何冊にも及ぶわよ」

「ええと——もう書いているわ」セシリーが言った。「じつは、かなり」

「あら」自分を愚かだと感じたのは今夜だけで三度めだった。

キティは深く息を吸いこんで、ふたたび戦場に戻っていった。離脱していた時間はそう長くないし、ドロシーおばの言うとおり——わたしは大事なことを忘れてはならない。いまはうじうじしているときではないのだ。

# 20

四月二十日。キティが財産を手に入れるまでに残された時間はあと六週間だ。とはいえ、少なくとも何人か求愛者がいるという安心感はある。なかでもミスター・ペンバートンがいちばん粘り強い。彼は口ひげと同じくらい立派な財産をたくわえているので、いちばん裕福でもあった。

なのだが――もちろんこれは重要なことではないと自分に言い聞かせなくてはならないのだけれど――ミスター・ペンバートンはいちばんいらいらさせられる人物でもあった。彼のことを好意的に表現したいなら、そのやさしさに注目する。やさしすぎて、どんな会話にも恩着せがましさとして表出するほどだ。かよわくて無知な女性であるキティがほとんど知らないであろうこの世のことわりを、ペンバートンは説明してくれる。やさしいから、キティには考えや意見をいっさい求めないし、なにか尋ねて困らせようなどと夢にも思わない。むしろキティが彼の独白に少しでも参加しようとするたびに、ただ声量をあげて黙らせる。

もしも贅沢を言えるなら、キティのお気に入りはミスター・スタンフィールドだ。夫を好きになれることなど期待しないほうがいいという事実は、とっくに受け入れていた。夫の目立った特徴はその裕福さでなくてはならず、ほかを期待してはいけないのだ。それでも……好きになれたらすてきだろう。一緒の時間を楽しめたら。ミスター・スタンフィールドとなら、そんなことも可能に思えた。彼が夫なら、未来はほんの少し明るく思えてくる。彼には年六千ポンドの収入があるので、こちらの希望はじゅうぶん満たせるけれど、一緒にいて楽しいのはその事実ゆえではない。彼の話はとても楽しいので、同じ会話の輪にいなくても部屋のどこにいるかを意識してしまうし、白状すると、一緒にいないときも彼のことを考えてしまった。当然ながら、最後の傾向は二人が一緒にいられない毎週水曜の夜にことさら強くなった――彼がオールマックスに行って、キティに見えないところでほかの女性たちとたわむれ、キティは仕方なくほかの催しに行くしかない夜に。

けれど今日はミスター・スタンフィールドのことを頭の外に追いださなくてはならなかった。午後にミスター・ペンバートンのおともでロンドンの競走馬の競売会社タタソールズへ行くことになっているのだ――そしてめずらしいことに、純粋にそれを楽しみにしていた。もしもタルボット家が裕福だったなら、わたしはこれ以上ないほど乗馬に熱心だっただろうと、ずっと前から思っていた。実際は、これまでリンフィールド家の厩舎にしか出入りできなかったので、すばらしい競走馬というのは話の上でしか知らなかった。そうわけで、ミスター・ペンバートンが〝牝馬を一頭買ってうちの厩舎に置いておくから、いつでも好きなときに乗ればいい〟と気前よく申しでてくれたときは、この機会を逃してなるものかと思った。タタソールズは通常、紳士の場だが、自分の目で見てみたかったので、どうにか誘導して誘わせることに成功した。少し説得も要したけれど、結局はミスター・ペンバートンも、知識をひけらかしたいという欲求に負けた。

塀で囲まれたにぎやかな空間にはあらゆる種類の馬がいた——四輪馬車の前方で軽やかに歩くための体型に恵まれた美しい葦毛。ハイドパークで乗るところを想像できるほどみごとな体つきのまだら馬。驚くほど体高が高くて、引き締まった筋肉の輝くサラブレッド。キティは息を吸いこんで、わらと馬のたてがみと馬糞の混じり合った独特なにおいを味わった。不快なはずなのに、やはりすばらしい香りだ。それから自分に言い聞かせて、意識を同行者と目の前の課題に戻した。

「ああ、どこから始めたらいいのかわからないわ」圧倒されたような震える声で言い、うろたえたふりをして胸に手を当てた。

「心配いりませんよ、ミス・タルボット。ぼくがついているからね」ミスター・ペンバートンが安心させるように言う。「見た目ほどややこしくないんだ」

ミスター・ペンバートンは親切な恩人という役割を演じることを見るからに楽しんでいた。キティは心のなかでがんばれと自分を励ました。この午後は、ミスター・ペンバートンの愛情獲得作戦における節目のようなものになるだろう。この男性はなにより自身の知識を披露することが好きだ。とりわけキティの知識を否定するような知識を。とはいえ、ものの数分でキティは自身の過ちを悟った。ミスター・ペンバートンが所有する馬はどれもたいへんすばらしいので、この男性の選択眼は信用できると思っていたのだが、売りに出されている馬を眺めての感想がどれもまったく的はずれなのを聞いているうちに、もしやミスター・ペンバートンの馬丁はあるじをこの会社に近づかせたことがないのではと思えてきた。ああ、彼が選んだ馬がどんなにあわれでもほめたたえなくてはならないの？　彼の自尊心を傷つけないために？　浅はかな散財だけして帰ることになるのではないかという不安がむくむくわきあがってきた。

「すごいわ、いろんなことをご存じなのね」そんな不安を打ち消すように熱をこめて言った。ミスター・ペンバートンは美しい赤茶色の馬の口を乱暴に扱っている。

「気をつけてくださいよ」馬係の少年がつぶやくように言い、両者を離れさせたが、ミスター・ペンバートンには聞こえなかったようだ。

「馬については何年もかけて学んできたんだ」得意げに言う。「自分がなにを探しているかがわかれば、じつに簡単なことですよ」

彼の行動は一貫してその正反対のことを証明しているので、キティは自分の笑顔が固まっていくのを感じた。するとミスター・ペンバートンは、目がついている人ならだれにでも、体が寸詰まりなうえに気性がひどく荒っぽいとわかる一頭の牝馬の美点を挙げはじめた。その馬には一週間以内に背中から振り落とされてしまうだろう。その馬はだめ――結婚する前に死ぬ危険は冒せない――たとえ結婚そのものを早めるためでも。ほかに逃げ道はないと考えて、じつは体が弱いのでと言い訳をしようとしたそのとき、恐ろしいことに近くを歩いているラドクリフ伯爵に気づいた。眼識のある目で馬を眺め、となりには若い男を連れている。お仕着せからして、ラドクリフの馬丁に違いない。

キティは顔を伏せた。最後に会ったときはさほど火花を散らすこともなく別れたが、こちらが引き起こした不快な状況について仕返しをするという誓いは忘れていなかった。きっと向こうも忘れていないだろう。どうかわたしに気づかないまま通りすぎて……祈ったものの、遅かった。こちらに気づいたラドクリフは、いたずらっぽく目を輝かせて近づいてきた。キティを困らせようとしているのは間違いない。伯爵はさらに近づいてきながら、キティから馬に、さらにはミスター・ペンバートンに視線を移した。一方のミスター・ペンバートンはまだ講釈を続けていて、伯爵の接近に気づいていない。それを見た伯爵はたちまち状況を把握したらしい、唇がにやりとした。キティは警告をこめてにらんだが、向こうはそれを無視した。ああ、手でしっしっと払うしぐさは失礼すぎる？

「やあ、ペンバートン」ラドクリフがのんびりと声をかけた。「まさか本気でこの馬を買おうと思っているのではないだろうな？」横で馬丁が首を振ってくすくす笑った。

ミスター・ペンバートンはむっとして振り返った。「ミス・タルボットはこの馬をほしがっているんです」真っ赤な嘘で返す。「彼女に代わってぼくが買うつもりだ」

「なお悪い」ラドクリフは言った。「ミス・タルボット、きみはもっと賢い人かと思っていた。ペンバートン、西門の近くのまだら馬を見たほうがいいぞ。これは一カ月も経たないうちに暴れだすだろう」

伯爵は小ばかにしたようにキティに礼をして、去っていった。そのさまは、自分がどんな面倒を引き起こしたか、しっかりわかっていると物語っていた。ミスター・ペンバートンはあと一秒も長居をしたがらなかった。キティが切ない目でラドクリフの挙げた一頭を眺めているのに気づいてしまっては、なおさらだった。これはまさしく怒りの火に油をそそいだようなもので、ミスター・ペンバートンは憤然と自分の馬車に向かい、キティは本当に置いていかれるのではと慌ててあとを追った。今日は幸先よく始まったのに、もはや成功とは呼べなかった。

ミスター・ペンバートンのぼやきと反芻を沈んだ気持ちで聞きながら、馬車で家に向かった。ミスター・ペンバートンが恥をかいただけでも悪いのに、それが公の場であり、愛情の対象の前でもあるとなると、世間体を非常に重んじる人物にはそうとうこたえたはずだ。

伯爵との鉢合わせに足を引っ張られた。もちろん体勢を立てなおすだけの技量はあるけれど、多大な労力を要するだろう。ため息が出た。ロード・ラドクリフをこきおろすミスター・ペンバートンの言葉にときどきそのとおりだとうなずきつつ、心のなかではもっと想像力豊かな罵倒の言葉を伯爵にぶつけていた。そんな調子で家に着き、ミスター・ペンバートンが不機嫌そうにごきげんようと告げて去っていくころには、ラドクリフにすっかり腹を立てていた。

　その夜、キティは淡いブルーのクレープ地のドレスを、セシリーはごく薄いピンク色のサテンを、ドロシーおばは粋なすみれ色をそれぞれまとって、舞踏会が開かれる立派なタウンハウスに到着した。ラドクリフを見つけたキティは、即座にセシリーとドロシーおばを置いて、憤然と伯爵に近づいていった。

「わたしと踊ってください」まっすぐ歩み寄って言うと、用心深い視線が返ってきた。

「うれしいが、断る」ラドクリフは言った。「ぼくを殺したがっているように見える人とも踊らない、と言っておくべきだったな」

「踊ってください」キティはくり返した。「あなたにいくつか言いたいことがあるんです」

「やれやれ」ラドクリフはうめいた。「今度はなんだ?」

「教えてさしあげましょう」怒りをこめた小声で言った。「今日、タタソールズでご自分がなにをなさったかわかっていらっしゃるの?　あれはなんだったんです?」

「あれはただ、ペンバートンが愚かな買い物をしなくてすむよう手を貸しただけだ。賢い選択ではないと、きみにはわかっていただろう？」

「もちろんです」ぴしゃりと返した。「だけどわたしが絶対に買わせませんでした。そしてわたしのやり方なら、ミスター・ペンバートンにあれほどいやな思いをさせずにすみました。あなたのせいで、彼のなかのわたしへの評価はぐんとさがったんです。二度とあんなことはなさらないで！」

ラドクリフは小さくあざわらっただけだったので、キティの怒りは爆発した。

「あなたにとっては笑い話でしょうね」問い詰めるように言う。「あいにく、わたしの家族は危機に瀕しているんです。六週間のうちにわたしが金貸しに渡せるものを手に入れないと、十歳の妹のジェインはどこにも住むところがなくなります」

伯爵はぎょっとした顔になったが、キティは容赦なく続けた。「十四歳のハリエットは、この世にまたとないほどのロマンチストです。そんなあの子にどうやったら、〝わたしが未来を守ってあげられなかったから、あなたは愛ゆえの結婚ができない〟と告げられるのかわかりません。それからベアトリスは――」

ラドクリフは手をあげた。「言いたいことはよくわかった」

キティはこみあげる感情に胸を上下させながら彼を見つめた。

「謝る」伯爵が簡潔に言った。「二度とあんなことはしない」

怒りがどこかに消えていき、キティは目をしばたたいた。謝罪は予期していなかった。

「ありがとう」やがて言った。

　二人はしばし見つめ合った。

「文句を言わずにわたしの頼みを聞いてくださったのは、これが初めてじゃないかしら」

少しおぼつかない気持ちでキティは言った。空気を重たくしていた敵対心が薄れたいま、どう話しかけたらいいのかよくわからなかった。

「これまで、きみの命令にすぐ従わなかったのはぼくだけか？」興味ありげに尋ねる。

「わたしは自分のやり方を通すことに慣れているんだと思います」素直に認めた。「家族のなかでいちばん年上だから、たぶん、習慣なんでしょう」

「うん、そうに違いない」即座に同意する。「将軍さながらの策略や鉄の意志とはまったく関係ないに決まっている」

　キティは軽い驚きとともに伯爵を見つめた。胸のなかに温かな光が宿っていた。

「あら、なんだかほめ言葉のように聞こえましたよ、閣下」

「どうやらぼくも腕が鈍ったようだな」ラドクリフが言う。「そしてもちろん、きみには道徳心のかけらもないから、おそらくそれも根深い原因の一つだろう」

「間違いありませんね」キティはほほえんだ。伯爵の言葉にとげはなく、ただ灰色の目にユーモアが浮かんでいるだけだったので、喜んでこのからかいの言葉を受け入れた。からかわれるのは久しぶりだし……不快ではなかった。

「お詫びのしるしに飲み物でも取ってこようか」伯爵が言い、腕を差しだした。

キティはその腕に手をかけようとした――ためらいもなく、本能的に。まるでそうするのは初めてではなく百回めであるように――が、寸前で抑えた。わたしにはやるべきことがあるし、一緒に過ごすべき男性は求愛者だけだ。

「のどは渇いていないので」誘いも腕も拒んだ。「その代わり、お願いを一つ、貸しにしましょう」

「ほう？」伯爵がキティのすました声ににやりとして言う。「いまのは危険なほどあいまいに聞こえるな。ワイン一杯では本当にだめか？」

「だめです」尊大に言う。「どんなお願いで、いつ叶えていただくかは、わたしが決めます」

ラドクリフは疑わしげにキティを見つめた。「また朝早くに訪ねてくるのか？　断っておくが、十時前の訪問者は即座に撃てとビーヴァートンに厳しく命じてあるからな」

キティは謎めいた笑みを浮かべた。「まあ、ご覧になっていて」

# 21

「だからわたし、彼に言ったの……」ドロシーおばは芝居っ気たっぷりに間を空け、なまめかしく魅惑的な笑みを浮かべた。「……どうして貴族とホイストをしなくてはならないの？　王子とファロができるのにって！」

オチを聞いてレディ・ラドクリフは高らかに笑い、ミスター・フレッチャーとミスター・シンクレア、ロード・ダービーも一緒に笑った。キティは横で甘やかすような笑みを浮かべてその様子を見ていた。キティがもっと器の小さい人間だったなら、ドロシーおばに意地悪な指摘をしていたかもしれない。ほんの数週間前に手を変え品を変えて上流社会の恐ろしさをわたしに忠告していたのはおばさまよ、と。実際は、ドロシーおばの楽しみを邪魔する理由など思いつかなかった──ただし、その楽しみが礼儀にかなった範疇にとどまっているかぎり。

キティは内心、ドロシーおばとレディ・ラドクリフの深まりつつある友情から目を離すまいと決めていた。というのもこの二人のご婦人は、最近、夜の催しで行く手を横切った紳士全員に色目を使うようになっており、それも日増しに度合いを増しているのだ。

キティとセシリーとドロシーおばはいま、少しばかりほっとしていた。社交シーズンの最大の課題はすでに乗り越えたからだ。いまでは決まりごとがわかっているし、ぶじ上流社会の仲間入りをしたし、三人を怪しむ声は一つも聞かれない。ドロシーおばは、正体がばれるのではと心配することさえやめた。最初のころの舞踏会ではその件ばかりが心配で、男性全員を疑惑の目でちらちら見ていたのに。それがいま、ミスター・フレッチャー——ミセス・ケンダルの最新の賛美者で、銀髪に立派な頬ひげの紳士——からトランプルームでホイスト勝負をしませんかといたずらっぽく挑まれて、すんなり受け入れた。見物しないかという誘いを、キティは笑顔で断った。きっと見ものだろう——なにしろドロシーおばは卓越したペテン師だ——けれど、わたしにはやるべきことがある。

今夜、ミスター・スタンフィールドとは一度カドリールを踊ったが、その後もくり返し彼に視線を吸い寄せられていた。見るたびに向こうはもうこちらを見つめていて、二人の視線は何度もからまり、キティの心臓は胸のなかで鼓動を速めた。舞踏室のあちらとこちらに離れていてもぞくぞくさせられて、キティはこの刺激を一秒も逃したくなかった。

いま、ミスター・スタンフィールドが見当たらないので、代わりにのんびり妹を捜しはじめた。舞踏会にはまったく興味がないと言っていたのに、このごろセシリーは堂々と人のなかに消えていく。あれはあの子？　キティは眉をひそめた。例の汚らわしい好色家、ロード・アーデンの巨体の向こうに、ピンク色のドレスが見えた気がして、もっとよく見ようと首を伸ばした。この部屋には人が多すぎて、なかなか見えない。ああ、やっぱりセシリーだ……そびえるようなロード・アーデンから離れようとしている。キティは迷わず前に出て、バターに沈む熱いナイフのごとく人だかりを割って進んだ。

「セシリー！」声が届く距離まで来るなり呼びかけた。

「ああ――ミス・タルボット」ロード・アーデンがぬらぬらした笑みを浮かべた。急に現れたキティにも動じた様子はない。「妹さんに次のダンスを申しこんでいたところだよ」

じろじろと全身を眺めまわされたセシリーが、思わず一歩さがった。キティは前に出た。

「残念ですが、妹のダンスカードはいっぱいです」きっぱり言うと、ロード・アーデンの両眉が尊大にあがった。

「だが、いまはだれとも踊っていないじゃないか」せせら笑うように唇をゆがめて言う。

「どんなレディにも休憩は必要ですので」キティは言い、歯を見せてにっこりした。「きっとわかってくださいますわね」

ロード・アーデンは引きさがらなかった。「今夜はたくさんダンスがある」丸めこむ口調で言った。「ミス・セシリーも、そのうちのどれか一つまでにはたっぷり休憩できているだろう」

「妹のダンスカードはいっぱいなんです」キティはくり返した。もっと気弱な人間だったなら、こんな忌むべき男に注目されるのも払うべき代償と考えるかもしれないが、キティは違った。「永遠にいっぱいなのだと、ぜひ閣下にはお考えいただけると幸いです」

息を呑む音に振り返ると、聞き耳を立てていたらしいレディ・キングスベリーが芝居がかった身振りで、手で口を押さえた。

「これほど……」怒りに震える声で言う。「これほどの侮辱は生まれて初めてだ」

そう言うと、ふんぞり返って去っていった。レディ・キングスベリーはまだ姉妹を見つめている。キティはその顔に同情を期待して見つめ返した――なにしろロード・アーデンがどういう男かは、みんな知っている――が、レディ・キングスベリーはかすかな笑みを浮かべてただ首を振ると、きっぱりと姉妹に背を向けた。完全無視。

「彼をひどく怒らせてしまったと思う？」セシリーがひそひそと尋ねた。

「彼は二度とあなたを困らせないと思うわ」ロード・アーデンが怒っていようといまいと、どうでもいい。「いらっしゃい。シャンパンをいただきましょう」

そう言っているうちにも、この一幕から生じたゴシップの亀裂は敷石にできたひび割れのごとく、舞踏会全体に広がっていった。姉妹が軽食室を探して人のあいだを歩くと、かすかな冷ややかさが漂ってくる。向けられる視線がふだん以上に多い――批判的な視線も。ミセス・シンクレアとすれ違ったときにほほえみかけたが、目をそらされた。おかしい。わたしはミセス・シンクレアの気分を害するようなことをした？　同じことが三度起きたときには、なにかとんでもないことをしてしまったのだとキティにもわかりはじめた。

「きみがひどく失礼なことをしたと聞いたけど、なにごとかな？」ミスター・スタンフィールドの耳打ちに、キティはすばやく振り返った。

「どういう意味です？」尋ねつつ、鼓動が少し速くなるのを感じた。

ミスター・スタンフィールドは愉快そうに笑った。「うわさでは、きみがロード・アーデンにとんでもない無礼を働いたとのことだ。ぼくに言わせるなら、おみごと、だね」

彼はこの一件を愉快だと思っているようだが、キティは一緒に笑う気になれなかった。

「みんな、本当に気にしているのかしら？」キティは尋ねた。「彼はそんなに好かれていないと思っていたけれど」

「きみも知っているだろう、こういうものさ」ミスター・スタンフィールドは言い、なんでもないように手を振った。「気にしないほうがいい。さておき、おやすみを言いに来たんだ。母を家に連れて帰らなくてはいけなくてね」

そう言ってミスター・スタンフィールドは去っていき、キティは舞踏室を見まわした。きみも知っているだろう、こういうものさ、と彼は言った。けれどわたしは知らない。こんな反応はみじんも予期していなかった。なにしろ、ロード・アーデンのさまよう手について、女性陣のほとんどが少なくとも一度はこぼすのを、キティは耳にしている。それなのに、どうやら彼を非難していいのは本人に聞こえないところでだけで、面と向かっては絶対にいけないというのが暗黙の決まりごとだったらしい。そして、レディ・ジャージーのように高貴な人なら、たとえ無礼だと思われても評判を落とすことはないだろうけれど、キティの場合はそうはいかないのだ。

レディ・キングスベリーは意地悪な女性なのだろう、即効性の毒のごとくうわさを広めている。これほど早く潮目が変わったことはなく、友人だと思っていた女性二人からまた避けられたときには、キティも心のなかで焦りはじめた。まさか、これでおしまいなの？

「ドロシーおばさまとレディ・ラドクリフを見つけたほうがよさそうね」セシリーに言うと、妹は唇を引き結んでうなずいた。レディ・ラドクリフの庇護という傘の下にいれば、こんな状況もぴたりとやむはずだ。ところが、どこを捜しても二人は見つからない。まずトランプルームを、続いて舞踏室を捜すうち、人々の温度がますますさがっていくのをキティは感じた。ぬくもりのある顔はない？　だれでもいいから助けて。姉妹の周りにはぽっかり空間ができて、まるで隔離されているようだ。通りかかったミスター・ペンバートンと目を合わせようとしたものの、ミス・フレミングとの会話に熱中しているふりで、やはり避けられた。

「帰る、キティ？」セシリーがささやいた。いつも夢見心地で上の空になりがちなおかげでこうした侮辱を感じずにすんできた妹も、さすがにいまは不安そうだった。

「いいえ」キティはきっぱり言った。「まだ撤退できないわ」

それでも、ほかにどんな選択肢があるだろう？　みんながするとおりにすればいい、と母は言っていた――そして上流社会はいましもダンスを始めようとしている。けれどミスター・スタンフィールドは帰ってしまったし、ほかの求愛者がここで助けに来てくれるとも思えない。この羊の群れのなかで、わたしの急転落を気にしない人がいるだろうか？

そのとき、ダンスフロアの向こうにラドクリフを見つけた。まあ……厳密にはぬくもりのある顔とは呼べない。それでもキティは離れていく人たちに気づかないふりをしつつ、妹を連れて前に踏みだした。

「ロード・ラドクリフ、ヒンズリー大尉、ごきげんよう」事務的な口調で言った。

「ミス・タルボット」ヒンズリー大尉が古い友人同士のように笑顔で礼をした。

「気をつけろ、ヒンズリー、彼女は武器を持っているかもしれないぞ」ラドクリフが忠告した。

「お二人とも、踊らないんですの？」キティはそれを無視して尋ねた。「ダンスが始まるようですが」

巧妙さを欠いた、見えすいた一手に、男性二人ともの眉があがった。

先に立ちなおったのはヒンズリー大尉で、慇懃（いんぎん）に礼をした。「まだダンスのお相手が決まっていないようにと願うのは、大それた望みでしょうか、ミス・タルボット？」

「とんでもない」キティは答えて彼の手に手をのせ、挑むようにラドクリフの目を見た。

頭には例の〝貸しにしたお願い〟のことがあり、伯爵の頭にも同じことがあるのがわかった。ラドクリフがさらに眉をあげたので、キティはまた挑むようにあごを突きだし、強い意味をこめてさっとセシリーを見た。伯爵が降参だと言いたげにため息をついた。

「ミス・セシリー、踊っていただけますか?」ラドクリフは尋ねた。

ヒンズリー大尉が興味津々に見守っていたキティと伯爵の無言のやりとりにも、セシリーはまったく気づかなかったようだが、それでも感謝の笑みを浮かべた。四人はダンスフロアに向かった。

「次のダンスはなにかご存じ?」セシリーが尋ねる。

「カドリールではないかな」ラドクリフが答えた。

「正確な発音は〝キャドリー〟です」セシリーが大げさにフランス語の発音を効かせて訂正した。

ラドクリフはつまずきそうになった――が、ほかに返しようがなくてこう言った。「ありがとう、ミス・セシリー」

この社交シーズンで、ラドクリフは二度しか踊っていない。一度はタルボット姉妹の姉のほうと、もう一度は自身の母親と。ダンス嫌いについてはラバ並みに強情と広く知られているので、今年まだ三度めでしかないダンスを踊るべくミス・セシリー・タルボットをフロアに導いていくと、上流社会が驚きと好奇の目を向けた。キティはその様子を見守り、これでみんなが、そもそもなぜ自分たちはタルボット姉妹を受け入れたのかを思い出してくれるよう祈った。

緊張のあまり、ヒンズリー大尉にかける言葉を一つも思いつけないまま位置についたものの、ありがたいことに、大尉は一人でも上手に会話を運べるようだった。

「ミス・タルボット、きみにお礼を言わなくてはならないようだ」大尉が言う。「今年の社交シーズンは、ぼくが見てきたなかでいちばん興味深い」

「そうですか？」キティはこっそり人だかりに目を走らせようとした。

「そのうえ、ラドクリフにダンスを踊らせるとは……。あいつはフロアに連れだせさえすれば、ダンスがとてもうまいんだ――一見、そうは思えないだろう？」そう言ってにやりとした。一緒にラドクリフをけなそうと誘うように。

「そうかしら？」まだ気もそぞろのまま、返した。「馬に乗っているところを見れば、閣下が優雅なことはだれにでもわかりそうですが」

大尉がなにか言う前に音楽が始まったものの、彼の眉は軽くあがっていた。ほどなく二人はシャッセとジュテに追われてしゃべることができなくなった。カドリールは六分しか続かないが、終わるころにはキティたち姉妹が社交の階段に占める位置は、多少は危なっかしくないところに戻っていた。ラドクリフは、遅れて到着したばかりでしかめっ面のロード・モンタギューにセシリーをゆだね、キティは大尉に導かれるまま、軽食のテーブルに向かった。そこで大尉は意味ありげな笑みとともに去っていったが、キティにはその笑みの意味がわからなかった。大尉はレディ・ダービーに呼ばれてダンスフロアに戻っていき、キティはありがたい気持ちで、見知らぬ紳士からレモネードを受けとった。ようやく楽に息ができるようになった。

「お会いするのは初めてですよね」見知らぬ紳士に笑顔で話しかけた。いまはどんな紳士にもやさしいと思われたかった。

「ええ。だがぼくは以前からお近づきになりたいと思っていたんですよ、ミス・タルボット。セルバーンといいます」のんびりした口調で言う。「じつにみごとなお手並みだ」

「お手並み?」キティは眉をひそめた。

「また、とぼけて」セルバーンと名乗った紳士がいさめるように言う。「おおっぴらに話しても悪いことなどないでしょう。ぼくはミスター・ド・レイシーの友人でね、あなたのことは全部聞かせてもらいましたよ。もちろん彼はわかっていないがね――そんな話がぼくのような人間にはどう聞こえるか」

「いったいなんのお話か、さっぱりわからないわ」ゆっくり言った。

「あなたとぼくは間違いなく同類だ」なめらかに言う――なめらかすぎる。「二人とも、これの周縁にいて――」手で部屋を示す。「――二人とも、なにがあろうと全力で勝とうとしている」

「そうですか？」礼儀正しく返したものの、苛立ちがこみあげてきた。「あなたにはそう映るのかもしれませんが、わたしには共通点が見えません」

セルバーンは満足そうにほほえんだ。「返すのもお上手だ。ミス・タルボット、あなたのことは生まれたときから知っていたような気がするよ」

これほど厄介な会話を助長したくなかったので、キティは答えなかったが、セルバーンは気にしなかった。

「あなたとは一度ゆっくり話してみたい。なれると思うんだ……お互いにとって、じつに有力な助けに」

「同じことが言えたらいいんですが」キティは冷ややかに言った。「おそらく別の方と間違えていらっしゃるんだわ」

セルバーンはうろたえもせずにほほえんだ。「ぼくとは話したくないようだね」ダンスの曲が終わりに近づいてきて、やや大げさに礼をする。「だがぜひ考えてみてくれ、ミス・タルボット。この街で大金を手に入れるための方法は一つじゃない——そして、一人でがんばる必要もない」

キティはできるだけ早くセルバーンのもとを離れ、やっとドロシーおばを見つけたときにはほっとした。

「どこにいたの？」とがめるように言う。

「そろそろ帰りましょうか」ドロシーおばは袖口のほつれた糸を気にして、答えるどころではなかった。キティは同意し、セシリーも呼んできた――あまり詮索してもいいことはない。外套が渡されるのを待っていると、またラドクリフが背後に現れた。

「ぼくがデヴォンシャーに帰ってしまって、いつでもきみの好きなときにダンスの相手にできなくなったらどうするか、考えたことはあるか？」低い声で尋ねた。

「そうね、なにかほかの方法を思いつかなくてはなりませんね」皮肉っぽく言う。「それか、この口にもう少し我慢を覚えさせてみるか」

「ああ、不埒なアーデンへの侮辱のことか？」伯爵が言い、ちらりと横目で見た。「きつくこらしめたんだろうな？」

キティの唇は引きつった。「これまででいちばんきつく」正直に言う。「だけど、おかげでこんな騒ぎになってしまって。一瞬、もう終わったかと思いました」

ラドクリフは肩をすくめた。舞踏室にはふさわしくない、くだけたしぐさで、伯爵がそうするところを見たのはこれが初めてでもあった。急にある光景が浮かんだ――ラドクリフ伯爵がデヴォンシャーの領地を闊歩している姿が。きっとここにいるときよりはるかに肩の力を抜いているけれど、同じくらい見る者の目を奪うのだろう。

「肩書きと富が関わると、気まぐれで無節操な連中だ」ラドクリフがさらりと非難して、続けた。「ぼくなら彼とは踊りたくない」

それだけでじゅうぶんな理由だと言わんばかりの口調だった。簡潔な言い方のおかげで、キティの不安もいくらか落ちついた。

「ええ、本当に」これほど話が合うことに少し驚きつつ、言った。

伯爵が笑顔で去っていくと、キティは妹に続いて馬車に乗りこんだ。家に向かうあいだ、一部始終をドロシーおばに説明しようとしたものの、悔しいことにドロシーおばは少しも理解してくれなかった。

「女性はみんな、一度くらいは好きでもない人と踊らなくてはならないものでしょう?」ドロシーおばはやや戸惑った顔で言った。

「だからって」キティは強情につぶやいた。

「わたしがおとなしく踊っていればよかったのかもね」セシリーが隅でつぶやいた。「そんなにいやなことでもなかったかもしれないし」

キティは暗がりに手を伸ばし、妹の手をつかんだ。

「そんなことない」きっぱり言って、小さな手をぎゅっと握った。

# 22

ラドクリフがグロヴナースクエアに着いたのは、夕暮れに近いころだった。今日はアーチーの誕生日で、家族が集まってお祝いの食事をすることになっていた。屋敷に入ると、すでに食堂から声が聞こえていて、そのにぎやかさに笑みが浮かんだ。ド・レイシー家は昔から誕生日を大事にしてきた――そういう日をきちんと祝うことはとても重要だとレディ・ラドクリフが考えているからだ――が、ラドクリフはこの二年、アーチーの誕生日にもロンドンにいなかった。そういうわけで、食堂に行っても父はいないことがまだ不思議に思えた。

あらためてその不自然さを思い、必要以上に長く玄関ホールにたたずんでいた。人はこういうことに慣れるものではないのだろう、と皮肉っぽく思う。これまで何百回、いや何千回と、なかに両親がいるとわかった状態でこのドアをくぐってきた。それはもう変わってしまったのだという事実を、すんなり受け入れろと？　無理だ。もちろん父が存命だったなら、もうこの時点でラドクリフを叱責しているに違いない――やるべきだったことをしていないとか、やるべきではなかったことをしたとかで。いや、そうだろうか？　わからない。父は、戦争がふたたび勃発したときに息子が英国に帰らないと決めると、激怒した――〝つまらん生活をしているから〟というよくわからない罪状でその息子を戦地に送りこんだときの怒りぶりよりもひどかった。父の態度がいずれやわらぐことをラドクリフは願っていた。父にしてみれば、あれもまた家族の義務に逆らう長男の嘆かわしい行動だったかもしれないが、ラドクリフにとっては、自分にできる唯一の気高い行動だったし、いつか父もわかってくれるようにと願っていた。だがワーテルローのあと、父子で話す機会は得られなかった。ラドクリフが国に帰る前に、父はこの世を去った。だから永遠にわからない――戦争で戦うことで父に見なおしてもらえたのか。立派な息子だとついに証明できたのか。

「旦那さま？」パットソンの声で、はっと我に返った。ラドクリフの思考の道筋はきっと表情に出ていたのだろう、パットソンの冷静なプロの顔もほんのわずかにやわらいでいた。だれにでもわかる違いではないが、ラドクリフは家族のみんなと同様、パットソンをよく知っている。

「ご家族のみなさまは食堂にお集まりです」パットソンがやさしい理解のまなざしで、静かに言った。

「そうだよな、ぼくも行こう」

　通りすぎるとき、パットソンが一瞬、肩にそっと手をのせた——ふだんならありえない、ごくまれな礼儀からの逸脱だ。ラドクリフは顔をあげずにパットソンの手に手を重ね、つかの間、無言でたたずんでから歩きだした。

「誕生日おめでとう、アーチー」食堂に入って弟の腕をやさしくつかむと、アーチーは笑顔で手を握り返してきた——が、あまり力を感じない。見れば顔色もすぐれないようだ。

「大丈夫なのか?」小声で尋ねずにはいられなかった。

「ええ、もちろん」アーチーは弱々しくほほえんだが、すぐにその笑みも消えた。しばし間が空いて、弟が唐突に言った。「ミス・タルボットのことは兄上の言うとおりでした」

「ああ」ラドクリフは罪悪感に胸を刺された。アーチーがミス・タルボットのことで苦しんでいるかもしれないのをすっかり忘れていた。とはいえ深刻に悩んでいるようには見えなかったので、安堵を覚えた。

「彼女はぼくのことなんかきれいに忘れてしまったんです」アーチーにしてはめずらしく苦々しげに言う。「ぼく以外の全員に夢中のようですよ。セルバーンのおかげで——」

「本当にパーティはなしでいいの、アーチー?」レディ・ラドクリフが遮り、早く席につきなさいと兄弟を手で急かした。「いまからでも間に合うのよ。だって成年に達するのは一大行事なのだし——わたくしたちはみんな、お祝いしたいんだから!」

「わたしは違うわ」アメリアが意地悪なことを言う。「アーチーが財産を相続するのを、どうしてわたしがお祝いしなくちゃいけないの？」

「なしでいいんです、母上」アーチーは妹を無視してきっぱり言った。「正直言って、うんざり――いいえ、疲れているんです。このところ……その、社交シーズンで忙しくて」

ラドクリフは怪訝（けげん）な顔で弟を見た。アーチーらしくない。幼いころから自分の誕生日が大好きで、社交シーズンも大好きで、お祝いできる口実ならなんでも大歓迎だったのに。だがこれもまた、もう変わってしまったことなのだろう。ラドクリフは感傷を捨て、ほどなくいつものにぎやかな家族のひとときが始まった。夕食が供され、アーチーは顔色を取り戻して、ふだんの弟らしくなってきた。その様子に、ラドクリフはほっとした。

コースの二品めが供されるころには、レディ・ラドクリフとアメリアはおなじみの議論を交わしていた。この社交シーズンで、アメリアがいつ初めての舞踏会を許されるべきかという議題だ。

「来年にしましょう」レディ・ラドクリフは言った。「あなたはまだ若すぎるわ」

「お友達はみんな、このシーズンで一度は出席してるのよ」アメリアが声を大にして訴える。「正式な社交界デビューじゃなくて、ちょっとつま先を水に浸すだけ。だって、一度も出席していないのはわたしだけなんてことになったら、怖いくらい世間知らずだと思われてしまうもの。一度でいいのよ、お母さま。一度なら害はないでしょう？　わたしはセシリーの一つ下でしかないし、そのセシリーはもう山ほど出席しているのよ」

レディ・ラドクリフは困った顔になった。娘の訴えに同情しないわけではないが、子ども全員が社交界に出ていってしまう――そしてよからぬことを知ってしまう――と思うと、不安を覚えずにはいられなかった。決めかねて、迷う。今年はこういう荷の重い決断ばかり続く気がするし、夫が亡くなってからは、相談できる相手もいなかった。けれどいまはジェイムズが目の前にいる。そんな思いで、希望のまなざしを長男に向けた。

「ジェイムズ、あなたはどう思う？」レディ・ラドクリフは尋ねた。

ラドクリフは口に運ぼうとしていたアスパラガスを宙で止めた。

「どう、とは……？」慎重に尋ねる。

「今年の社交シーズンでアメリアを一度、舞踏会に出席させるべきか否かについて、よ。おそらく害はないでしょうけれど……でも、待っても悪いことはないわよね？」期待をこめて長男を見つめた。テーブルの向こうでは、アメリアが嘆願の目で兄を見ている。ラドクリフは二人を見比べた。

「あなたの意見が聞きたいの、ジェイムズ」息子が黙っているので、レディ・ラドクリフは言葉を重ねた。

ラドクリフはじわりと汗がにじむのを感じた。自分の意見がわからないし、わかったとしてもそれを口にする資格があるとは思えなかった。害はあるか？　アメリアはまだ十七だから、若い気がする――が、それはいかにも父が口にしそうな、恐ろしく厳しい意見ではないか？　いや、恐ろしく厳しい意見こそが正しいのか？　急に、クラヴァットがひどく窮屈に思えてきた。

「母上が決めることです」ようやく言って、襟を引っ張った。「母上よりいい考えを思いつけるわけがない」

あっさり責任を投げ返されて、レディ・ラドクリフは少しがっかりした顔になった。

「考えてみるわ、アメリア」娘に言った。

母の試験に落第したのだとラドクリフは悟った。とはいえ、いったいなぜ母はそういう相談をぼくにもちかけてくるのだろう？　アメリアの十歳上でしかないぼくに？　爵位を受け継いだからといって、父が生きていたころより経験や知恵が増したわけではないのだ。先代のロード・ラドクリフなら当然、意見をもっていただろうし、その意見は全員の耳に届いたはずだ――セントポール大聖堂の鐘の音にも負けないほどやかましく鳴り響いたに違いないのだから、と辛辣なことを思った。

父なら気にしたはずだ。なにが正しくてなにが正しくないか、家族がなにをしていて、なにを考えているか。かたやラドクリフは、自分のなかにそういう発想も努力も見いだせない。ロンドンにいる時間が長くなればなるほど、それらが求められるのは明らかなのに。今日が初めてではないものの、ここから離れたい、逃げたいという思いが、とどまりたいという思いとせめぎ合った。ラドクリフホールでの暮らしのほうが単純だ。向こうにいると家族の圧力を感じずにすむ。それなのに……今年はめずらしくロンドンの社交シーズンに魅了されていた。責任のいくらかはミス・タルボットにある――彼女本人と、彼女が見せる予測不能さとに。おかげで、この社交シーズンが――だけでなくミス・タルボットが――どんな結末を迎えるのか、見届けたいと思うようになってしまった。

そのあとの夜はつつがなく進み、贈り物が渡されて祝いの言葉が告げられた。料理はいつもどおり絶品で、最後には目をみはるようなケーキが供され、アーチーはおいしそうに頬張った。ラドクリフはほほえみ、みんなと一緒に笑ったが、頭にはずっと母の質問が残っていた――実際に尋ねられた質問と、声にされなかった質問とが。けれど、帰る時間になってもまだどちらの問いにも答えが出ていなかった。アーチーと並んで玄関に向かっていたとき、弟がまた贈り物の礼を言った。

「必要なときはぼくを頼ってくれるよな、アーチー？」ラドクリフはいきなり言った。ちょうど階段をおりようとしていた弟は驚いた顔になり、ラドクリフは気まずい思いで手にした帽子を振った。「もちろん必要ないかもしれないが……もし必要になったらの話だ。この数年、あまり一緒に過ごしてこなかったのはわかっている。近々、一緒に乗馬でもどうだ？　またウィンブルドンへ行ってもいいし、そうしたいならもっと遠くまで行くのもいい」

アーチーはあごを震わせてうなずいた。

「そうしたいです」やがて言った。「ぜひそうしたいです、兄上」

アーチーがしばしじっと兄を見つめ、ラドクリフも見つめ返した。このひとときの、不思議と胸にずしりと来る思いに少しうろたえていた。

「兄上――」アーチーが一歩前に出て言いかけたが、それ以上言う前に、アメリアが玄関ホールに飛びだしてきた。

「まだいたの？」失礼なことを上の兄に言う。

「いま帰るところだよ、礼儀知らずのおばかさん」ラドクリフは尊大に返した。

だがアーチーとの奇妙なひとときは過ぎてしまった。一瞬のことだったので、アーチーの顔にもろさを見たと思ったのは勘違いだったような気さえした。なにしろいまはもう平然としている。ラドクリフは自分を少したしなめた。楽しい日のはずなのだから、深刻な瞬間をねじこんだりするものではない。こんなふうに不器用な口出しをするところこそ、こういうことは母に任せるのがいちばんだという証拠だ。

# 23

気弱な女性なら、今後数週間のキティの社交予定表にはいささか圧倒されるだろう。しかしキティは常に最終期限を意識しているので、可能なかぎりの舞踏会、ディナーパーティ、観劇、散歩、展覧会、演奏会を予定に詰めこんだ。それに、もしその日の朝に予定表を見てほんの少し気が滅入るなと思ったとしても、今日のことを思えば心は晴れた。なにしろ、ミセス・スタンフィールドのタウンハウスにお呼ばれしたのだ。これはとてもいい兆候。

「もちろん」セシリーと並んで歩きながら、キティは何気ない口調で言った。二歩後ろをメイドのサリーがついてくる。「たとえ彼がわたしと結婚したがったとしても、わたしがすんなり承諾するとはかぎらないのよ。当然、お受けするのは最高の申し出じゃないと」

セシリーはただ、ふうんと返した。ドロシーおばは頭痛がするからと言って、一緒ではなかった。このごろよく同じ症状を口にするのだけれど、ドロシーおばが夜ごと聞こし召すシャンパンの量を考えれば、原因は謎とはほど遠い。

到着すると、すでに数人が天井の高い客間に通されていたが、姉妹が部屋に入るとすぐにミセス・スタンフィールドが細やかに気を配ってくれたので、キティはほっとした。これもまた、いい兆候に違いない。喜びの笑みが浮かびそうになるのをどうにかこらえたとき、部屋の向こう側からミスター・スタンフィールドがウインクをよこした。彼の母親の態度は温かくなごやかで、キティはふと、両方を手に入れた生活を想像してしまった――妹たちのための財産だけでなく、自分自身の幸せも。きっと……すばらしいだろう。それが本当に実現しそうなところまであと一歩だなんて、信じられない。

けれどそれも、ミセス・スタンフィールドの会話がおなじみの道をたどりはじめるまでのことだった。夫人はまずキティの家族について尋ねた――出身はどちらで、屋敷はどこにあるのかといったことを。ミセス・スタンフィールドの態度は明るいままだったが、キティの笑みはやや薄れた。

「あの空気！」ミセス・スタンフィールドが楽しげにドーセットシャーを称える。「あの丘。とても美しいのよね！」

空気と丘について述べるのは、それが安全地帯だからだろう。なにしろたいていの州には両方がある。

「お屋敷はどちらにあるのか、ぜひお聞きしたいわ。なぜって、わたしもうかがったことがあるかもしれないの。たしかラドクリフ家の領地から近いでしょう？」尋ねる夫人の口調はじつにさりげないが、本心は別なのがわかった。実際は、キティの財政状況を知りたがっているのだ。スタンフィールド家はもうじゅうぶん裕福なのだから、そんなことは重要ではないだろうに。それでも訊かれた以上、答えなくては。

「たしかにうちのコテージはデヴォンシャーからそう遠くありません」キティはゆっくり答えた。「長くても馬車で一日の距離です」

「コテージ？」ミセス・スタンフィールドがくり返した。焼き菓子を一口かじったが、視線はキティの顔からそれない。質問はきわめて明白だ。

嘘をつきたかった。ものすごく。

「コテージです」キティはきっぱり返した。「そこで妹四人と暮らしています」

「四人！　なんてすてきなの」ミセス・スタンフィールドは大げさなほどの熱をこめて言った。「本当にすてきだわ。それもコテージで。すばらしいことね。失礼、ちょっとほかのお客さまのご様子もうかがってこなくては。だけどこのアップルケーキはぜひ召しあがってちょうだい。とてもおいしいのよ」

そう言うと、キティがひとことも発しないうちに、いそいそと去っていった。なにが起きたのかまだよくわからないまま、キティはその背中を見送った。眺めていると、ミセス・スタンフィールドは訪問客のあいだを縫って進み、つかの間、息子のそばで足を止めた。母子は話こそしなかったものの、ミセス・スタンフィールドはなにかしらのしぐさをしたのだろう――意味深な目配せか、小さく手を動かしたか――ミスター・スタンフィールドはすぐさまキティが座っているほうに目をやって、ほほえみかけてきた。けれどそれはキティが密かに〝わたしのもの〟と思うようになっていた、あのいたずらっぽい笑みではなかった。むしろ、謝罪の笑みだった。そのときキティは悟った――もはやミスター・スタンフィールドに求婚されることはないと。深く息を吸いこんで、胃に一発食らったような衝撃をこらえてから、ふたたび社交の礼儀に勤しんだ。セシリーと一緒にいとまを告げるころには、ミスター・スタンフィールドはもうミス・フレミングとの会話に没頭していて、二人はとてもいい雰囲気をかもしだしていた。

何週間も楽しんでいたすばらしい春の陽気は、その夜に崩れた。ロンドンの空には雲が低く垂れこめて最後の光をかき消し、どんよりした灰色の霧が街を覆った。キティの心境にぴったりの空模様だった。ドロシーおばの模造ダイヤモンドを耳と手首にあしらって新たな外出に備え、スタンフィールド家から帰って以来、胸の中央に居座っている鋭い痛みには断固知らないふりをした。いまは落ちこむなどという贅沢なことはしていられない。落ちこむとしたら、ひとえに自分のせいなのだから。そもそもロマンティックな展開を期待するなど愚かな話だったし、これこそずっと恐れていたことの証明だ。こうなったら前進するしかない。まだまだやるべきことはある――いまだ求婚されておらず、主要候補がミスター・ペンバートンだという現状には満足できないのだから。

その夜の舞踏会で、ダンスフロアの隅にさがってこの件を思いめぐらしていると、となりにラドクリフが現れた。シャンパンの入ったフルートグラスを差しだされたので、静かに礼を言って受けとり、感情を排した声で言った。「今夜は口論する気分じゃないんです」

ラドクリフが純真そうに眉をあげた。そんな卑しい動機があると思われるなんて心外だし傷つきもする、と言いたげだ。それでもキティの顔に愉快さのかけらもないのを見て、ここは引きさがることにしたらしい。

「なるほど」そう言って向きを変え、自身も踊り手の海を眺めて、くるくるとターンする人々を目で追った。「狩りの首尾は？」

キティはその口調にあざけるような響きを探したものの、聞きとれなかったので、正直に答えた。

「容易に察しがつくでしょう？　ミスター・ペンバートンはじゅうぶん裕福ですもの」

「ミスター・スタンフィールドはもう主要候補ではないのか？」伯爵が尋ねる。「彼こそきみのお気に入りかと思っていたが」

キティは手にした扇の欠点を探しはじめた――レースのこの部分は破れている？「ええ」静かに答えた。「だけど彼は裕福な妻を探していたみたい」

「ほう」伯爵は重々しく言った。「そう驚くことじゃないな。スタンフィールド家はかなりの浪費家だ。出費がそうとうな額に及ぶから、新しい縁組みに際しては新しい富の流入が不可欠なんだ」

「どうでもいいことです」声にかすかな苦味がにじんでしまった。「ペンバートンの財産があれば、わたしは家族を守れるし、家も手放さずにすみますから――まあ、念のために別の選択肢も必要だけれど」

ラドクリフはしばしこれについて考えた。「家を手放さないというきみの決意の固さには、正直に言うと、少し驚かされるな」

「どうして？」むっとする前に理由を聞こうと、尋ねた。

「きみはここで、ロンドンで、見るからにくつろいでいるじゃないか。なぜロンドンにとどまらない？」

「あらまあ、ロード・ラドクリフ」いたずらっぽく言う。「一刻も早くわたしを追い払いたくてたまらないんだと思っていましたのに」

伯爵は聞き流して問いを重ねた。「なぜネトリーを手放さない？　売却して、どこかよそに家を見つけない？」

「たしかにわたしは思っていたよりロンドンを満喫しています」素直に認めた。「この街はとびきり楽しいわ。だけどネトリーはずっとわたしの家だし、生まれたときからわたしのものだったんです。それを急いで手放す気はありません。どのみち、売っても必要な額には届かないし」

「つまり、感傷か」伯爵はかすかな笑みを浮かべた。「てっきり、きみにはそういう感情などないのかと」

キティは赤くなったが、あごをあげた。「あったらなんだとおっしゃるの？　わたしたち姉妹はこれまでにもうさんざん失っているんです。閣下こそ、そこまでの必要に迫られたら、ラドクリフホールを売却なさる？」

「なるほど」皮肉っぽい声で受け入れた。「たしかに売却しないだろうな――どれほどそそられたとしても。ラドクリフホールは何代にもわたって受け継がれてきた。ぼくという人間そのものだ」

キティは肩をすくめた。「それなら、わたしたちもそう変わりませんね」

「かもしれない」ゆっくり言った。

「意外かしら？」尋ねるミス・タルボットの目には意地悪な光が宿っていた。その光は、答えがイエスならじつに愉快だと告げていた。

「この会話こそが意外だ」ラドクリフは答えた。「どうやらぼくは財産について女性と話すことに慣れていないらしい」

ミス・タルボットは軽く笑った。「財産をまったく持っていない女性しかご存じないから、女性にはそういうものが理解できないと思っていらした？」

ラドクリフはなるほどと首を傾けて、続けた。「しかし、きみは結婚したらもうそこには住めないぞ」

「どうして?」キティは尋ねた。

「ミスター・ペンバートンが一家代々の領地を離れてきみの家で暮らすとは思えない」

ミス・タルボットは首を傾げた。「なるほど。だけど妹のだれか一人が年ごろになったら、あそこをわが家にしたいと思うかもしれませんよ、ロード・ラドクリフ。そしてわたしは、妹たちが家を手に入れるために結婚を余儀なくされるのはいやなんです」しばし言葉を止め、冗談めかした口調に切りかえた。「それに、このわたしが本気になれば、ペンバートンをあそこで暮らしたい気にさせられるかもしれないでしょう?」

ラドクリフはふんと笑った。芽生えていた同情も、この女性が人心操作に長けていることをあらためて思い出させられたとたんに消えた。「きみなら立派にやってのけるだろう。そもそも、夫の意思など関係あるか? きみが夫に求める役割なんて、ほとんど等身大の財布にすぎないのに」

その口調にぐさりと来て、キティは伯爵をにらんだ。

「そうおっしゃる閣下は、未来の妻がどこに住むと思っていらっしゃるのかしら? 彼女自身の家か……ラドクリフホールか。彼女の意思は関係あるのか、閣下の望みどおりになるのか」

ラドクリフはにらみ返した。「それとこれとは話が違うし、きみもわかっているはずだ。仮にぼくが結婚するとしても、人心操作の出番はない」

キティはあいまいにふうんとつぶやいた。

「話が別だ」ラドクリフはくり返した。

「あら、弁解する必要なんてないんですよ、閣下」キティは尊大に言った。「それで閣下が悪い人間になるなんてことはありませんもの――なるのは、ただの偽善者」

そう言うと、ちょうど通りかかった下男の盆にグラスを置いて、さよならのお辞儀をしてからその場を去った。ぐずぐずしすぎた。キティは振り返らなかったが、振り返っていたらまだこちらをにらんでいるラドクリフが見えただろう――まったく読めない表情の伯爵が。

キティは鷹のような目で新鮮な紳士を探しながら広間を歩いた。けれど目がとまったのは有望な求愛者ではなく、少し困った顔で一人ぽつんとたたずんでいる若い女性だった。おそらくラドクリフに妹たちの話をしたせいだろうが、その女性が妙に気にかかった――きっと輝くひたいのせいだ。あのひたいで不意にベアトリスのことを思い出し、胸にずきんと痛みが走って、似ていると気づいたからには歩み寄らずにいられなくなった。

「初めてお会いしますね」音楽のなかでも声が聞こえるくらい近づいてから、キティはそっと話しかけた。女性が驚いて顔をあげた。「ミス・タルボットと申します」

「ミス・ブルームです」お辞儀を交わしたあと、輝くひたいの女性が少女らしい、高い声で言った。「お会いできて光栄です」

ミス・ブルームはそれ以上、会話を続けようとせず、口をつぐんで部屋の向こうに切なげな視線を送った。その視線を追ったキティは、踊る男女を眺めている、いやに姿勢のいい若い紳士を見つけた。なんだかすべてが角張った印象だ——肘や肩や膝蓋骨が、洗練された色濃いチョッキとズボン越しにも目立っている。キティの知らない青年だった。

「あの方はお知り合いなの、ミス・ブルーム？」キティが尋ねると、ミス・ブルームは頬をバラ色に染めた。なるほど。

「いまは交流がないんですけど、前はごく親しかったんです」口ごもりながら言う。「だけど彼のことをもっとよく知りたい。そんなことができるなら」

「どうしてできないの？」キティは戸惑って尋ねた。「彼もあなたもここにいるのに」

ミス・ブルームは悲しげに首を振った。まるで、声に出して言えないほど大きな問題があるように。

「彼もあなたもここにいるわ」キティはもう一度、きっぱり言った。「彼はあなたが望むほど裕福じゃないとか？」

ミス・ブルームはぎょっとした顔になった。「い、いいえ」つっかえながら言う。「ミスター・クロウトンは、その、とても裕福だと思います——少なくとも年七千ポンドの収入がおありだとか」

「じゃあ、なにが問題なの？」キティはじれったくなって尋ねた。

「わたしの両親は、爵位のある男性にしかわたしを嫁がせないと決めているんです」小声で説明した。「だから母はわたしをミスター・クロウトンに紹介しないでしょう。母は、恋をするなら爵位のない男性よりある男性のほうがいい、と言ってます」また切ない目で青年を見やる。「じつは子どものころからの幼馴染なんです。彼はとてもやさしくて、好きなものなんかも似ていて。二人とも引っ込み思案なんですが、一緒にいるとそんなことはどうでもよく思えました。いま、わたしに気づいてくれたらどんなにいいか」

「だけどその願いは、自分から行動を起こすほどには強くないのね」キティは辛辣なことを言った。「どうしたら彼があなたに気づくというの？　そうやって隅に隠れて、わたしとしか話さないのに」

「ほかにどうすればいいんですか？」ミス・ブルームは怒ったように言った。「ただ近づいていって、話しかけろと？」

「それはそんなに悪いこと？」

「当然だわ！　そもそも礼儀をはずれているし——いったいなにを言えばいいの？　どんなにはしたないと思われるか……」両手をよじりながら悩ましげに言う。

「じゃあ、話しかける口実を思いつけばいいじゃない」キティは不満そうに言った。「軽食がどこにあるかご存じですかとか。母と完全にはぐれてしまったのですけれど、見かけませんでしたかとか。扇を落としたので捜してもらえませんかと頼んでみるとか。ねえ、お嬢さん、やり方は無数にあるのよ。いいから一つ、つかみなさい！」

ミス・ブルームの表情はしだいに警戒の色を帯びていった。「無理よ」弱々しく言う。

キティはため息をついた。ミス・ブルームはこの部屋の奥行きという単純な障害さえ乗り越えられないの？　年七千ポンドというのはじつにかなりの財産なのに。もう一度、ミス・ブルームを見た。自分の未来は自分でつかみなさいと背中を押してやるべきだろうか？　道理をわからせてやって、チャンスをつかませるべき？　ここまでこの若い女性の告白を聞いておいて、キティ自身がミスター・クロウトンをさらうというのは、いかに言っても残酷すぎるように思えた。

けれど、ここは残酷な世界――それに目をつぶってもいいことはない。キティは決然とスカートをひるがえして向きを変え、ミス・ブルームに肩越しに失礼と告げた。これから扇を落とさなくては。

四月二十二日　水曜　ネトリーコテージ

大好きなキティへ

姉さまからのいちばん新しいお手紙、今週三度は読みました。おかげでわたしたちみんな元気になれました。ハリエットはこのところ調子がすぐれなくて、わたしが励まそうとしても効き目はなかったの。どうやらわたしの子守ぶりは、姉さまのとはほど遠いみたい。

ロンドンのきらきらしたお話に、みんな胸が躍りました。姉さまにはもう見慣れた景色でしょうけれど、わたしたちにしてみたら姉さまが別世界に行ってしまったようよ。崇拝者に囲まれているみたいだし、きっとすぐにどなたかから求婚されるわ。だけど、求愛者のなかからお金だけでなく人柄においても申し分ない方が見つかることを祈っています。

これが最後のお手紙になるかもしれません。姉さまの指示どおり、屋根の修理は始めたけれど、あいにく送ってもらったお金だけでは足りないの。生活するには困らなくても、郵便代は払えそうにないのよ。でも心配しないで、わたしたちはまったく問題なくやっています！

姉さまとセシリーに、わたしたちからありったけの愛を送ります。セシリーの詩を同封してくれてうれしかったわ——悲しいかな、わたしたちのだれも完全には意味がわからなかったけれど。

また会って話せるときを心待ちにしています。

愛をこめて。

あなたの妹、ベアトリスより

# 24

ミスター・スタンフィールドとミス・フレミングの婚約が発表されたのは翌週のことだった。問題ない。まったく問題ない。なぜってミスター・スタンフィールドがなにをしようと、キティにはなんの影響もないからだ。こちらにはまだミスター・ペンバートンという求愛者がいる——最近はかならずと言っていいほどとなりにいる——し、いまでは引っ込み思案なミスター・クロウトンも加わった。最初の出会いから粘り強く追いかけて、みごと成功したのだ。結局、ミスター・スタンフィールドとの経験でいちばん重要だったのは、キティがある教訓を得たことだ——つまり、男性の年収は思っていたほどあてになる資料ではないという教訓。年六千ポンドの収入があっても、ミスター・スタンフィールドの財政状況は危うかった。それを知らずに婚約していたかもしれないと思うと、胸が騒ぐ。勉強になったものだ。これからは求愛者全員の寡婦給与財産だけでなく財政状況もきちんと把握しなくては。

問題は、ただ訪ねていって訊くわけにはいかないところだ。そんな話題は、ロマンティックなおしゃべりには向かない。では、どうやってミスター・ペンバートンの――そしてミスター・クロウトンの――財政状況を調べて、この馬に賭けても安全だという保証を手に入れるのか？　解決法は、やはりあれしかない。部屋の隅の大時計を見る。午前八時四十五分。まだ待たなくてはならない……けれど待ちたくはない。どのみち、着くころにはせめて九時は回っている。

「ご存じのとおり」キティはとっておきの穏やかな口調で切りだした。というのも、セントジェイムズプレイスに着いてみると、ラドクリフはじつに不機嫌だったのだ。そこへビーヴァートンが盆を手に現れ、二人のために熱いコーヒーをそそいだ――葬儀にこそふさわしい静かな同情の面持ちで。ラドクリフは飢えた人のようにカップを受けとり、湯気の向こうからうさんくさそうにキティを眺めた。そこでキティはあらためて切りだした。「ご存じのとおり、わたしはそろそろ求愛者二人のうちから一人を選ぼうとしています」

「それはそれは、おめでとう」ラドクリフは皮肉をこめて言った。

「だけどふと思ったんです。候補者の富を証明するものは、上流社会のほかの面々がそう言ったから――それだけしかないというのに、決めてしまうのは愚かじゃないかと」

ラドクリフはキティを見つめた。「それでは満足できないと？」

「ちっとも。だってもし、まずまずの収入があっても多額の借金をかかえていることがわかったら？」

からだろう。

ラドクリフが小さく咳払い(せきばら)をしたのは、その異論の皮肉に気づいてくれと言いたかったからだろう。

「ええ、自分が多額の借金をかかえているのはよくわかっています」キティは言った。「だけど、相手もわたしも裕福じゃなかったら意味はないでしょう？　どちらを選ぶにせよ、これ以上先へ進む前にたしかな証拠がほしいんです。単純に、賭けるには危険すぎるから」

「たしかな証拠？」ラドクリフはまた切ない思いで時計をちらりと見た。「そんな話が、いったいどうしたらぼくに関係があるというんだ？」

「わたしの代わりに突き止めてもらえないかと思ったんです」キティは言った。「わたし自身が調べてまわるわけにいかないことはおわかりでしょう？」伯爵が唖然(あぜん)としたまま黙っているので、つけ足した。

「たしかにおわかりだ」ラドクリフは言った。「しかし、なぜぼくが代わりにやらなくてはならないのかがおわかりにならない。ぼくなら簡単なはずだときみが考えた理由も」

「だって閣下はわたしよりずっとたくさんの方をご存じじゃないですか！」キティは即座に返した。「わたしの秘密にしても、あっさり突き止めてしまわれたわ。これぞという方にいくつか質問していただくのは、そんなにたいへんなこと？　頼んでいるのがわたしじゃなくレディ・アメリアだったら、どうなさる？」

「日曜の正午以前に兄を困らせるほどおまえは愚かじゃないはずだと言ってやる」ラドクリフはつぶやいた。

「まじめに答えてくださいな」

「誓ってもいいが、ミス・タルボット、ぼくは大まじめだ」

「頼みを聞いていただく代わりに、わたしにできることはないかしら？」キティは戦術を変えた。「慈悲の心で動かされないとしたら、なにかほしいものはありませんか？　お金はほとんどないけれど、わたしだってまったく価値がないわけではないんですよ」

ラドクリフは目を閉じ、音を立てて息を吸いこんだ。その芝居がかった苦悩の表現に、キティは一瞬、伯爵の母親を思い出して、真顔を保つのに苦労した。

「お母さまの次の体調不良を治してさしあげられるかもしれないわ」キティは言ってみた。

ラドクリフは怖い顔でにらんだ。「社交シーズンの最後の舞踏会まで母が絶好調でありつづけることは、きみもわかっているはずだ」ぴしゃりと言った。

キティは口を開いて別の提案をしようとした。

「わかった」その前にラドクリフは言った。「わかった！　訊いてまわる。その代わり、お願いを一つ、貸しだ」

「お願い」キティは疑惑の目で伯爵を見た。「どんなお願いかしら？」

「〝どんな願いで、いつ叶（かな）えてもらうかは、ぼくが決める〟というたぐいのものだ」ラドクリフは少し楽しくなってきた。ミス・タルボットが反論しようと口を開いた――

「頼むから」手をあげて止めた。「この話はここまでにしてくれ。もう少し疲れていないときに考えてみると約束するから」

「わかりました」ミス・タルボットがしぶしぶ言った。「だけどわたしの結婚が成立するまでは、ロンドンを出ていってくれというお願いにだけは従えませんからね」

「わかっている」弱々しく言った。

「それから、どんなかたちであれ、上流社会でのわたしの立場を危うくするようなものもいけませんよ」

「ああ」

少し間を空ける。「もしかして、お願いの内容はいま決めてしまったほうが楽なんじゃないかしら」

「だめだ」

「だったらそれで」キティは言った。「情報はいついただけそうかしら？」

「頼むから帰ってくれ」悲痛な声で言った。「きみにはものすごく疲れさせられる。きみが早く帰ってくれれば、情報も早く手に入る」

「すてき」キティは天使の笑みを浮かべた。帰ろうと立ちあがったものの、ふと別の用事を思い出してためらった。ポケットから封筒を取りだした。

「じつは」おずおずと言う。「もう一つお願いが……その、妹たちに手紙を書きたいんですが、郵便物を受けとるには料金がかかるので——いまあるお金はすべて使いみちが決まっているんです。だから、その、無料送達の署名をしていただけないでしょうか」

顔が熱かった。このお願いは、前のものより厚かましくないかもしれないが、声にするのははるかに難しく感じた。貴族は特権として、無料で郵便物を送ることができる。ただ封筒に署名をすればいい。それでも、ラドクリフに気後れなくそれを頼めるのは、彼の家族とごく親しい友人だけだろう。拒まれることに身構えた。が、杞憂だった。ラドクリフは無言でキティの目を見つめ、手を差しだした——手袋をはめていない、むきだしの手を。キティはありがたい思いで手紙を託した。伯爵の指が封筒のへりをそっと包んだとき、手袋越しにその指を感じた気がした。

「今日、送っておこう」ラドクリフは言い、キティはそれを信じた。

アーチーは、セントジェイムズプレイスの手前でためらった。いまになってもまだ、こんなことが本当に必要なのだろうかと迷っていた。突き詰めてみれば、セルバーンにひどいことをされたわけではない——その反対だ！　友情が始まったころは、もちろん旧友のジェリーの忠告を胸に刻んでいた。ジェリーは〝最悪のたぐいの恥知らず〟という称号をセルバーンに——セルビーと呼んでくれ、と本人に請われている——授けた。それでもセルビー本人は最悪のたぐいの恥知らずなどではないと断言したので、アーチーはそちらを信じることにした。そしてここまでのところ、セルビーはこれ以上ないほどアーチーにやさしくて、ハウスパーティやファロを楽しむクラブに連れていったり、アーチーが経験したこともないような刺激的で退廃的な夜を案内したりしてくれている。

ただ……ただ、いまになって疑問が生じたのだ——街の遊び人の生活は果たしてぼく向きだろうかと。アーチーはすっかり疲れていた。心も体も常に落ちつかなかった。このあいだの誕生日を迎えるまで、硬貨一枚持っていなかった。小遣いすべてを、セルビーと一緒にいるときに使い果たしていた。成年に達したいま、好きなだけ相続財産に手を出せるようになったことには感謝しかない。

なにもかも落ちつかないけれど、きっと兄ならどうすればいいか知っているはずだ。あらためて思い、アーチーは一歩前に出た。視線を七番地のドアに据えていると、そのドアが開いたので、アーチーは足を速めた。こんな時間にラドクリフが起きだして外出するなんてめずらしいけれど、逃がすわけにはいかない。今日、兄と話さなくては。ところが……出てきたのは間違いなく女性だった。アーチーは両眉をあげて歩調を落とした。なんて不道徳な、と思わずにはいられなかった。直後にもう一人、女性が出てきた。帽子からするとメイドだ。よかった、それならまだ礼儀にかなっている——秘密の逢瀬ではなく公式の訪問だろうから。しかし一人めの女性が顔をこちらに向けたとき、アーチーは胃を揺すぶられるような感覚とともに悟った。あれはミス・タルボットだ。ミス・タルボットが兄の家から去っていく。ほんの数週間前にはぼくが結婚するんだと思っていた、あのミス・タルボットが。アーチーは身動きもできずに立ちすくみ、彼女が歩いていくのをただ見ていた。つまり、そういうことだったのか。

無理もない、とひどくなじみのない冷笑とともに思った。ぼくが彼女と結婚するのをラドクリフがいやがったのも当然だ。兄とミス・タルボットはさぞかし笑ったことだろう。叶わぬ恋に落ちたおばかな少年を。自分がどれほど愚かかまるで知らない坊やを。

アーチーは向きを変え、ゆっくりセントジェイムズプレイスから離れていった。セルバーンとその仲間に囲まれての生活は奇妙かもしれないし、一秒ごとに自分らしくなくなっていくような感覚を味わうかもしれない――が、少なくともこんな気分は一度も味わわされていない。

# 25

　本格的に五月に入ると、夏のきざしが感じられるようになってきた。とはいえその変化は、ネトリーコテージにいるときほど劇的ではない。故郷では野原も森も、暗い部屋でマッチをすったように、いきなり目覚める。それでも、近づいてきた季節は街のそちこちに感じられた。固くすぼまっていたつぼみはあでやかに花開き、夜露が乾いていく温かな土の香りは間違いなくあたりに漂っていた。

　ここでの雰囲気は、五月のビディントンと変わらない。どうやら英国は――ドーセットシャーだろうとロンドンだろうと、東西南北のいずれだろうと――暖かさと陽光にはかならず活気づくらしい。たとえそれが、新しいなにかに不平をこぼせるという目先の変化ゆえだとしても。似ていることでうれしくなってもおかしくないはずだが、なぜかキティはみじめなほど故郷が恋しくなりはじめていた。百五十キロ離れたところでは、ベアトリスとハリエットとジェインが庭仕事に勤(いそ)しんだり、市場まで歩いたりしているかもしれない。次の手紙が届くまでなにも知りようがないので、常に胸を裂かれる思いだった。

上天気をいいことに、ペンバートンとクロウトンの両方と、順ぐりに親密な散歩をすることにした。もちろんドロシーおばとセシリーが数歩後ろを歩いているが、二人きりという幻想に背中を押されて、どちらかが愛の告白をするのではと期待していた……が、失望に終わった。ペンバートンは一時間にわたって、教区牧師の最新の説教をそっくりそのまま聞かせただけでなく――忍耐と謙遜という等しく退屈なテーマに関する、どこまでもつまらない演説だった――母親との会話をまるごとくり返しもした。ペンバートンの母親は内気な女性だそうで、教会に行くことをのぞけば上流社会と関わるのを好まないらしい。ミセス・ペンバートンもきっと恐ろしく退屈な人に違いない。

ペンバートンがしゃべりつづけるのをよそに、キティは頭のなかで、セシリーと一緒に帰郷したらすぐ妹たち全員を連れていきたいピクニックの計画を立てていた。

「しかし誇りも重要なことは、母もぼくも認めているよ」いま、ペンバートンは言っていた。「誇りとはその人の家族であり、家名だからね。だからこそ母はぼくにまっとうなキリスト教徒の女性と結婚してほしいと願っているんだ。血統がよくて、ぼくが政治の領域に踏みだすのを支えてくれる女性と」

キティに言わせれば〝血統〟という言葉は家畜に使うもので、間違っても女性に使うものではない。

「わかります」笑顔で言った。「ぜひお母さまにお会いしてみたいわ」

嘘ではない。というのも、そうする以外、じゅうぶんな〝血統〟を備えていると彼の母親に示す方法はないからだ。ペンバートンの母親は理想が高そうなので、こちらはたとえ表面上だけでもそれを満たさなくてはならない。もしもペンバートンが求婚を遅らせている理由がその一点なら、かならずやミセス・ペンバートンを感心させてみせる……そう、聖書の引用かなにかで。

「もしかしたら」キティは穏やかに丸めこもうとした。「一緒に教会へ行くのもいいかもしれませんね」

ペンバートンがにっこりした。「きっと母が喜ぶよ。きみの教会はどちらかな？」

しまった。

「ええと、おばの家の近くです」あいまいに答えた。「とても小さいけれど、とても美しいの」

すかさず、あそこの花はなにかしらと尋ねることでペンバートンの気をそらそうとした。あいにくそのせいで、残りの散歩のあいだ、通りすぎるすべての花や動物のラテン語の語源について講義を聞かされるはめになった。続くミスター・クロウトンとの約束まで、一息つく暇しかなかった。ペンバートンよりあとに現れた求愛者とはいえ、クロウトンなら愛の告白のほうへ押しだせる自信があった。あの青年ときたら、話しかけるといつも驚いた顔になるし、ダンスを受け入れるといつも光栄のきわみといった顔になるのだ。

「次の人？」セシリーがややくたびれた声で言った。「もう？」

「しーっ、静かに。キティは交渉中なのよ」ドロシーおばがなだめるように言う。「シェイクスピアについての、あのすてきな話をしてちょうだい。ぜひもう一度聞きたいわ」

ペンバートンの最大の難点が話し好きなところとすると、クロウトンのそれは内気さだった。キティのとなりを無言で歩き、会話はおおむねキティに任せきりだ。小動物のごとく常に目を丸く見開いているので、いつもなにか刺激物を食べたばかりのように見える。ペンバートンに比べればましだけれど、これではクロウトンが勇気を出して告白する未来は見えてこない。キティはため息をついた。

「故郷のことを聞かせてくださる？」少し彼を引っ張りだしたくて、やさしくうながしてみた。「ベドフォードシャー、でしたわね？　じつは一度も行ったことがないんです」

クロウトンは答えなかった。ちらりと見ると、青年の視線はまったく別のところにさまよっていた。おしゃべりをする若い女性たちともうすぐ道が交差しそうで、クロウトンはそのなかの一人をじっと見つめていた。まさかこの青年がこんな失礼なまねをするなんて……と思ったとき、女性の輪のなかに若きミス・ブルームを見つけた。ミス・ブルームはまっすぐ前を見て、キティのこともクロウトンのことも積極的に無視していたが、頬を染める色を見れば、こちらに気づいているのは明らかだった。クロウトンはミス・ブルームから目をそらせないようで、首を回しまでして去っていく背中を見送っていた。キティが咳払いをすると、クロウトンは文字どおり飛びあがった。

「たいへん申し訳ありません、ミス・タルボット」急いで言う。「心から謝罪します――なんの話でしたっけ？」

「ベドフォードシャー」そっと思い出させた。

胸のなかで罪悪感がぎゅっとかたまりになりはじめた。もちろん無意味な感情だけれど、無意味だとわかっていても追い払えそうになかった。わたしの知るかぎり、ミス・ブルームは裕福で生まれ育ちもいいのだから、クロウトン以外にも、結婚して幸せになれる相手は山ほどいるはずだ、と自分に言い聞かせる。クロウトンもミス・ブルームに同じ思いを寄せているらしいことはどうでもいいし、わたしにはこれっぽっちも関係ない。

それでも、罪悪感は消えなかった。

「報告するようなことはないわ」家に帰る途上で、ドロシーおばと妹に伝えた。「二人とも、まだ愛を打ち明けてくれない」

「もうあまり先送りにはできないわよ」ドロシーおばが言う。「残り時間はどんどん少なくなっているんだから」

「わかってる」キティは固い声で言った。「先送りにしているのはわたしじゃないわ」

ドロシーおばは、それには同意しかねると言いたげな声をのどの奥から漏らしたが、キティが問いただす前にセシリーが割って入った。

「姉さんはどちらかを愛しているの？」妹は尋ねた。

「またそれ？」キティはいらいらと言った。「二人とも立派な紳士で、じゅうぶん裕福だと思っているわ——これで満足？」

セシリーは不快そうに顔をしかめた。

「そんなの、ちっとも愛じゃない」少し困った顔で言う。「少なくとも、わたしはそう思う。ドロシーおばさまはどう？　だれかを愛したことはある？」

会話の流れが急に変わったので、ドロシーおばは驚いた顔になった。

「そうね、一度だけ」正直に答える。「だけど大昔の話よ」

「なにがあったの？」セシリーが感情をこめて尋ねた。

「しばらくのあいだは幸せだった」ドロシーおばはゆっくり語りはじめた。「だけどそのうち、彼が同じ階級の若い女性と結婚して、当然ながら、彼女はわたしたちの友情に反対した——で、おしまい」

セシリーの目が不吉にうるみはじめた。

「ねえ、セシリー」キティは指摘せずにいられなかった。「愛と幸せはいつも等式で結ばれるとはかぎらないのよ」

「もしあの二人が姉さんを愛しているのに、姉さんのほうは二人を愛していないなら、姉さんは美しいなにかを二人から取りあげていることになるわ」セシリーが涙声で言う。

ますます厄介になってきた。そしてますます苛立ちが募った。

妹の言葉にキティの胸のなかの罪悪感はふくらみ、ますます厄介になってきた。そして
ますます苛立ちが募った。

「そんなことないわよ。いまは二人のために悲しくなっている時間はないの」鋭い口調で言った。「だれかのために悲しくなりたいなら、わたしたちのためにして。二人は男性で、しかもお金持ちよ。望みどおりの未来を手に入れられるし、少なくとも選ぶ自由があるわ――わたしたちには、ない。わたしたちは望みどおりのものも、人も、手に入れられないの！」

姉の剣幕にセシリーはぎょっとした――キティ自身も少しうろたえた。

「ちょっと言ってみただけよ」セシリーがつぶやく。

「さあ、帰りましょう」ドロシーおばが口を挟んだ。「けんかしても意味はないわ」

帰り道、三人のあいだにもう会話はなかったが、キティはまだ腹が立っていた。頭のなかで、セシリーに言ってやりたい主張や弁解を並べ立てていた――妹だけでなく、なぜかラドクリフにも言ってやりたかった。二人とも、わかっていない。ジェインやハリエットやベアトリスがどうなるかを二人は心配しなくていいし、お金がなければ若い女性の人生がどんなにあっさり闇に落ちるかも考えなくていい。もしもわたしが一歩でも踏み間違えたら妹たちのだれかが陥りかねない、無数の恐ろしい事態や暗い未来のことも。だけどわ

たしは心配するし、考える――いつだってそうだ。やるべきことは山ほどあるのだから、罪悪感にかまけている時間はない。

その夜、キティは苛立った手つきで身支度をした。舞踏会用のドレスはもう買う余裕がないので、巧妙に手なおししたり大量に羽根を使ったり、必要なら姉妹でドレスを交換したりして、新しい一着という幻想を生みだしていた。これはキティが守ってきた節約法の一つだが、ドロシーおばがセシリーを想定して買い求めたピンク色のふわふわのドレスを着ていると（スカート丈を伸ばし、優美なバラのつぼみを刺繍して）、どうにも毛羽立ったガチョウの気分だった。一方のセシリーは、キティお気に入りの青いクレープ地のドレス姿だ（スカート丈は詰めて、すそと袖には凝ったレースをたっぷりあしらって）。

それでも髪を整え終えるころには、いらいらも憂鬱に置き換わっていて、キティはドロシーおばの寝室を訪ねることにした。ここ数週間で儀式のようなものになっていた――この部屋のベッドに座って両足をお尻の下に敷き、ドロシーおばが器用に唇に紅をさすさまを眺めていると、なぜか妙に心休まると知ったのだ。

「わたしをいい人だと思う？」いま、キティは尋ねた。

ドロシーおばは歌うような声を漏らした。「いい人だと言ってほしいの？」

「本当にそう思うなら」

ドロシーおばはどっちつかずの表情で鏡越しにキティを見た。

「とっても励みになるわ」キティは皮肉っぽく言った。

「いい、というのは主観的なものよ」ドロシーおばが口紅を塗りながら言う。「わたしの過去の仕事のせいで、大勢がわたしを悪い人間とみなすわ。あなたにとって、それは重要？」

「まさか」キティは憤然として言った。「おばさまはだれのことも傷つけていないもの」

「意図的には、そうね」返したドロシーおばの口元には、キティの理解が及ばない小さな笑みが浮かんでいた。「だけどあなたの場合は、たぶん世間がどう思うかよりも、あなた自身が自分をどう思うかのほうが重要なんじゃない？」

しばし間が空いた。「でも――その……母さんなら、わたしのことをどう思ったと思う？」キティは消え入りそうな声で尋ねた。

ドロシーおばが鏡越しに見つめた。「それはつまり、あなたがここロンドンでやろうとしていることを知ったら、という意味？」

キティはうなずいた。

「まず、お母さんがどう生きてきたかは知っているわね？　彼女はとても現実的な女性だった」ドロシーおばが指摘する。「きっと、完全に理解してくれたと思うわよ」

キティはしばしその言葉について考えた。ああよかったと安心したくてたまらない……

けれどなにかが引っかかった。ミセス・タルボットはたしかに現実的だったし、ずる賢さも備えていた――母と自分はそこが似ていると考えるのが好きだった。それでも最近のキティの容赦のなさは――母にはないものだった。他人の幸せを犠牲にするような行動をとる母など想像もできない。むしろその逆で、かならず人のなかに善を見いだし、こちらの隣人、あちらの隣人を助けるための作戦にみずから身を投じてばかりいた。たとえば、戦後にひどく困っていた気の毒なミスター・スウィフトを、お似合いじゃないかとピンときて、ミス・グロヴァーと引き合わせたとき。二人は去年の夏に結婚したけれど、ミセス・タルボットは生きてそれを見届けられなかった。

「たぶん」キティはゆっくり言った。「たぶん、わたしがあまり親切じゃなかったのを知って、母さんは少しがっかりするんじゃないかしら」

ドロシーおばはしばし同意も反論もしないまま、無言でそれについて――だけでなく、キティについても――率直に考えていた。

やがて口を開くと、キティが予期していなかったことを言った。「髪がくしゃくしゃよ」

「本当?」いらいらは、優雅に髪を整えたいときには不向きなのだろう。

「こっちにいらっしゃい」ドロシーおばが言った。立ちあがってキティを椅子に座らせ、後ろに立ってそっと巻き毛をほぐしはじめる。ピンが一本ずつ、音を立てて銀の皿に落とされていくと、キティは目を閉じ、温かな手の感触とバニラの香水に心を癒やされた。

「もしかしたら」ドロシーおばがゆっくり櫛(くし)を通しながら、そっと言った。「わたしたちみんな、もう少し親切になろうとするべきなのかもしれないわね。もしかしたら、それが〝いい〟ということなのかも――たとえ自分に都合が悪くたって、周りにやさしさを与えようとすることが。そして、あなたがそうしたいと思うなら、いまからでも始められると思うわよ」

キティは静かにその言葉を受けとめた。ようやく少し落ちついてきた。

「できた」

ドロシーおばの手が止まったので、目を開けると、髪は頭のてっぺんで凝ったかたちにまとめられ、宝石をちりばめた櫛でとめられていた。前の夜にカール紙でこしらえた巻き毛は、品よく顔の両側に垂れている。こういうことにかけては、ドロシーおばの技量は魔法並みだ。キティは手をあげて、肩にのせられている手をつかんだ。

「ありがとう」言葉は単純でも、思いは深かった。ドロシーおばの手がぎゅっと握り返した。

「さあ、準備はいいかしら?」ドロシーおばが言った。

# 26

その夜の上流社会には、手に取れそうなほどの切迫感が漂っていた。キティと同じで、みんなも残り時間が少なくなってきたことをはっきり意識しているのだ。出費がかさんできたことや、ロンドンの社交シーズンで幸せをつかむ可能性が薄れてきたことを感じているのは、キティ一人ではないのだろう。ダンスは速いもの中心になり、シャンパンが減るのも速くなり、笑い声は大きくなった――部屋全体がはやる活気に満ちていた。

キティは部屋から部屋へ歩き、ペンバートンを捜すふりをしていたが、実際は女性たちに目を凝らしていた。そのとき、前と同じようにぽつんと寂しげにたたずんでいるミス・ブルームを見つけた。キティは鼻から息を吐きだしてスカートをつまむと、きびきびと歩み寄った。

「ミス・ブルーム！」呼びかけた声がやや大きすぎたかもしれない、ミス・ブルームは飛びあがった。まったく、ロンドンのお嬢さんたちの繊細なこと。

「ミス・タルボット」ミス・ブルームが冷ややかな目でキティを見て、言った。「ほくそ笑みにいらしたの?」

不運な愛のことで励ました舌の根も乾かないうちに、その愛の対象をしつこく追いまわしてきたのだから、多少失礼なことを言われても仕方ない。

「このシーズンを楽しんでいらっしゃる?」聞き流して尋ねた。「ミスター・グレイと踊ってらしたわね――すてきな方」

「ええ、とてもすてきよ」ミス・ブルームの声は皮肉で震えていた。「だけどあなたがミスター・クロウトンの愛情をしっかりつかまえてしまったから、わたしにはもう、両親が用意したロード・アーデンとの結婚に抵抗する理由がなくなったわ」

驚きのあまり、キティは礼儀を忘れた。

「ロード・アーデン?」ぞっとして言う。「だけど彼はひどい人よ。それに、あなたの倍の年齢じゃない!」

「ええ、あなたがロード・アーデンをどう思ってるかは、わたしたちみんな知ってるわ」ミス・ブルームは鋭く返したが、すぐにため息をつき、どうにもならない憂鬱に表情も声も陰らせた。「でも、抵抗したって無駄なの。ほかにお相手がいるわけでもないし」

そう言ってキティから舞踏室に視線を移したミス・ブルームがだれを捜しているのかは、たしかめなくてもわかった。この娘の暗い運命をどうにかして明るいものにするのは、キティの義務ではない。すばらしい人生のスタートを切りはしたものの、多くの女性が勝つようには設計されていない戦いにおいては、やはり負けそうになっている娘の運命を救うのは。

ミス・ブルームがまたため息をついた。このままではだめだ。キティは手を伸ばし、ミス・ブルームの肘をそっとつかんで前に押しだした。

「なにをするの?」ミス・ブルームがぎょっとして言った。

「あなたは具合が悪いの」キティはきっぱり言った。

「そんなことないわ!」ミス・ブルームは言い、それ以上、周囲の目を引かないように足を踏ん張った。

「いいえ、悪いのよ」キティはゆずらなかった。「具合が悪くて、ちょっとめまいがするから、新鮮な空気を吸わなくちゃいけないの。お願いだから調子を合わせて」

「わけがわからないわ。どこへ連れていく気?」ミス・ブルームはうめいた。

「ミスター・クロウトン!」キティが堂々と呼びかけると、壁の高い位置にかけられた絵画を眺めていたその青年は振り返った。例によって驚いた顔だが、キティとミス・ブルームが一緒にいるのを見たとたん、その目はいつも以上に見開かれた。

「ミス・タルボット?」不安そうに言い、またちらりとミス・ブルームを見る。目の前にいるのが信じられないというように。

「ミスター・クロウトン、助けてくださいな」キティは急かすように言った。「お友達のミス・ブルームがめまいを起こしたの。わたしが気つけ薬を取りに行って、彼女のお母さまを呼んでくるあいだに、新鮮な空気が吸える場所へ案内してあげてくださる？　さあ、腕につかまらせてあげて」

クロウトンは即座に前に出た――あの内気な顔の下にも強い騎士道精神があったのだとわかって、キティはほっとした。「もちろんです！」クロウトンは言い、気遣うようにミス・ブルームを見た。「ミス・ブルーム、大丈夫ですか？」

「え、ええ」ミス・ブルームは小声で答えた。その透きとおるような肌のおかげで、二人の作り話に真実みが出た。

「なるべく早く戻るわね」キティはそう約束してから、ミス・ブルームのほうに身を乗りだし、秘密めいたそぶりだけれどクロウトンにも聞こえるだけの声でひそひそとささやいた。「心配いらないわ、ミス・ブルーム。あなたがロード・アーデンと結婚したくないのはわかっているし、かならず逃げ道はあるはずよ！」

一歩さがると、しめたことにクロウトンがいまの話に激怒した様子で胸を張っていた。覚えておく価値がある――男性は英雄を演じることが大好きなものだ。それがミス・ブルームほど美しい娘のためなら、なおさら。

キティが見守っていると、クロウトンはそっとミス・ブルームをテラスに導いていった。もちろん礼儀にはずれないよう、そばにいる人には会話の内容が聞こえないだろうけれど、姿はちゃんと見えるところへ。完璧だ。完全に礼儀の範疇にありながら、すてきなほどに親密。キティは自分の手際に満足して、滑るように軽食のテーブルへ戻っていった——気つけ薬の約束など、どこ吹く風で。ここからはクロウトンに任せておけば大丈夫。これでいちばんいい求愛者を失うことになったけれど、後悔する気にはなれなかった。たとえとことん容赦ないとしても、いまはもう少しやさしくもなりたかった。

必要きわまりない体力をつけるために砂糖菓子をかじってからペンバートンを捜しに行こうかと考えていると、耳元で低い声がした。

「きみは自分の婚約を周到に用意するので手一杯で、他人の仲をとりもつことなどかまっていられないかと思っていたが」ラドクリフがつぶやいた。

「いったいなんのお話かしら」キティは悪びれもせずに言い、おいしそうな焼き菓子を選ぶと、ジョージ二世の肖像画の下に移動した。ラドクリフもついてきて、興味深そうにキティを見おろした。

「あんなことをする必要はなかっただろう」ふだんとは違う口調で言う。「なにしろミスター・クロウトンは——彼はきみの求愛者の一人とばかり」

キティはうなずいた。「だけどその心は別のところにあったんです。そして、男女二人の内気さにつけ入るのは正しいと思えなかった——それについて、わたしにはできることがあったから」

「きみには驚かされるな、ミス・タルボット」ラドクリフは正直に言った。「きみは血も涙もない人で、そんなやさしさはもち合わせていないと思っていた」

ほめ言葉であると同時にけなし言葉でもあったが、キティは腹が立たなかった。今夜、キティ自身が考えていたことにそっくりの内容だったので、不意に確信した――このおこないがどれほどの代償をキティに強いるか、どれだけ生まれながらの本能に逆らわなくてはならなかったのか、伯爵にもわかっているのだと。突然、見透かされているという気がした。不快な感覚ではなかった。

「わたしも」簡潔に返した。

会話を続ける前に邪魔が入った。複雑に編みこんだ髪を頭のてっぺんで高くまとめあげた長身の若い女性が、通りすぎざまにキティの肩にぶつかってきたのだ。早くそのまま行ってちょうだいとキティは思ったが、残念ながらその女性はラドクリフに気づいて、彼の重要性と肩書きを思い出したことを顔にありありと浮かべながら、おぼつかない足ですばやくお辞儀をした。美しい女性だけれど、ふらつきながら体を起こしたところからすると、少し酔っているらしい。キティは目の端でラドクリフを見た。彼が運命づけられているのはこういう女性？　見るからに裕福で、恐ろしいほど流行最先端。髪もドレスも、真に高貴な生まれの者にしか許されないたぐいの奇抜さだ。けれどこの女性に会って喜んでいるとしても、ラドクリフはそれをとてもうまく隠していた。

「お久しぶりです、閣下!」女性が言い、宝石をちりばめた手をラドクリフに差しだした。キティのことは無視だ。

ラドクリフはその手に浅く礼をして、礼儀正しく挨拶の言葉をつぶやいたが、目は冷ややかだった。キティは初めてラドクリフと会ったときのことを思い出して身震いし、ここ最近は、言い争いこそするものの、あんな目は向けられないことに感謝した。女性は会話をしようとするが、ラドクリフのほうは頑迷に乗ろうとせず、どんな質問にもひどく無礼になる寸前のごく短い答えを返しつづけた。

「最後にお会いしてからずいぶんになりますわ」女性が言う。「大陸ではみごとなご活躍だったそうですね。ワーテルローのお話をぜひ聞かせていただかなくては」ラドクリフのほうはそんな義務を感じていないらしく、答える代わりに蛇のような笑みを浮かべた。ところが女性は興味を失うどころか、同じおだてるような調子で続けた。「じつは姉があちらにいたんです。リッチモンド公爵家の舞踏会に出席しましてね。閣下たちが馬に乗って戦いに赴くさまはじつに壮麗だったと言っていました」

「では、帰ってくるさまは間違いなく壮麗ではなかったでしょうね」ラドクリフは冷ややかに言った。「あの日、大勢が死んだ」

これでようやく歓迎されていないと悟った女性は、急いでお辞儀をすると、怖い目でキティをにらんでから立ち去った。まるで、無神経なことを口にしてしまったのはキティのせいだと言わんばかりに。二人は無言で女性を見送り、ラドクリフの表情が冷ややかなままなので、キティは視線を頭上の肖像画に戻した。

「妙な感じでしょうね」静かに言った。「あのときそこにいて、いまはここにいるというのは」

どちらも視線を合わすことなく、まだ絵画を見つめていた。キティは思いを声に出したときも伯爵のほうを向かなかった。この瞬間はとてもはかなくて、そんなことはできない気がした。まるでいまこのとき、二人は魔法をかけられていて、どちらも心穏やかで互いに正直でいられるような——野良猫のように嚙みつき合うのではなく。

「いかにも」ラドクリフも穏やかに認めた。「心の平穏を取り戻すにはずいぶん時間がかかった……いろいろなことがあったから」

「悪夢を見ることはありますか？」キティは尋ねた。

これにはラドクリフもさっと彼女のほうを向き、嘲笑のしるしを探すようにキティの顔を見た。

「ああ」ついに認めた。「なぜわかった？」

「ビディントンのミスター・スウィフトという男性は海軍に属していたんです」キティは言った。「帰ってきてから、ずいぶん苦しんでいたわ」

ラドクリフはうなずいた。また静寂が広がったものの、そこに緊張感はなく、キティはなにか言わなくてはという焦りを感じなかった。

「ロンドンは変わりました？　あなたがいないあいだに」

「……変わったし、変わっていない」考えながら言う。「いろいろな意味で、ロンドンはこの世のできごとになんら影響を受けていないように見える。まるでなにも起きなかったように。ここにいると、ときどきぼく自身、そう思いそうになるときもある」

その口調に警戒心はなく、ただ正直さだけがあった。どういうわけかこの数分間で、二人は互いのあいだの境界線のようなものを越えたかに思えた――舞踏会もどうでもいい招待客も脇のほうへ消えて、互いに弱さをむきだしにできるようになったかに。

「そう思えたほうが……気持ちが楽？」キティは尋ねた。あとに長い間が空いたので、もう答えないのかと思った。

「ずいぶん長いあいだ、この街を憎んでいた」やがて伯爵が言った。「だから離れていた。以前はこういう浮ついたことが大好きだった――賭けごとも酒も、女性とのたわむれも。だが国に帰ってきてからは、そういうばかげたことも、従わなくてはならないくだらない決まりごとも、すべてどうでもよくなった。なにが大事だというんだ、あんな――あんなことがあったあとで。あれだけの人を喪ったあとで」舞踏室の向こう側を手で示す。「そちらではヒンズリー大尉が、踊る人たちとくるくる回っていた。「ヒンズリーほど勇敢な男をほかに知らない。ぼくはワーテルローで戦っただけだが、彼は大陸で何年も過ごした。

それなのに、英国へ戻ってきたぼくの正気を保ってくれたのは彼のほうだった。だが舞踏室では、そんなことはどうでもいいらしい。男の人生を決めるのは富のありなしで、その人自身の美点ではないんだ」

「不公平ですね」キティは同意した。今回も伯爵の論理の穴を指摘するのは容易だったが、あえて言わなかった――ヒンズリー大尉の苦悩には同情するのに、わたしのときは同情しなかったわね、とは。もはやラドクリフ相手に得点争いをする気はなくなっていた。

「憎んでいた、とおっしゃったけれど――いまも憎んでいるの？」代わりに尋ねた。

「思っていたほどではないな」ラドクリフは正直に答えた。「自分がどれほど家族を恋しく思っていたか、離れていることでどれほど家族の世話を怠っていたか、ようやく気づいた。それに……白状するとおもしろかった。きみが上流社会全体に大見得を切るところを眺めているのは。まさに羊の皮をかぶった狼だ」

ラドクリフが話しているうちに二人はしだいに向き合って、もはやどちらの視線も肖像画にそそがれていなかった。彼の口角があがるにつれて、キティは自身の口角もあがるのを感じた。そして、初めて出会ったときと同じように胸を打たれた――ほほえむと、この男性の顔は一変する。

「ああ、だからわたしに力を貸すことに同意なさったのね」キティは言った。「〝おもしろかった〟から」

「きみに力を貸すことに〝同意した〟と、果たして言えるかな」ラドクリフは口元に笑みをたたえたまま、即座に異を唱えた。「ぼくは強要され、脅されたんだ。あのとき、ほかに選択肢はなかった」

キティはやわらかな声で笑った。記憶はたちまち書き換えられて、二人が共有する物語のユーモラスな一部となった。それが不道徳だったことも不穏だったこともなく、二人はほんの一瞬でも本当の意味では敵対したことなどなかったように。

「ほかにも選択肢はあったわ」キティは言い、閉じた扇でラドクリフの腕を軽くたたいた。

「それはどうかな」

深い意味はこめられていないはずの言葉が、声に出して言われるとひどく真剣みを帯びて聞こえた。ラドクリフの目に浮かんだ驚きからすると、彼自身も不意をつかれたに違いない。二人はしばし見つめ合い、思いにふけった――灰色の目が茶色の目を見つめ、茶色が灰色を見つめ返す――が、やがてラドクリフが咳払い（せきばら）をすると、張り詰めた空気は壊れた。キティは急いでレモネードを一口飲んだ。

「いい情報を教えよう。ミスター・ペンバートンは、言われているとおりに裕福だ」ラドクリフが一瞬の間のあとに言った。

「あらそう？」キティはどうにか明るい声で言った。「情報源をうかがってもいいかしら？」

「彼の管財人と下男と仕立屋だ。請求書の支払いはいつも期日に間に合うし、給金に不満のある召使いはいないし、管財人は二、三杯ビールを飲ませたら投資の利益がかなりのものになると自慢した。きみのペンバートンはしみ一つない――年八千ポンド、以上だ。すべての情報はぼくの馬丁のローレンスがつかんできた。とても優秀なスパイだぞ」

「いいお話が聞けたわ」キティはゆっくり言った。そのとおりなのだが、思っていたほど喜んでいない自分に気づいた。

「これできみの道は平坦になったかな?」ラドクリフが尋ねる。

「もう一歩かしら。ミセス・ペンバートンがまだわたしの人柄に懸念をいだいているから、それを克服しなくちゃいけないの。だけどじきに問題は、どこで、どんなふうに求婚されるか、だけになるでしょうね」

「ほう、それだけか?」ラドクリフは言った。「どんな言葉を用いるかを決める権利くらいはペンバートンに与えるんだろうな?」

キティは伯爵をにらんだ。「ええ、もちろん」そしてつんとあごをあげたものの、いまではそんな態度にもラドクリフは動じなくなっていた。

「仮にきみが決められるとしたら、どんな求婚がお好みかな」ラドクリフは想像しながら言った。「〝愛しいミス・タルボット〟」ペンバートンのひとりよがりな口調をまねて言う。「〝性格は周りをいらいらさせるが頭はしっかりしているきみに約束しよう、ぼくは大金持ちで、きみの家族の借金をきれいに返済すると〟。想像できるか、ミス・タルボット？　じつにロマンティックで情熱的だ！」

「じゅうぶん楽しんでいただけたなら」声から笑いをとりのぞけないまま言った。「わたしはこのへんで失礼します。やることがまだ山ほどあるの」

ラドクリフは手袋をはめた手を差しだした。

「では、おば上のところまでエスコートしよう」慇懃（いんぎん）に言った。

今度はキティも受け入れた――ごくほのかに頬を染めて。

# 27

「あなたがなんと言おうと心配なのよ、ジェイムズ」レディ・ラドクリフはゆずらなかった。「どうがんばっても、あの子はわたくしになにも言ってくれないの！」

「なぜでしょうね」ラドクリフがつぶやくと、母のやや冷たい視線が飛んできた。その視線を避けて四輪馬車の外に目を向け、母がこの話を続ける気をなくしてくれるよう願いつつ、ロンドン中心部の大通りストランドを眺めた。王立美術院の毎年恒例の展覧会初日にエスコートしてくれないかと頼まれたとき、これを機会にアーチーの態度について長々相談されると知っていれば、絶対に断っていただろう。とはいえ、裏の動機があることには気づいてしかるべきだった――母が芸術に興味を示したことなどあったか？

「放っておけと言うんでしょう」伯爵未亡人の不機嫌な訴えは続いた。会話を終わらせようとするラドクリフの試みは完全に無視だ。「だけどアーチーは本当にトランプにのめりこんでいると思うのよ！」

「去年、拳闘にのめりこんだように？」ラドクリフは言った。「一昨年（おととし）、競馬にのめりこんだように？」

「それとこれとは別よ」レディ・ラドクリフはあっさり片づけた。「最近、賭けごとで青年がだめになった話をよく聞くの。レディ・カウパーの弟さんはまさにその理由でパリへ逃げたのよ。もちろんご一家はその話をもみ消したけれど、みんな知っているわ。それに、去年まではあんなにトランプに興味のない青年もいないくらいだったのに！」

「いくらアーチーでもそこまで賭けごとが下手ではないでしょう」ラドクリフは小声で言った。かつて両親はぼくについてもこんな会話をしていたのだろうか。大陸へ送りこもうと父が決めてしまう前に。

「あなたからきちんと話をしてもらえないかと思ったのよ」レディ・ラドクリフは長男のつぶやきを無視して言った。「しっかり説明してやって。少し怖がらせてちょうだい」

ラドクリフにとっては絶妙のタイミングで、馬車はサマセット・ハウスの中庭に入った。

「しませんよ、母上」母のほうを見ないまま、簡潔に言った。「アーチーはいまのままで問題ありません」

どちらも無言のまま馬車をおりて、建物に入った。熱意もなく展覧会の図録を一部取ったラドクリフは、建物内がすでに上流社会の面々でいっぱいなのを見て、さらにうんざりした。だれも彼も、初日に作品を鑑賞することより、鑑賞しているところを目撃されるほうに関心がある。なんとつまらない愚か者だらけだ。ここ数週間で、危うくその事実を忘れかけていた。ミス・タルボットの策略やお願いや早朝の訪問に追われるあまり、ほかのことを考えるゆとりがなかった。いつしか人だかりのなかに彼女の姿を捜していた自分に気づき、ぱっと向きを変えて、展覧会の図録をめくりはじめた。

「最初になにが見たいですか、母上？」ラドクリフは尋ねた。「ミスター・ウォードの、『御年百四のミセス・ガリヴァーの肖像』？　それともミスター・ホジソンの『教会内部』のほうが見ごたえがありますかね？」

返ってきた冷ややかな沈黙で、母は長男におかんむりだとよくわかった——そして長男の説得という当初の目的に失敗したいま、退屈な午後を過ごすはめになって二倍いらいらしていることも。そういうわけで、二つめの部屋でもうだれかに呼びかけられたのはありがたいことだった。振り返るとミセス・ケンダルが手を振っていて、さらにミス・タルボットとレディ・モンタギュー、ミスター・フレッチャーと合流した。おそらくミス・セシリー以外の全員が絵画鑑賞を早々に打ち切ったのだろう。

「まだ五月だというのに、暑いこと！」レディ・モンタギューが挨拶代わりに言い、せっせと自身を扇であおいだ。「こんなに混むとわかっていたら来なかったのだけれど。とはいえもちろん」急いでつけ足す。「ターナーの『ドルトレヒト』は見なくてはね」

そこへちょうどペンバートンがグラスを両手に現れて、ミス・タルボットとそのおばに誇らしげに差しだした。が、ラドクリフもいるのに気づくと表情が曇った。タタソールズでの会話をまだ根にもっているに違いない。ラドクリフにはずいぶん前のことに思えるが、あの不穏な顔から察すると、ペンバートンにはそうではないのだろう。やれやれ、ミス・タルボットは本当にこんな道化と結婚する気か？

「聞いた話では」ペンバートンがラドクリフへの苛立ちを脇に置いて切りだした。「ウェリントン公爵がロンドンに戻られたそうですよ。今週、オールマックスで会えるだろうか？」

「ウェリントンは昔からダンスが好きだ」ラドクリフは考えもせずに言ってしまい、すぐさま、その場にいる全員の注目を浴びるという罰を受けた。話題をかすめとられたペンバートンは顔をしかめた。

「親しいのですか？」ペンバートンが不機嫌そうに尋ねた。

「少し」これで終わることを祈りつつ、短く答えた。

ペンバートンはしばしラドクリフを見つめた。伯爵のことが好きではないという気持ちと、ナポレオン戦争について話したい欲求がせめぎ合う――その領域の専門家だと自負しているのだ。案の定、勝ったのは後者だった。

「ぼく自身は」控えめに切りだした。「ウェリントンの作戦について、かなり勉強しましたよ。じつは、ワーテルローは専門の研究テーマなんです」

「ほう」ラドクリフの笑みにかすかな嘲笑が混じった――ミス・タルボットの顔をよぎっ

たのは困惑だろうか？

「あの戦いにも不備はありました」ペンバートンが全員に向けて、小声で言う。「きっとウェリントンも失敗があったことは認めるでしょう。それは騎兵隊の用い方を見れば一目瞭然で……」

どうやらペンバートンは本気でワーテルローについての講釈をぼくに垂れるつもりらしい。滑稽すぎて愉快とも思えそうだ。しかしペンバートンが自前の〝ワーテルローはこう戦えばもっと楽に勝てた〟説を微に入り細をうがって説明しはじめると、ラドクリフは愉快さが消えて怒りが募りだすのを感じた。

「もちろん、ぼくがウェリントンだったら、きっと――」

「ねえ、どうかしら――」ミス・タルボットが口を挟もうとしたものの、無駄だった。ペンバートンはただ声量をあげて彼女の声を圧し、乗りに乗って語りだした。

「――実際、階級の低い人間を入隊させるとこうなるんですよ。そういう連中には規律のかけらもない――」

この男の尊大さ、無知、仰々しさには息を呑(の)まされた。よくも規律について語れるものだ。よくもぼくが肩を並べて戦った者たちを貶(おとし)められるものだ。ワーテルローのような血なまぐさい戦場で、階級が勇気に関係あるとでも思っているのか。気がつけばラドクリフの左手は震えだしていた。

「きみのような知恵者があの場にいて、ぼくたちを助けてくれなかったとは、残念だな」

ペンバートンが一息ついたとき、ラドクリフは冷ややかに言った。

その声にこめられた嘲笑は、もはや聞き逃しようがなかった——ただし、ペンバートン以外の全員にとって。ペンバートンだけはうれしそうに胸を張り、ほかの面々は少したじろいだ。

「それはどうでしょう」ペンバートンが謙遜する。「だけどあの戦いは自分の目で見てみたかったと思いますよ」

「断言してもいいが、距離で景色は変わらない」ラドクリフは言ったが、ペンバートンに聞こえた様子はなかった。

「結果は大違いだったかもしれないと考えずにはいられないでしょう?」ペンバートンが少し悲しげに首を振りながら全員に向けて言う。「舎監にいつも言われていたんです——きみは大将という天職を逃したねと」

「間違いない」ラドクリフは言った。

「ねえ、ラドクリフ——」レディ・ラドクリフが長男の腕に手をかけたものの、ラドクリフは振り払った。ここまでの社交シーズン、どうにか保ってきた礼儀の仮面は——戦争の話が持ちあがるたびに危うくなるうわべは——本当にひび割れかけていた。

「だがもちろん、戦争が終結してからのほうが、戦争好きになるのははるかに楽だろうな」鋭く言い放った。

ついにペンバートンも敵意の口調に気づいた。ラドクリフを好きではない気持ちが急に戻ってきて、怒りで顔が真っ赤になる。

「いったいなにをおっしゃりたいのかな?」ペンバートンは尋ねた。

上流社会の人々が有する、劇的な事件と見せ物を嗅ぎつける磨き抜かれた本能に呼ばれて、視線が集まりはじめた。ミスター・カーズの肖像画『うわさ話』の前にいたレディ・キングスベリーは苦悩を装って手を口元に添えているが、好奇心を隠そうともしていない。

ラドクリフはだれもかれもが憎かった――が、だれよりこの嘘つきの愚か者が憎かった。

「申し訳ない、ミスター・ペンバートン。はっきり言うつもりだったのに、ほのめかすにとどめてしまった」ラドクリフは言った。

母が苦悩に青ざめているのと、ミス・タルボットが唇を引き結び、室内を見まわしているのが視界の端でわかったが、怒りの前ではどうでもよかった。

「きみは」残忍な笑みを浮かべて続けた。「ただの――」

「たいへん」ミス・タルボットが大きな声で言った。「暑さで気を失いそう!」

警告を発するなり、驚いているミスター・フレッチャーの腕のなかに優雅に倒れこむと、周囲からは息を呑む声があがった。

「これは――ミス・タルボット?」ミスター・フレッチャーは難なく彼女を受けとめたも

のの、衝撃を受けたのだろう、銀色の頬ひげは心配そうに震えていた。「ミス・タルボット、大丈夫かい？　ペンバートン、早く彼女に飲み物を！　みなさん、どいて。彼女に息をさせてあげてくれ」

だれもが手を貸そうと慌てふためき、そこまでの会話はすっかり忘れられた。ペンバートンが軽食のテーブルに走っていくと、ミス・タルボットは気遣うミスター・フレッチャーの腕に寄りかかるよう言われ、ミセス・ケンダルに扇でやさしくあおがれて、レディ・モンタギューにドアのほうへうながされた。輪の外に取り残されたラドクリフは、破裂寸前だった怒りの風船がゆっくりしぼんでいくのを感じながら、狭めた目でなりゆきを見ていた。これまでに知ったミス・タルボットの性格とふるまいからして、彼女は気を失うタイプではないし、いまは弱々しい笑みと感謝の表情で気遣いを受けているものの、顔色は健康そのものだ。

ドアのほうへ導かれていくとき、ミス・タルボットがちらりと振り返った。目が合ったラドクリフが片方の眉をあげると、小さなウインクが返ってきた。

ふたたび会話ができるようになったのはしばし後のことで、そのころにはラドクリフも冷静さを取り戻していた。母はレディ・モンタギューと一緒にターナーの最新の傑作を探しに行ってしまったし、ペンバートンの姿はどこにもない。ラドクリフはぶらぶらと歩いていって、豪華な赤いソファで〝休んで〟いるミス・タルボットのとなりに腰かけた。「あのウインクから察するに」静かに切りだした。「さっきの芝居はぼくのためだったんだろう?」

「あなたと、あなたのお母さまのためよ」ミス・タルボットは認めた。

「必要だったとは思えないな」ラドクリフは言った。

「間違いなく必要だったわ」ミス・タルボットは反論した。「あなた、いまにもペンバートンに一発食らわせそうだったもの。そうなったら今宵はおしまい――うわさ話が広まるだけ。それに、あなたには一つ借りがあったから」

「あいにく」ラドクリフはすまなそうに言った。「お願いの内容を決めるのはぼくで、きみではないと思っていたが――厚かましい思いこみだったかな?」

「わたしに言わせれば」ミス・タルボットはつんとすまして言った。「あなたはいま、お礼を言うべきだと思うけれど」

「たしかにあの介入は思いがけない幸運だった」かすかな笑みを浮かべた。「ここに着いたときにはもう母はぼくに失望していたから、もしあそこで乱闘騒ぎを始めていたら、面目丸つぶれだっただろう。しかし」横目で彼女を見ながら続けた。「ぼくならもう少し大仰ではない手段を選んだな」

「あら、それはあなたに想像力が欠けているからよ」そう説明するミス・タルボットの表情は完全に真顔だが、色濃い目にはユーモアがくっきり浮かんでいた――とびきり表情豊かな目には。

「どうしてお母さまはあなたに失望なさったの？」ミス・タルボットが尋ねた。

口論のせいでまだ少し気が立っていたラドクリフは、その質問を突っぱねようかと思ったが、彼女の顔に批判の色がないのを見て、大きく息を吐きだした。「母は、ぼくがアーチーに無関心すぎると思っている――というより、家族全体のことについてもっと積極的に関わってほしいと思っている」

「だけど、あなたはそうしたくない？」ミス・タルボットは興味ありげに首を傾けて尋ねた。

ラドクリフはかすかに首を振った。「ぼくは……」ゆっくり語る。「ぼくは、むしろやり方がわからないんだと思う。父は――父なら、アーチーに強硬路線をとっていただろう。わかるんだ、なぜならぼくに対してそうだったから。で、もしもそれが一家の長であるということなら、ぼくにはやれる自信がない」

ミス・タルボットはしばしこれについて考えた。「お父さまは厳しい方だった？」慎重に尋ねた。

ラドクリフは鼻で笑った。「そう言えるだろうな。父は好きではなかった……楽しむということが。羽目をはずすことが。父が考える男の義務は、いつなんどきでも家名を守ることだった——そして父はぼくたち一家の名声を猛然と守った」

「じゃあ、お父さまがあなたをウェリントンと一緒にウィーンへ送りこんだのは……」ミス・タルボットは静かに言った。「あれはつまり……」

「つまり、さもないとぼくが家名を汚すと思ったからか？　ああ。若いころのぼくは、この世のすべての楽しみを享受したかった——賭けごとも酒も、度を越して。父はそれを危険とみなした。そして、こんな息子でも働けばかならず謙虚さを学ぶだろうと考えて、ウェリントンには貸しがあったから……それで、ぼくはウェリントンの武官になった」

ミス・タルボットは歯のあいだからゆっくり息を吸いこんだ。

「もちろん、父は戦争がふたたび始まるとは思っていなかった」ラドクリフは重い口調で続けた。「だれも思っていなかった。それが実際に始まってしまうと、父はぼくに戻ってこいと命じた。だがあのときは、そんなことはできなかった。そんな行為は臆病のきわみだった。いずれ父もわかってくれるはずだと思った。最後には……誇らしく思ってくれるのではないかと。だが戦争が終わって故郷に帰ってきたときには、父はもう死んでいた」

父について、父との関係について、ここまでだれかに話したのは初めてだった。声に出してしまうと心が癒やされた——ミス・タルボットが陳腐な言葉や偽りの励ましなどで間を埋めようとするのではなく、ただこの告白を二人のあいだでそっとしておいてくれたから、なおさらだった。心の重荷を吐きだす相手として、ヒンズリーでも母でもなく、ミス・タルボットを選んだことにもっと驚くべきなのかもしれないが、実際は、この会話の流れに少しも驚いていなかった。この数週間、どちらも出席した行事では、いつもこんなふうになっていたのを思い出す。隅のほうで、奇妙な親密さを交わしていたのを。この女性ならほぼなんでも訊(き)いてくるだろうし、この女性にならなんでも答えてしまう気がした。

レモネードをごくりと飲んだものの、ひどく味気ないのに気づいてグラスをおろした。

「こういう会話のときはブランデーのほうがいい」口調を明るくして言った。

「きっとそうなんでしょうね」ミス・タルボットの口調は、思いがけないほどやさしかった。「父のお気に入りだったもの」

「父上は酒好きだったのか？」

「父のいちばんの悪徳は賭けごと」ミス・タルボットが訂正する。「独身のころは問題にならなかったわ――賭けごとは紳士の生活の一部として認められているようだしね。だけど勘当されたあとになっても、父は本当には環境の変化に適応できなかったの。そこからはあっという間に借金がかさんでいった」

「そのころから酒を飲むようになった？」ラドクリフは尋ねた。

「いいえ」ミス・タルボットが言う。「それ以前も飲んでいたわ。だけど母が亡くなったあとはやめられなくなって。腸チフスにかからなくても、お酒で命を落としていたでしょうね」

ラドクリフはうなずいた。「そして、すべてはきみの肩にのしかかってきた、と」

「そういうこと」ミス・タルボットが考えながら言う。「だけどわたしにはベアトリスという一つしか離れていない妹がいたから、それほどつらくなかったわ。それに、たしかにたいへんな状況に置いていかれたけれど、あんなに幸せな子ども時代を送らせてくれて、父と母には感謝してる。わたしたちの家は笑い声であふれていたの――それから音楽と、愛で」

「ぼくをひどく弱い男と思うだろうな」くだけた口調で言った。「きみが何年も背負ってきた責任から必死に逃れようとしているんだから」

「そうでもないわ」ミス・タルボットが言う。「だけど、もっと単純に考えてみたらいいのに、とは思う」

「どういう意味かな」眉をひそめて尋ねた。

「あなたには爵位も富も影響力もあるわ」ミス・タルボットが言う。「大好きでいてくれる家族がいて、その気になればじつに抜け目なく家族を守りもする――過去にわたしをさんざん悩ませたようにね。そういうあなたなら、どんな貴族になりたいか、きちんと選べると思うの」

「しかし、どうやって選ぶんだ?」尋ねずにはいられなかった。

ミス・タルボットは肩をすくめた。「ただ選ぶのよ」

ラドクリフは彼女を見つめた。ミス・タルボットは彼を見つめた。一瞬、この世に本当の人間は二人しか存在しないように思えた。隣り合って座り、互いを見つめ合って、ロンドンのほかの部分は勝手に進みつづけているように。ほんの一瞬だけは。

「わたし、もう行かないと」ミス・タルボットの声は急に息が切れて聞こえた。「ほら、ペンバートンがわたしを捜しているわ」

「そうだな。大将どのが」ラドクリフは皮肉に唇をゆがめた。「なんとしても彼をぼくから遠ざけておいてくれ」

「言葉に気をつけたほうがよろしくてよ」いたずらっぽく彼女が言う。「お忘れなく。もしすべてが順調に進んだら、あなたが言っているのはわたしの未来の夫なんですからね」

「忘れるものか」ラドクリフは言った。

五月五日　火曜　ネトリーコテージ

大好きなキティへ

姉さまからの手紙にラドクリフ伯爵の無料送達の署名があるのを見て、本当に驚きました。届けてくれた郵便配達の少年はすっかり興奮して、残念ながら午前中には町じゅうの知るところとなってしまったわ。で、町の人全員が午後にうちを訪ねてくる理由を見つけたの。それでも、わたしたちはなにも漏らさなかったから安心して。だけどそれは秘密を守るためというより戸惑ったせいよ。ラドクリフ伯爵と親しくなったことは知っているけれど、手紙の無料送達をお願いできるほどお近づきになったというのは、いったいどういうこと？

わたしたちはみんな元気だから、心配しないでね。ハリエットも完全に調子を取り戻しました（そしてもちろん、ジェインを悩ませられるものはありません）。お天気は、いまはあまりよくないけれど、家にこもるしかないほど厳しくはないわ――ありがたいことよ。だって三人向けのトランプゲームは数がかぎられているもの！

お金は少なくなってきたけれど、姉さまたちが戻るまでは大丈夫だと思うわ。それと、ミスター・アンスティとミスター・エインズリーから届いた手紙を同封します。読んでしまったけれど、きっと許してもらえるわね。手紙には、六月あたまには訪ねていくつもりだと書かれています。重ねて、そのときまでにお金を工面できなければ……とも。まあ、そうなったら前回の手紙に書いてあったとおりになるでしょうね。

愛をこめて。

あなたの妹、ベアトリスより

# 28

五月十二日。キティに残されたのは三週間と二ポンドだ。ミスター・ペンバートンとの関係はよりはっきりしたものになってきたけれど、いまだあの紳士から求婚は引きだせていない。その重荷ときたら実際に感じるほどで、首と肩のあいだの弱い部分に絶えずのしかかっている気がする。一瞬でもこの苦痛をとりのぞけたら……けれどそれはできない。目的を果たすまでは。

ペンバートンの母親は厳格な女家長で、ペンバートンが耳を傾けるのは彼女の言うことだけらしいが、その彼女はいまなおタルボット姉妹の資質について納得していなかった。タルボット家の財政状況については、いつものキティらしく正直に話したため、この厳しい母親は息子が求愛している女性に少し疑念をいだいており、初めての対面はまだ実現していない。次の一手はどうするべきか、キティはまだ決めかねていた。最初はありえないと思われたものの、みごと上流社会に受け入れられて、あたかも同類であるように紳士淑女から話しかけられるまでになっている――ほかになにが必要なの？

その日の朝食の席で、ドロシーおばのおしゃべりに半分耳を傾けながら郵便物に目を走らせ、さらにミセス・ペンバートンの件について考えていたキティは、目の前のカードに記された文字に衝撃を受けて大きく息を呑んだ――オールマックス。

「どうしたの、キティ？」ドロシーおばが興味を惹かれて尋ねた。

「明日の夜のオールマックスに招待されたわ」キティは言い、震える手でカードを掲げた。

「オールマックスよ！　ミセス・バレルから。信じられない」

「ああ」セシリーが本から顔もあげずにぼんやりと言った。「そうね、送ると言っていたわ」

「なんですって!?」キティは叫んだ。「言っていたって、だれが？　だれが言ったの？」

セシリーはしぶしぶ顔をあげた。「ミセス・バレルよ――ビッデルだったかしら。忘れちゃった。ゆうべの舞踏会でその人とサッフォーの話をしたの。お互いに文学好きだとわかったから。それで、またわたしと話がしたいから招待券を送ると言っていたわけ」説明はすんだとばかりにまた本に目を落とす。

「セシー」キティは息も絶え絶えに言った。「なんてすばらしい妹！」椅子を立ち、セシリーのひたいに音を立ててキスをした。

「ちょっと！」セシリーが逃げるように身を引く。

「これはこれは」ドロシーおばがそう言ってテーブルを回り、自分の目で招待券をたしかめた。「驚きの展開ね」

「そんなにおおごと?」セシリーが疑わしげに問う。

「セシー、これでわたしたちは宮廷にも受け入れられやすくなったのよ」キティは勝ち誇ったように言った。「これで、わたしたちの出自に関するミセス・ペンバートンの疑念も握りつぶせるわ——こちらにはオールマックスじるしの承認があるんだから、あちらはもう不安に思わない。よくやってくれたわね、セシー。本当によくやった」

次の夜、三人はいつも以上に念入りに支度をしたが、ボタンをとめるキティの手は震えていた。この夜のために選んだのは最高の一着で、白の紗織(しゃおり)のイブニングドレスだ。セシリーのドレスにはピンク色のサテンのバラが刺繍(ししゅう)され、キティは下に縦縞(たてじま)のサテンのペティコートを着けて、慎みと粋を演出した。頬はすでに染まっていたので指でつねる必要はなく、むしろひんやりした手を当てて冷まそうとしたほどだった。

じゅうぶんすぎるほどの余裕をもってキングストリートに向かったのは、今夜だけはどんな危険も冒したくなかったからだ。オールマックスは厳格なルールで知られている。服装、ふるまい——そして時間について。ドアは二十三時きっかりに閉ざされ、かのウェリントンですら遅刻を理由に追い返されたことがあると言われていた。貸し馬車で向かえば、夕方から夜にかけてのいちばん道が混んでいる時間帯でも三十分はかからないはずだが、なかへ入る前にドアが閉ざされるかもしれないと思うと、キティはいてもたってもいられなかった。けれど実際はそんな憂き目に遭うことなく、三人はなにごともなく滑るように集会室へ通されたし、名前はちゃんとリストにあったし、招待券は認められた。優雅そのもののリーヴン伯爵夫人に出迎えられて、あたかも毎週そうしているように、難なく人の輪に加わった。

多くはタルボット姉妹の見知った顔だったが、それでもここにいられるのはすばらしい心地だった――上流社会の面々が胸を高鳴らせながら話題にするのを、何度も耳にしてきた場所に。広々とした部屋が三つあった。一つめは、上品に配置されたシャンデリアが頭上からさがり、踊らない人のために椅子が壁際に並べてある。けれど、ここまでの社交シーズンで出席してきた個人宅での舞踏会の壮麗さに比べれば、どの部屋にも圧倒されはしなかった。とはいえ、オールマックスの力を象徴するのは見た目ではないし、キティはまさにその力が瞬時に作用するのを見てほっとした。というのも、部屋の向こう側にいたペンバートンがキティたちを見つけて、驚きにあんぐりと口を開けたのだ。ペンバートンは急いでこちらにやってきた。

「ミス・タルボット」うれしそうに言う。「今夜、ここでお会いできるとは思わなかった」

キティは謎めいた笑みを浮かべた。「ミセス・バレルがご親切にも招待券を送ってくださったの」なんでもなさそうに言って、彼の目が見開かれるのを確認した。なにしろ、並み居るオールマックスの常連婦人のなかでもミセス・バレルこそ俗物根性と傲慢さで知られている。

「そうか！　これはぜひ母に話さないと――いや、母はミセス・バレルと親友で、きみも親しいとわかればきっと喜ぶだろうから。じつは、母はきみに会ってみたいと言っていたんだ。明日の夜のジャージー家の舞踏会には出席するかな？」

ほらきた、とキティは得意になった。

「ええ」

「よかった」ペンバートンは満足そうに言った。「今夜、一曲めはぼくと踊ってくれるね、ミス・タルボット？　常連のご婦人方が許してくださるなら、ぜひワルツを踊りたい」

そう言うと、見間違いようのない熱意を目にたたえて、じっとキティを見つめた。

「ええ、ぜひ」ささやくように答えた。

若い女性がオールマックスでワルツを踊っていいのは、常連婦人の一人が認めた一度きりだし、そもそも認められる保証はない。だからその栄誉を熱望するべきだとわかっていても、想像するとやはり身震いがした。どんなに自分を叱咤したところで、ペンバートンにそれほど密着されると思うと、やはりまったく気乗りしないのだ。もちろんダンスは魅力的だけれど、踊っているところを想像したときに自分と向き合っている男性がペンバートンではないことは、逃げようのない事実だった。

軽食室へ向かおうとすると、ペンバートンはどんなにゆるやかでも彼の家族とつながりがある、ほかのオールマックスの常連婦人についていちいち挙げはじめ、その演説は軽食のあいだじゅう続いた。いまでは出席するのにも慣れてしまった個人宅での舞踏会で並べられる豪華な食事と違い、今宵の軽食が薄切りパンとパウンドケーキだけだと知って、キティは少しがっかりした。が、周囲の顔に驚きがないことからすると、これで通常どおりなのだろう。裕福な人たちの習慣というのは、いまだ大いなる謎だ。わたしもすっかり贅沢になってきたものねと考えて、キティは笑みを浮かべた。

　軽食が終わると、どうにかペンバートンから逃げられた。彼をミス・ブルームに押しつけて——つい先ごろの婚約発表を思えば、彼女はわたしに多少の借りがあるはずでしょう?——ドロシーおばと一緒にダンスフロアのへりを歩いていると、レディ・ラドクリフに呼び止められた。そばにはロード・ラドクリフもいる。

「ミセス・ケンダル!」伯爵未亡人が興奮に声を震わせて言い、キティのことはまったく無視してドロシーおばを引き寄せると、ひそひそ声でおしゃべりを始めた。この無意識の冷遇にも、キティはさして気分を害さなかった。

「ミス・タルボット」ラドクリフが礼をする。「ここにきみがいるのを見て驚くべきなんだろうが、実際はまったく驚いていない。まったく、きみにできないことはこの世にあるのか?」

　キティは笑顔で賛辞を受けとった。「すべてセシリーの手柄だと言ったら、信じてくださるかしら？」そしてことの次第を語った。

ラドクリフは眉をあげた。「これだけ時間がかかって、結局役に立ったのが詩だとは。いったいだれが予想しただろうな」

「しかもわたしは妹が教育を受けたことを妬んでいた」キティは後悔しつつ言った。「なんて先見の明がなかったのかしら。ミセス・バレルがそれほどの知識人だったなんて、知りもしなかったわ」

「それで、この大広間をどう思う？」ラドクリフは両腕を広げて部屋全体を示した。「きみの大きな期待に添っていたかな？」

「ええ」キティは答えた。「自分がここにいるなんて信じられないわ」

「食事には多少がっかりさせられただろう」ラドクリフの口調はすまなそうだ。

「それはもう」心をこめて言うと、二人同時に笑いが漏れた。

「それで、今夜の課題は？」ラドクリフは尋ねた。「また気を失ったふりをするのか？」

「閣下がかんしゃくをこらえているかぎり、その手は必要ありません」

「心配するな。今夜は天候と健康の話しかしないと、もう母に約束した」請け合うように言う。「だがもしきみのペンバートンが近づいてきたら、自分を試されるだろうな」

「彼に謝ることもできるんですよ」キティは言ってみた。「あのときのあなたはとても失礼だったもの」

「あんなに醜悪な口ひげの人物になど謝るものか」ラドクリフは気取って返した。「論外だ。それに、愚かなふるまいをしたのはぼくではなく彼のほうだ」

キティはため息をついた。「もし結婚したら、彼の会話術を向上させたいわ」打ち明けるように言う。「ずっと好ましくなるもの、彼がもう少し……」

「ナルシストではなかったら？」ラドクリフがいたずらっぽく言った。「危険なほどの思い違いをしていなかったら？」

「もう少し、人の話に耳を傾けてくれたら」キティは言った。

「残念だが、それは高望みというものだ」同情の口調で言う。

「あら、わたしにそんなことはできないとおっしゃりたいの？」キティは問うた。「ペンバートンよりもっとずっとひどい相手とも結婚する覚悟だったこと、わかっていらっしゃる？」

伯爵の笑みが少し薄れた。「わかっているとも」やがて言った。「それから、きみにできないとは思っていない。とはいえ正直に言うと、この努力全体が……不要だったならと思わずにはいられない」

キティは口ごもった。彼がそんなに重みのある言葉で二人のあいだの楽しみを壊してしまったことに、少しうろたえていた。

「そうしたら、まったく別世界だったでしょうね」しばらくして言い、軽く咳払（せきばら）いをしてかった。

目を伏せた。さもないと、このひとときが耐えがたいほど親密になってしまうのではと怖かった。

「今夜、ワルツを許されると思うか?」しばしの間のあとにラドクリフが尋ねたので、キティは話題が変わったことをありがたく思った。

「それはなりゆきを見てみないとわからないけれど、たぶん今夜は無理でしょう」冗談めかして続けた。「常連婦人のだれかがあなたをわたしのダンスのお相手に指名するんじゃないかと怯えてらっしゃるの? 前回、わたしが誘ったときの拒絶の激しさは忘れていないわ。あなたがいきなり部屋から駆けだしていったら、レディ・ジャージーはさぞ驚くでしょうね……」

ふざけた口調だったものの、二人の視線がぶつかったとき、ラドクリフの目はひたむきだった。

「むしろ」ゆっくり言う。「ぼくの返事はまったく違ったものになるだろう。もしきみがいま、ぼくをダンスに誘ったなら、ミス・タルボット」

キティは言葉を失った。このときばかりはなにも言うことを思いつかず、ただ彼を見つめた。そしてほんの一瞬、想像することを自分に許した――ペンバートンではなくラドクリフとワルツを踊るのはいったいどんな感じだろうと。きっと大違いだ。まったくの別物だ。

　彼の言葉のあと、どれくらいそのまま二人でたたずんでいたのかわからないが、だれかの咳払いではっと我に返った。ペンバートンが二人の前にいて、ラドクリフをにらんでいた。

「ミス・タルボット、このダンスをぼくに約束してくれたね？」ペンバートンがいばった様子で言う。「コティリオンだ」

　キティはつばを呑んだ。ラドクリフのほうを見てはだめと、どうにか自分に言い聞かせる。

「ええ……ありがとう」呆然と答えると、ペンバートンがその腕を取り、ダンスの輪のほうへ連れていった。

　ラドクリフはくるりと向きを変えた――見ているなど、とうていできなかった。ダンスフロアをあとにして、気がつけばヒンズリーと向き合っていた。

「ハリー」ありがたい思いで友の腕をつかむ。「会えてよかった。元気か？」

「でもないな」ヒンズリーは難しい表情だった。「レモネードと紅茶しか出さないなんて、ひどいことをする。どうやったらそんなものでペンバートンとの会話をやりすごせるというんだ？　かろうじて生き延びたよ」

「あの男なら、しばらくはミス・タルボットが相手をしていてくれるだろう」ラドクリフは言った。「だからきみは安全だ」

口調も表情も穏やかに保ったつもりだったので、ふだんと異なるなにかはどこにも現れなかったはずだ。それなのに、ヒンズリーの顔にはみるみる理解の色が浮かんだ。

「なるほど、そういうことか」言いながら笑みを浮かべる。

「そういうことって、どういうことだ?」ラドクリフは噛みつくように尋ねた。

ヒンズリーが笑って両手を掲げた。「ぼくの腕を噛みちぎるなよ! しかし、なにがきみを止めているんだ? アーチーにどう思われるかが心配なのか?」

「ハリー、いったいなんの話をしているのか、さっぱりわからない」嘘だ。「くだらない話をやめないなら、どこかよそへ行ってくれ」遠くのだれかと目が合ったふりをして、言った。「失礼、レディ・ジャージーがお呼びのようだ」

「明日、ハイドパークで会おう!」ヒンズリーは笑顔で友の背中に呼びかけた。「忘れるなよ!」

レディ・セフトンが鋭い光を目にたたえて近づいてくるのに気づいたヒンズリー大尉は、急ぎ撤退することにして、すぐさまオールマックスをあとにした。月の明るい晩なので歩いて帰ることにしようと、メイフェアに足を向ける――と、そこでアーチーに鉢合わせした。青年はヒンズリーが来たほうへ急いでいた。

「おいおい、落ちつけ」ヒンズリーは陽気に言った。「なにをそんなに急いでいる?」

「エスコートすると母に約束したんです」アーチーはあえぎながら言った。「なのにすっかり時間の感覚を失ってしまって」

ヒンズリーは顔をしかめた。「もう二十三時を過ぎているぞ、アーチー。なかには入れてもらえないだろう」

アーチーはしゅんとした。「くそっ」悪態をつく。

ヒンズリーはまじまじと青年を見た。この子はいつもこんなに顔色が悪かったか？　肌も汗ばんでいる――がしかし、それは急いで来たせいかもしれない。

「きみ、大丈夫なのか？」ヒンズリーは尋ねた。

アーチーは手を振って片づけた。「ええ、ええ、ぼくはまったく問題ありません。忙しいシーズンですからね、よくご存じでしょう」

たしかによく知っているが、冷静に考えてみると、もう何週間も舞踏会でアーチーを見かけていない。

「少し眠ったほうがいいかもしれないぞ」ヒンズリーは提案した。「家まで送ろう。新鮮な空気はいいものだ」

一瞬、アーチーはその気になったように見えた。が、すぐに首を振った。

「どのみち予定があるんです」そう言って、左手の街のほうを向く。「ごきげんよう、ヒンズリー大尉」

ヒンズリーはしばし青年の後ろ姿を見送りながら、あとを追うべきかと迷った――行き先を見届けるべきかと。だがほどなく肩をすくめ、ふたたび家へ歩きだした。まったく、これでは妄想癖のある年寄りだ。

もちろん、アーチーがどんな場所へ向かっているかをヒンズリーが知っていたら、耳をつかんでグロヴナースクエアに引きずり戻していただろう。だが知らなかったので、アーチーはだれに止められることもなく、そのままソーホーへ向かった。セルバーンが待っている、法外に賭け金が高い賭博場へ。

# 29

　ミセス・ペンバートンがジャージー家の舞踏会に出席するのなら、キティには準備が必要だ。なにしろこれこそ越えるべき最後の障壁だし、タイミングとしても早すぎることはない。六月は危険なほど間近に迫っている——もう余裕はない。

　ド・レイシー家の招待により、ミセス・ケンダルとタルボット姉妹はシアターロイヤルの一家のボックス席で一緒に『リバティーン』の昼興行を見てからその夜の舞踏会に向かうことになっていた。けれどその日の午後、ド・レイシー家の馬車がウィンポールストリートに迎えに来たとき、キティは玄関を出てレディ・ラドクリフに謝罪するしかなかった。

「すっかり疲れてしまって、休んでいるようおばに言われたんです」キティは言った。

　劇場行きと聞いて大喜びで参加を決めたセシリーとドロシーおばが乗りこむのを手伝うため、馬車からおりていたラドクリフが、キティの謝罪を聞きつけてちらりと心配の目を向けた。彼が流れるような動き一つでまずはドロシーおばを馬車に乗りこませ、キティはおばが馬車のなかで落ちつくのを待ってから、身を乗りだして小声で説明した。

「ミセス・ペンバートンが今夜のジャージー家の舞踏会に出席するの。敬虔なキリスト教徒だそうだから、念のため、午後は聖書の勉強に費やしたいのよ」

「そうか」ラドクリフは言った。「幸運を祈ろう。もし聖書のなかに、金目当てで結婚することについての一節が見つかったら教えてくれ。主イエスは賛成かな、それとも反対かな」

キティが雄弁な顔で見つめた。なんていらいらさせる人、と言わんばかりのその顔に、ラドクリフはにやりとした。

「ぼく一人で、うちの母ときみのおば上のふしだらな視線からミスター・ケンブルの貞操を守れというのか？」

キティは笑った。レディ・ラドクリフとミセス・ケンダルがこの主演俳優の〝大柄でたくましい〟という評判についてあれこれ論じ合うのを、昨夜、二人とも耳にしていた。

「あなたなら立派にやれるわ」笑顔で言った。

「口がうまいな」続いてセシリーを馬車に乗りこませ、ふと動きを止めた。「本当に、ぼくが誘っても来ないのか？」丸めこむように首を傾ける。

「ええ、本当よ」キティはややかすれた声で言った。

ラドクリフはごきげんようと言い残して自身も乗りこみ、馬車は角を曲がって見えなくなった。視界から消えていく馬車を見送りながら、キティは一瞬、やっぱり行きたかったと思った。芝居が見たいのではなくて、一緒にいたかった……一緒にいれば間違いなく楽しい人と。

だめよ、と自分にきつく言い渡して、思考に言うことを聞かせた。絶対にだめ。

自室に戻ると、およそ生まれて初めて聖書の勉強に集中した。すぐにわかったが、聖書はじつに長い代物だった。そしてこれまたすぐにわかったが、じつに退屈だった。旧約聖書は大事なのだろうか、とどんよりした気持ちで思う。まるまる飛ばして、新約聖書から始めてはだめなの？　敬虔な清教徒のミセス・ペンバートンにとって、より重要なのは主イエスのはずでしょう？　ぱらぱらとページをめくり、時間を節約できそうな索引はないかと必死に探した。ああ、貞淑な女性と結婚についてのページを見つけて、すべて終わりにしてしまいたい。

午後はうたた寝という贅沢を自分に許した――聖書の勉強はまどろみにたいへん効果的だとわかったのだ。そして夕方になると、持っているなかでいちばん純真そうなドレスに着替えた。初めての舞踏会で着たアイボリーホワイトの一着だが、今回は、イヤリング以外の宝石はなしで、ヘッドドレスの羽根飾り（間違いなくもっとも悪魔的な装飾品）は引っこ抜いた。

今宵の最初の試練はペンバートン母子の到着が遅れていることで、待てば待つほどキティのそわそわは募っていった。二つめの試練は九時に訪れた。レディ・ラドクリフがどこからともなく現れて、じつに歓迎されざる知らせをもたらしたのだ。

「同じ男性と二度踊ることについて、わたくしが言ったことを忘れたの？」怒った口調でキティの耳にささやく。キティは面食らったが、見ればセシリーとロード・モンタギューが互いの腕のなかにいた。今夜二度めのダンスに違いない。なんてこと。どうして今夜？セシリーはわたしを殺したいの？

レディ・ラドクリフに礼を言い、ダンスが終わるとすぐさま二人をとっつかまえた。

「ロード・モンタギュー、ご機嫌いかが？」きびきびと言う。「お母さまがまた捜してらしたわよ。どちらにいらっしゃるか、わかるかしら？　ああ、こんなに混んでいては見つからないわね」

「〝やさしき主よ、どうかここより幸せな地を見つけさせてくれ――〟」もったいぶった口ぶりでロード・モンタギューが始めた。

「ええ、ええ」キティはすかさず口を挟んだ。「シェイクスピアでしょう？　まさにぴったりね。わたしならレディ・モンタギューを捜しに行くわ」

青年はおとなしく去っていき、キティは妹のほうを向いた。

「セシリー、同じ男性と何度も踊ることについて、わたしが言ったことを忘れたの？」すがるような口調で言う。

セシリーのあいまいな表情を見れば、姉の言葉などきれいに忘れているのがわかった。

「ねえ聞いて。そんなことをしていたら、ふしだらすぎる娘だと思われかねないのよ。そんなつもりじゃないことはわかっているけれど、このままでは、あなたがロード・モンタギューに結婚してほしくて必死になっているんだといううわさが広まってしまうわ。おばかさんだと思われるのはいやでしょう？」

「どうしてわたしがばかだと思われちゃいけないの？　姉さんは間違いなくわたしのことをそう思っているのに」セシリーがめずらしくかっとなって反撃した。「気づいていないとでも思っていた？」

そう言い残してセシリーは去っていき、キティは妹の後ろ姿を見つめた。予想もしないできごとだった。けれど長々と考えている余裕はない。ドロシーおばが近づいてきて、ささやきかけたのだ。

「来たわよ」

キティは深く息を吸いこんで、未来の義理の母に挨拶をしようと歩きだした。最初に頭に浮かんだのは、ドロシーおばはきっと人違いをしているということだった。なにしろ連れていかれたのは、これまでの人生で見てきただれよりも宝石で飾り立てた女性の前だったからだ。まるで黄金の井戸にでも落ちたようで、指の先から、ぎょっとするほど寄せてあげられた胸のてっぺんまで、全身に宝石がちりばめられていた。それなのに、女性のとなりにはペンバートンがいる――ということは、人違いではない。

「ミス・タルボット！」ペンバートンがうれしそうに言った。「母に紹介していいかな？」

キティは鋭い視線がそそがれるのを感じた。

「やっとお会いできて光栄です」そう言ってお辞儀をした。

「ふうん」ミセス・ペンバートンはじろじろとキティを眺めまわした。「美しさはじゅうぶんね、コリン。だけど少し冴えないわ」

彼女の息子は同意を示してうなずいた。ドロシーおばのとなりにいたレディ・ラドクリフが上品に咳をして、その場の気まずさをごまかそうとした。

「あたくしと一緒に教会へ行きたがっていると、コリンから聞きました」ミセス・ペンバートンが依然として無関心な様子で続けた。

「ええ、ぜひご一緒したいと思っています」キティは嘘をついた。

「ふうん。まあいいでしょう。信心は女性の資質のなかでもっともすばらしいものですからね。人はなによりも神を愛さなくてはなりません」

キティはうなずいたが、この女性が神より宝石職人をより高く評価しているのは明らかだった。

「聞きましたか、今夜はレスター公爵がいらっしゃるそうですよ」ペンバートンがみんなに向けて言い、首を伸ばして人だかりを眺めた。

「レスターですって？」ドロシーおばが鋭く尋ねた。

「あら、レスターが来ているの？」レディ・ラドクリフはうれしそうに言う。「何年も前からの知り合いなのよ――ああ、本当だわ、あそこにいる。レスター、ここよ！」

背の高い、髪に白いものが交じりはじめた紳士に手を振ると、その紳士は跳ねるようにやってきて、伯爵未亡人の手に音を立ててキスをした。

「ミス・リンウッド、今日もじつにお美しい」陽気に言う。

「閣下、いやだわ、もう三十年ですのよ――そろそろレディ・ラドクリフと呼んでくださいな！」冗談めかしてたしなめる。

「わたしには永遠にミス・リンウッドだよ。しかし、息子さんがロンドンに戻ってこられたと聞いたが、本当かな？　貴族院に席をもたせることもできるが」

「今夜は政治のお話はおやめになって、閣下。さもないとみなさんに退屈な人だと思われてしまうわよ！　さあ、わたくしの大切なお友達を紹介させてくださいな。ミセス・ケンダルとミス・タルボット。そしてこちらはもちろん、ミスター・ペンバートンとミセス・ペンバートン」

「ごきげんよう」

ペンバートン母子は深く感じ入った様子だった。キティはお辞儀をしてレスター公爵に挨拶をした。

「失礼、前にどこかでお会いしたかな？」公爵が興味を示して尋ねた。

「いいえ、今夜が初めてだと思います、閣下」キティは上品な笑みを浮かべて答えた。

となりではドロシーおばが必死に扇で自分をあおいでおり、キティはやめてくれないかなと思った。風が来るのは別にしても、ドロシーおばは扇を顔に近づけすぎていて、半分も隠している。はためにはじつに不自然だ。

「いや、絶対にどこかで会ったはずだ」レスター公爵は言い張り、キティの顔から目をそらさなかった。「たしかに見覚えがある。ご家族はロンドンの出身かな？　もしかしたらご親戚に会ったことがあるのかもしれない」

助け舟を求めてキティはちらりとドロシーおばを見たが、おばの顔はいまや扇ですっぽり隠れていた。不意に恐ろしい考えが浮かんだ。この紳士がわたしの血縁のだれに会ったことがあるのか、それはどんな状況下だったたか、わかる気がしてきた。

「そういう顔をしている、とよく言われます」口ではそう返しながら、心のなかでは、母にそっくりのこの顔立ちを打ち消すほど父方の血が強くなかったことを恨めしく思った。別の話題はないかと頭をめぐらせたものの、恐ろしいことに公爵の言葉で、集まっていた人たちのあいだにささやかならぬ好奇心が芽生えていた。レディ・ラドクリフさえ、いまや好奇の目を向けている。

「もしかして、クラヴァリング家のいちばん下のお嬢さんに似ているんじゃないかしら」レディ・ラドクリフが言った。

「いや、それはない」レスター公爵はきっぱり否定した。どうしよう。「もう一度、お名前をよろしいかな、お嬢さん?」

不安で頭がくらくらした。もちろんこの紳士に名前を教えないわけにはいかない。教えないなんて、あまりにも不自然だ。けれど教えてしまったら、彼の脳内で点と点がつながってしまう? かつて母を知っていたなら、なぜいまは知り合いではなくなったのかまで思い出してしまう?

「ミス・タルボットと申します」仕方なく答えた。

「タルボット……」公爵はしばし考えた。「すると、失礼、そちらはミセス・タルボットかな?」

公爵が、扇に隠れたドロシーおばの顔のほうを向きかけた。ドロシーおばは答えなくてはならない。扇をさげなくては——さもないと、あまりにも奇妙に映るし、許されがたいほど無礼だ。公爵はおばの正体に気づくだろうか? おばが恐れているとおりに?

キティの頭は空っぽだった。自分たちを救う手段を一つも思いつけなかった。この惨事から抜けだすための作戦がまったく浮かんでこない。ペンバートン母子の前で全世界がいまにも崩れ去ろうとしているのに、恐怖に魅入られたかのごとく、じっと見ていることしかできなかった。口を開けてなにか言おうとした——なんでもいいから、助けになりそうなことを——けれど、その必要はなかった。

「きっとヨークシャーにおられたときに、ハロゲートのタルボット家にお会いになられたのでしょう」不意にラドクリフの声が響き、本人もどこからともなく現れた。「不思議なほどよく似ている。ぼくも気づいていました」

「ハロゲートのタルボット家？」レスター公爵の顔から疑念が晴れた。ぱちんと指を鳴らして言う。「それだ、間違いない。悲しいかな、わたしはそういうことを覚えているのが苦手でね。ありがとう、ラドクリフ――そしておかえり！　ちょうどきみの母上に話していたところだよ、近いうちに貴族院で活躍してくれることを願っていると！」

ラドクリフは嗅ぎたばこをつまんだ。「喜んでお役に立ちましょう。しかし、ぼくの投票は閣下のお気に召さないと思いますよ」

レスター公爵は高らかに笑った。そこから広がったおしゃべりに乗じて、キティとドロシーおばは静かにその場を離れた。キティがラドクリフのほうに感謝の顔を向けると、伯爵はほとんどだれにもわからないウインクをよこした。

「危なかったわ」安全な部屋の隅へ急ぎながら、ドロシーおばがうめくように言った。

「つまり、レスター公爵は若いころの母さんを知っていたということね――おばさまのことも」キティは言った。

「そうよ。とても親密なかたちでね」ドロシーおばはふうっとため息をついた。「あなたのラドクリフに感謝だわ。レスターは、私生活では恐ろしく不道徳だけれど人前ではひどく礼儀にうるさいという、いちばん厄介なタイプなの。もしもわたしの正体に気づかれていたら、あなたもわたしもたいへんな苦境に陥っていたわよ」

そもそもこういう危険があるとドロシーおばが語ったときに、少しでも疑ってしまった自分を思い出し、キティは強い罪悪感を覚えた。胸に手を当てて、鼓動に落ちつけと言い聞かせる。

声をひそめてささやいた。「よりによってこんなときに。だけどわたしたちは運がいいわ。正体に気づかれそうになったのは、この一度だけだもの」

ドロシーおばは答えもなく、ただぼんやりしていた。

「そうでしょう?」キティは眉をひそめた。

「なにか飲んで心を落ちつかせなくちゃ」ドロシーおばが熱をこめて言った。「今夜はもう、顔を隠して過ごすことにするわ。帰るときになったら捜しに来て」

そしてすぐに消えてしまった。キティも同じことをしたくてたまらなかったが、危険が去りしだい、ペンバートン母子のところへ戻らなくてはならない。じっと見張って、二人がレスター公爵のそばを離れるときを待ったものの、どうやら時間がかかりそうだ。おそらくペンバートンは自身の政治的な見解を公爵に聞かせることに夢中で、しばらくはあの場を離れないだろう。ため息が出た。

「なんと憂鬱な音だ。ペンバートンとのことが計画どおりに進んでいないのかな?」

聞きなじみのない声に、キティはさっと振り返った。

「あら、ロード・セルバーン。ごきげんよう」できるかぎりの小さなお辞儀をした。セルバーンはその侮蔑に気づいても、動じることなく手をひるがえした。

「ぼくの申し出について、少しは考えてくれたかな?」

「いいえ」正直に答えた。「ですが、実際に申し出をされた覚えはありません」

「これはこれは、ぼくとしたことが」セルバーンはサメの笑みを浮かべた。「いいだろう、ミス・タルボット。ぼくはね、ぼくたちが協力すれば大いに互いの役に立てると信じているんだ。ペンバートンなんかにきみの才能を使ってしまうのはもったいない。もっといい獲物はうじゃうじゃいるんだからね。そこでだ――ぼくが力になってもいい」

「その見返りは?」キティは眉をあげて尋ねた。この紳士がいったいなにを求めているのかはさっぱりわからないものの、彼が異様にずる賢いことは疑いようがなかった。

セルバーンは純真を装って、両手を差しだした。「友人にパイの一切れも出し惜しむのかい?」

「そう言われても、わたしたちは友人同士ではありませんから」冷ややかに言い、話はこれでおしまいとばかりに向きを変えた。ところが立ち去る前に、そっと腕をつかまれた。

「もしかしたら人目につかないところで話し合ったほうが気が楽かもしれないね。今週末、ぼくはウィンブルドンにいる。土曜は来客があるが、それ以外に予定はない。この件について、もっとじっくり話そうじゃないか。借りているのはヒルプレイス、ワープルロードの先だ。すぐにわかる」

この男性にはもううんざりだったし、ペンバートン母子がついにレスター公爵のそばを離れようとしている。キティはもう一度、ぞんざいにお辞儀をした。

「すてき。では、そろそろ失礼します」

「楽しい狩りを」セルバーンは言い、歯を見せてほほえんだ。

そのあとのキティは、持てる魅力と俊敏な思考を総動員して、ミセス・ペンバートンに好印象を与えるべく全身全霊をそそいだ。この女性は読みとりにくい――道徳心と上流気取りと虚栄心が奇妙に混じり合っているので、気に入ってもらおうとするのは、怒りっぽい猫をつかまえようとするのに少し似ていた。けれどその夜、おやすみなさいを言ったとき、ペンバートンが深い意味のこもったそぶりで手に手を重ねてきた。

「明日は用事があるんだが、土曜はヘイスティングス家の舞踏会で会えるかな？　きみにとても大事な話があるんだ」

# 30

　前回、求婚を確信したときは有頂天になったのに、いまはどうがんばっても同じ感情を呼び起こせなかった。その夜は、ドロシーおばと一緒に遅くまで起きていて、二人で紅茶を飲んだ。朝になったらベアトリスに手紙を書いて、このいい知らせを伝えようと思いはするものの、なにをどう書いたらいいのかわからなかった。どうしたらこれを喜びに変えられるの？　実際は、深刻な憂鬱に襲われているというのに。

「今夜は成功だった？」沈黙のなかで数分が過ぎたあと、ドロシーおばが尋ねた。キティはうなずいた。

「よかったわね。だけど一つ訊かせて。婚約のあとに訪れるものに対して、本当に心の準備はできているの？」

「どういう意味？」キティは尋ねた。

「愛していない男性との婚約にあなたが納得しているのはわかっているわ……だけど、彼と結婚する用意はできているの？　結婚に含まれるすべてへの覚悟は？」

その問いの意味に、キティは少しうろたえた。「できていなくちゃいけないと思うわ」しばらくして答えた。

ドロシーおばはもう一度うなずいたが、少し悲しげだった。キティはつかの間、結婚式の日を想像してみた。母がよく、母自身のそれについて聞かせてくれた。表沙汰にはできなかったし、ミスター・タルボットの家族にいやな思いもさせられたけれど、あれは人生最高の日の一つだったと。わたしたちは本当に幸せだったの、と母はよく言ったものだ。目をうるませて、その日に思いを馳(は)せて。かたやキティは、自分の結婚式の日はまったく違うものになるだろうとずっと前からわかっていた。けれどいまは、待ち受けている未来がこれまでになく悪いものに思えた。なぜなら……そう、気づいてしまったから。そこになにが欠けているのかに。

「知り合ったころの母さんは、どんな人だった？」キティは突然、静寂のなかで尋ねた。

「あなたのお父さんと出会う前の、という意味？」ドロシーおばが問い返す。

「ええ」

ドロシーおばはしばし考えた。「勇気のある人だったわ」しばらくして言う。「大切なもののためなら、なんでもやる人だった」

キティは自分がどんな顔をしたのかわからなかったが、そこに浮かんだなにかを見て、ドロシーおばが両眉をあげた。

「納得できない？」ドロシーおばが問う。

「納得はできるわ」キティは急いで言った。「間違いなくおばさまの言うとおりよ。そうじゃなくて……わたし、ちょっと怒っていたんだと思う。母さんと父さんはいつもしたいことができたのに、わたしは――わたしは――」言葉を切った。

「あなたはそれができない」ドロシーおばが代わりに言い終えた。

「母さんには妹がいなかったわ」キティは指摘した。「もしいたら、事情は違ったかもしれない」

「そうね」ドロシーおばが言った。「みんながみんな、自分の心に従えるわけじゃないものね」

　キティはごくりと紅茶を飲んだ。まさにそのとおりだ。

「だけど二人の人生も、犠牲を払わずにすんだわけじゃないのよ」ドロシーおばが穏やかに言った。「もちろん、お金のことにはもう少し慎重であってほしかったわ」これにはキティも乾いた笑いを漏らした。「だけど結婚するためには、二人ともすべてを手放さなくちゃならなかった。自分の心に従うことで、二人は代償を支払ったのよ」

「そうね」キティは言い、ほろ苦い気持ちで小さく肩をすくめた。

「そういえば今日、ミセス・エブドンとおしゃべりしたのよ」ドロシーおばは言った。話題を変えればキティの気分も少しは明るくなるのではと期待してのことだ。「前にあなたの話をしたことがあって――リタはね、モーウェルストリートでファロ賭博場を経営しているの。あなたに言おうと思っていたのよ」

「そうなの？」キティは関心を装った。

「彼女が口を滑らせたところによるとね、最近ミスター・ド・レイシーがひどくたちの悪い連中と親しくしているというの。ただのうわさよ。もちろん、わたしたちとご一家の関係については黙っておいたわ。だけどどうやら、あのセルバーンや仲間たちと一緒にいかがわしいソーホー界隈を歩きまわっているところを目撃されているらしくて。ひどい連中よ。リタが自分の賭博場には入れないたぐいの人種。トランプゲームではいかさまをするし――聞いた話では、アヘン好きでもあるんですって」

「ミスター・ド・レイシーが、賭けごと？」キティは驚いた。あの青年にそんな趣味があるとは知らなかった。たしかにセルバーンはアーチーと友達だと言っていたけれど、あれは単にわたしを油断させようとしてのことだと思っていた。

「そんな話、親友のレディ・ラドクリフに知らせなくていいの？」キティは指摘した。

ドロシーおばは、こんなに愚かな生き物は見たことがないと言わんばかりの目でキティを見た。「ミセス・エブドンと知り合いだということを、レディ・ラドクリフにどう説明しろというの？　わたしはただ思ったのよ、あなたはラドクリフ伯爵と……友達だから、あなたならご一家に忠告してあげたいと思うんじゃないかって」

「そうね、ありがとう」キティは上の空で言った。

最後にアーチーとまともに話をしたのはいつだろう？　少なくとも数週間前だ。考えてみると、彼はこのごろ社交の行事でもちらりとしか姿を見せていない――それも、そもそも出席すれば の話だ。もうあの青年との結婚を望んでいないとはいえ、賭けごとにどっぷり浸かって抜けだせなくなったり、悪名高い連中の輪に引きずりこまれたりなど、当然してほしくない。アーチーは善良な心の持ち主で、それはだれの目にも明らかだ。そして、それがどんなにあの青年を操りやすい存在にしているか、ほかならぬわたしが知っている。

なるべく早くラドクリフに知らせようと心に誓ったが、幸いその機会は次の夜に訪れた。必死に伯爵を捜したわけではない――捜す必要があったためしはないような気がする――けれど、時計が十一時を打つと同時に、ラドクリフがかたわらに現れた。

「どうぞ」そう言って差しだされたシャンパングラスは、抑えた光のなかでもきらめいていた。

「毒入りかしら？」疑っているふりをして尋ねた。

「まさか。きみを殺したいなら、もっといい手を思いつく」ラドクリフは言い、考えるように首を傾けた。

「そうね、棍棒でぶん殴るほうがいいでしょうね」キティは言った。「上品さには欠けるけれど、単純だし、ロンドンには厄介な死体を捨てるのに便利な場所がわんさかあるもの」

ラドクリフが横目で見た。「その件について、きみがそれほどじっくり考えていたとは恐ろしい。もしや、心配するべきはぼくのほうか？」

キティはほほえんで首を振り、シャンパンを一口飲んで勇気を出した。「じつは、あなたに話しておきたいことがあるの」

「ほう？　巨人同士の衝突はどうなった？」ラドクリフは尋ねた。キティが怪訝な顔をしたので説明する。「ミセス・ペンバートンの攻略はうまくいったか？」

「ああ、それならとてもうまくいったわ」できるだけ明るく答えた。「とても変わった女性だけれど、しばらく一緒に過ごしたら、最後にはわたしを認めてくれたの。ペンバートンが言うには、お母さまは本当はロマンチストで、息子が愛のある結婚にめぐりあえて喜んでいるそうよ」

ラドクリフはのどを詰まらせた。「愛のある結婚？」信じられないと言わんばかりの口調だ。「ミス・タルボット、じつにうまくだましたものだな」

「だけど実際、そうなるわ！　少なくとも彼のほうではそうなるし、それならほぼ同じことよ」言い張るキティの頬はうっすらと染まっていた。

ラドクリフは彼女の狼狽をしばし楽しんだ――めったにないことだし、めずらしいものはきちんと堪能するべきだ。

のを感じた。

「明日には求婚されるわ」あごをあげて言う彼女を見て、ラドクリフはいい気分が薄れるのを感じた。

「そうなのか?」無関心を装ってつぶやいた。装うだと? なにをおかしなことを。本当に関心などない。

「ええ。ヘイスティングス家の舞踏会で」

ラドクリフはそれについてしばし考えた。

「そういうことなら、おめでとうと言うべきだな」しばらくして言った。

ミス・タルボットは首を振り、いたずらっぽい目で見つめた。「まだ少し早いわ。そのときになるまでわからないでしょう? もしかしたらミスター・ペンバートンのお兄さんが間際になって現れて、わたしを脅迫するかもしれないもの。念のため、まだお祝いはしたくないわ」

「もっともだ」ラドクリフはさらりと同意した。「じつに賢明だな。とはいえ、恐れずきみに立ち向かうほど勇気のある男がこの世にそうたくさんいるとは思えないが」

ミス・タルボットは笑った。「一人だけでしょうね」間を空けて続ける。「昨日、ロード・レスターのことで助けてもらったのに、まだお礼を言っていなかったわ。本当にどうもありがとう――あなたが割って入ってくれなかったら、ミスター・ペンバートンはわたしと結婚したいと思わなかったでしょう」

キティは心から礼を述べたが、言われたラドクリフはまったくうれしそうではなく、ただ苦々しげに笑っただけだった。いまの言葉のなにが彼の機嫌を損ねたのだろうと、キティは眉をひそめた。

「愛していない男と本当に結婚する気か？」いきなりラドクリフが尋ねた。

グラスを口に運ぶキティの手はおぼつかなかった。

「みんなしょっちゅう愛のない結婚をしているわ」指摘する声が固くなっていく。「そんなにめずらしいことでもないでしょう。落ちぶれた家に生まれ育ったせいでわたしがお金目当てになったんだと思っているかもしれないけれど、政略結婚はわたしじゃなく、あなたの階級の産物よ」

「ぼくが気にかかったのは断じてきみの生まれ育ちじゃない、ミス・タルボット」ラドクリフはむっとして言った。「きみが自分の目的のためにアーチーの幸せをないがしろにしようとしたからだ」

ミス・タルボットは推し量るような目で見つめた。

「もし、わたしが本気で弟さんを愛していたとしたら？　だったらどうなっていた？」

「どういう意味だ？」

「わたしたちの交際を、婚約を、認めていた？　わたしの生まれ育ちは変わらなくても、弟さんへの思いが本物だったなら」

「きみの愛情が本物で、弟の気持ちも同じだと確信していたなら、認めない理由がない」

ラドクリフはゆっくり答えた。罠(わな)があるのを感じつつ、どこにあるのかはわからなかった。

「嘘つきね」ミス・タルボットの口調には愛情さえ感じられそうだった。「あなたが認めたはずはないわ。気がかりだったのはわたしの嘘だと言ったけれど、わたしたちの社会的地位に大きな隔たりがあるせいで、なにがあってもあなたは認めなかったはずよ。あなたは絶対に認めなかった――たとえわたしの思いが本物だと信じたとしても」

「どうしたらきみの思いが本物だと信じられたというんだ?」荒っぽい声で言った。「きみはあるていど裕福な男ならだれでもよくて、気持ちなど関係なく結婚する気満々なのに?」

「じゃあ教えて」キティは言った。「わたしの生い立ちを忘れられたことはある? わたしのかかえる事情を? 本当に、そういうものは関係ないと言える?」

主張が許す以上の感情が声にこもってしまったものの、キティは気にしなかった。答えを知らなくてはならなかった。けれどラドクリフは答えることなく、なにか名状しがたい感情をいっぱいにたたえた目でキティを見つめていた。

「ぼくは――」ラドクリフは言いかけたが、続けることはできなかった。

「できないでしょう」代わりに言い終えた。いまや二人が話しているのはアーチーのことだけではなく、二人ともそれをわかっていた。

「きみがアーチーの金を必要とした以上にアーチー本人を想ったはずがない」ラドクリフの声はしわがれていた。

「それはそんなに重要なこと？」キティは尋ねた。「〝想い〟は〝必要〟より、そんなに大事なの？」

「それがすべてだ」ラドクリフは切実な声で言った。

「そうね……わかるわ」キティは言った。

本当に、わかる。

うつむいて、二度、大きく咳払いをした。「あなたに話しておきたかったのは、まったく別のことなの」いまのやりとりを意思の力で振り払った。

長い間が空いて、ラドクリフが心を静めるのがわかった。「なんだ？」しばらくして言った。

「あなたに忠告したほうがいいと思ったの。どうやらアーチーが困ったことに巻きこまれているみたいなのよ。このごろ、ロード・セルバーンと一緒にロンドンのなかでも最悪のたぐいの賭場にいるところを目撃されているそうなの」

ラドクリフは目をしばたたいた——これは予想していなかった。「お気遣いありがとう」話は以上とばかりに言う。「だがアーチーなら心配ない。人生のある段階において、少しばかり放埒な道を歩むことは若い紳士の義務だ」

今度はキティが目をしばたたいた――これは予想していなかった。「賭けごとにはまってしまうのが弟さんの義務だと思っているの？　というのも、ドロシーおばはまさにそれを心配していたのよ。彼は、ファロ賭博場にも立ち入り禁止にされるような男たちと夜ごと遊び歩いているらしいの」

ラドクリフは口角をあげた。「申し訳ないが、この状況についてはミセス・ケンダルよりぼく自身の判断を信じたい」

「あなたのほうが判断力がすぐれているから？」ちらりと見る。「偏見がのぞいているわよ、閣下」

「まあ落ちつけ、ミス・タルボット」ラドクリフは言った。「忠告は受けとった。だが安心したまえ、アーチーはなんら危険にさらされていない。もしかして、父上のことがきみの判断に影響を与えているんじゃないか？」

キティはひっぱたかれたようにのけぞった。前に父のことを語ったのは、内緒話だと思ったからだ。あれは、二人だけで交わす静かな会話の一つだと思っていた――なんでも話せるし、なにを話しても安全な会話の一つだと。どうやら思い違いだったらしい。

「あなたこそ、お父さまとのことで目が曇っているんじゃないかしら」キティは言い返した。「お父さまがあなたを遠くへ追いやったのにも、もっともな理由があったのかもしれないわね。あなたがアーチーと同じような道を歩んでいたのだとしたら」

「よくも弟を気にかけているようなことを」うなるように言った。「呼ぶならミスター・ド・レイシーと呼べ――ファーストネームを使う権利はとっくに放棄したはずだ。それから助言を与え合うなら、きみはぼくの家族より自分の家族を心配したほうがいいんじゃないか？」

「それはいったいどういう意味？」キティは尋ねた。

「ミス・セシリーとモンタギューがあれほど大胆にロマンスを追い求めるのを放っておくのは賢明なことだと思うのか？」

「セシリーとロード・モンタギュー？」一瞬、驚きに怒りを忘れ、向きを変えて妹を捜した。二人は顔を寄せ合って、軽食台のそばにたたずんでいた。またしても二人きり――たしかにあまり賢明なことではない。もう一度、あの子に注意しておかなくては。かわいそうに、自分たちがどう見えているかわかっていないのだ。ラドクリフに向きなおって言った。「二人はただの友達よ。二人とも、知的な探求に関心があるの」

ラドクリフは鼻で笑った。「きみには真実が見えていないんだな。あの二人が恋に落ちていることくらい、だれの目にも明らかだ」

「わたしに腹を立てているのね。だから困らせようとしているんでしょう」キティはそう言って片づけようとした。「妹がだれかに恋していたら、姉のわたしが気づかないとでも思うの？」

い返した。

「弟が危険にさらされていたら、兄のぼくが気づかないとでも思うのか？」鋭い口調で言い返した。

二人はにらみ合った。互いに、これほど冷たい目を相手に向けたのは初めてだった。

「ご存じだったかしら」言葉が口から転がりだした。「初めてお会いしたとき、あなたのことをえらそうで頑固で失礼で、イングランド大の優越感の持ち主だと思ったの。思い違いだったように感じはじめていたけれど——第一印象を信じるべきだったみたいね」

「それは」ラドクリフは冷ややかに返した。「お互いさまだ」

二人同時に背を向けて、別々のほうに歩きだした。どちらも振り返らなかった。

# 31

　ラドクリフは激怒して舞踏会をあとにした。会の主催者にも母にも、おやすみの挨拶さえしなかった。屋敷の正面玄関を駆けおりていったので、ちょうど到着したヒンズリー大尉にぶつかってしまった。

「ジェイムズ、落ちつけ。いったいどうした？」ヒンズリーが心配顔で尋ねた。

「どうもしない」ラドクリフは噛（か）みつくように言った。そのまま歩きだそうとしたが、ヒンズリーに腕をつかまれた。

「どうもしないだって？　怒りで震えているじゃないか。家まで送らせろ」そう言うと、向きを変えて友と一緒に歩きだした。ラドクリフは振りほどこうとしたが、ヒンズリーはがっちり腕をつかんで離さなかった。

「付き添いなしでも家に帰れるぞ、ハリー」ラドクリフは警告のこもった不機嫌な声で言った。

「わかってる」ヒンズリーはさらりと言った――友の言葉に耳を貸す気はないらしい。ラドクリフのあとから急いで馬車に乗りこみ、向かいに座ってしげしげと友を見た。

「それで、いったいなにがあった？」もう一度尋ねた。

「別に。ミス・タルボットと口論になっただけだ」ラドクリフはついに認めた。「最初は――その、あることを話していたんだが、気がつけばアーチーの話になっていた。彼女は、アーチーがよからぬ連中の餌食になっているなどとおかしなことを主張した。そしてぼくについては、若いころに父から受けた怠け癖への仕打ちのせいで目が曇っていて、目の前にあるものがわからないんだと言う。とんでもない勘違いだ」

ところがヒンズリーは眉間にしわを寄せた。「坊やが仲良くなったのはだれだ？　彼女をそんなに心配させるとは」

「ロード・セルバーンとその仲間だ」ラドクリフはじれったい気持ちで言った。「だがハリー、そこは論点じゃない――」

「セルバーン？　気に入らないな、ジェイムズ。きみはしばらくロンドンにいなかったから知らないだろうが、あのセルビーもいまではすっかり札つきだぞ」

「セルバーンが？　まさか。以前はぼくもかなり親しくしていたし、たしかに賭けごとと酒が好きだが、危険な男じゃない」

ヒンズリーは納得していない顔だった。「ぼくが聞いた話では、どうもそれだけじゃないらしいんだ。調べてみるよ。なにかわかるか、たしかめてみよう」

「頼む、やめてくれ」ラドクリフは鋭い口調で言った。「調べるようなことはなにもない。アーチーは困ったことに巻きこまれていないし、だれもかれも、こちらが求めてもいない助言を与えないでくれ」

「だがもしも、アーチーが困ったことに巻きこまれていたとしたら?」ヒンズリーは尋ねた。その口調に気分を害した様子はない。「彼女もぼくも、なにかよくないことが起きていると思ってる。調べてみる価値はあるんじゃないか?」

「〝もしも〟は父の専門だった」ラドクリフは言った。「ぼくはアーチーに父と同じような干渉の仕方はしたくない。いいじゃないか、少し楽しみたいと思ったからといって、それで悪人になるわけじゃなし。アーチーだって、生きて、間違いを犯して、義務や醜聞を気にすることなく成長する機会を得てもいいはずだ」

ヒンズリーは降参のしるしに両手を掲げた。「わかったよ、わかった」そう言って友をじっと見る。「ほかにミス・タルボットとなんの話をした?」抜け目なく尋ねた。

「たいしたことはなにも」ラドクリフは短く答えた。「まったく、ロンドンに長居をしてしまったな。長居しすぎたようだ。明日、ラドクリフホールに帰る」セントジェイムズプレイスに着くなり、ラドクリフは従僕を待たずに自身で馬車の扉を開けた。「さよなら、ハリー。手紙を書くよ」

そう言って家のなかに入っていき、ばたんと玄関を閉じた。

舞踏会が終わるまで、キティはとにかく感情を抑えつづけた。カドリールとカントリーダンス三つとコティリオンを踊るあいだはもちろん、シャンパンを二杯飲んでから馬車で家に向かうあいだも、ベッドにもぐってもなお、必死に抑えつけていた。そしてセシリーがやわらかな寝息を立てはじめてようやく、何時間ものどにつかえていたむせび泣きを静かに解き放った。夜のなかに、ひそやかな秘密のように。

なんて不公平。なんてひどい人。なんて偏見に満ちて、特権意識を振りかざした、いやな人。大嫌いだ。彼にも、ほかのド・レイシー家の人にも、二度と会いたくない。

気持ちが静まらないまま、夜のあいだずっと寝返りを打っていたが、朝になって太陽がのぼりはじめると少し落ちついてきた。セシリーより早く起きだしてせかせかと部屋を片づけ、この街に着いたときから窓の下に放置していた旅行かばんを開けると、荷物をいくつかなかに収めた。背後でうーんと声がして衣擦(きぬず)れの音が聞こえ、セシリーが目覚めたのがわかった。

「なにしてるの？」ぼんやりした声で妹が尋ねた。キティはお気に入りではないイブニングドレスを旅行かばんに収めた——もう出番はないだろう。

「ちょっと荷造りを」上の空で答えた。「ぎりぎりまで放っておくのはいやだから」

「荷造り？」セシリーがぱっと身を起こした。「わたしたち、どこかへ行くの？」

「家に帰るに決まっているでしょう」キティは言った。「今夜がぶじに終われば、一週間以内にはここを発てるはずよ。ミスター・ペンバートンにはちゃっちゃと結婚してくれるよう言ってみるつもり――そんなに難しくないでしょう。あちらの家族は少ないし、むしろロマンティックだと思ってくれるだろうし。新婚旅行はビディントンにすればいいわ」

「一週間以内？」セシリーが小声で言った。

「驚かれるなんて意外だわ」キティは少しいらいらしはじめた。「あなただってわかっていたはずでしょう。ほかの人が話しているときはちゃんと耳を傾けなさいと、いつも言っているじゃない。そうしたら、そんなにしょっちゅう驚かなくてすむのよ」

セシリーは困った顔になった。「わかってなかったわ」つぶやくように言う。「もっと早くに言ってくれたらよかったのに。ねえ、もう少しここにいられないの？」

「どうしてここにいたいの？　ロンドンは嫌いなんじゃなかった？　あんなに文句を言っていたじゃない」

数秒の間が空いて、セシリーが爆発した。「わたし、恋をしているの！」あまりの大声に、キティはぎょっとして飛びあがった。

「ちょっと、セシー、なにも叫ばなくても――どういうこと、恋しているって。そんなのありえないわ」

「ありうるのよ！」セシリーは言い張った。「お相手はロード・モンタギューよ。彼もわたしに恋しているわ」

キティはひたいに手を当てた。

「なんてこと」うめくように言う。「セシー、気の毒だけど、そんなことにかまけている時間はないのよ」

「時間はないって――キティ、聞こえなかった？　わたしは恋しているの！」

「ええ、聞こえたわよ」キティは必死に我慢しようとした。「だけど、どうがんばってもこれ以上はここにいられないの。すっかりお金が底をついてしまったのよ」

「世の中にはお金より大事なものもあるわ！」セシリーは熱をこめて言った。「母さんと父さんを見てよ」

「その二人のおかげで、わたしたちはどうなった？」キティは尋ねた。「父さんはお金より愛を選んだ。で、その選択には結果がついてきた！　おかげでわたしは――わたしたちは、ものすごく困った状況に陥った」

「でも――」セシリーは必死に口を挟もうとしたが、かっとなったキティはそれを許さなかった。

「わたしたちは手に入れたい人を手に入れられないのよ、セシー！　どうしたらわかってくれるの？」一気に叫んだ。深く息を吸いこんで心を静めようとする。「難しいのはわかるけれど、もっと大きな絵を見なくちゃいけないの。これについてはわたしの言うことを聞いて」

「人の話を聞かないのは姉さんじゃない！」セシリーは金切り声で言った。「いつもわたしのことを、人の話を聞かないと言うけれど、姉さんこそぜんぜんわたしの話を聞いてくれないし、そういうのにはもううんざりなの。いつだってわたしを無視して、ばかにして……。だけどルパートは違う。彼はちゃんと耳を傾けて、わたしの言葉に興味を示して――わたしの考えを大事にしてくれる。姉さんはそうじゃない！　姉さんにとっては、わたしの考えていることなんてどうでもいいのよ」

キティは度肝を抜かれた。セシリーがこれほど長く――それもワーズワースに言及せずに――しゃべったのは数年ぶりだった。「じゃあ……あなたはなにを考えているの？」

セシリーはしばし唖然（あぜん）として姉を見つめた。「そういうことを言ってるんじゃない！」悲しげに訴える。「いまはなにも思いつけないわ」

「それなら」また苛立（いらだ）ちが募ってきて、キティはぴしゃりと言った。「そんなかんしゃくにつき合っている余裕はないの。大人になって、セシー。協力したくないなら、せめてわたしが家族を経済的な破滅から救おうとするのをぎりぎりになって邪魔しないで」

セシリーは憤然として部屋を出ていき、乱暴にドアを閉じた。姉妹はその後、夜遅くまで口を利かなかった。

口論のあと、セシリーはさっさと朝食を終えて、そのままレディ・アメリアとの散歩へ出かけた。ドロシーおばには行き先を伝えていったものの、キティはそのとき部屋にいたので、妹が一人で出かけたことをあとになって知った。ドロシーおばはこの週末、ケント州にいる友人を訪ねる予定になっており、二人の態度に舌打ちをした。

「早いうちに仲なおりしたほうがいいわよ」セシリーが出かけていったあと、ドロシーおばはキティに言った。「それから今夜、ミセス・シンクレアの前では絶対に仲が悪いところを見せないでね」

ドロシーおばの留守中、ミセス・シンクレアが付き添い役をしてくれることになっていた。

「わたしのことを厳しすぎると思っているんでしょうね」キティは不満もあらわに言った。

まだセシリーの気持ちを考える気にはなれなかった。

「あなたのことは愚かだと思っているわ」ドロシーおばは訂正した。「セシリーは初めて愛のときめきを知ったお嬢さんよ。そしてあなたの妹。ちゃんと話をしてあげなさい」

そう言って、キティの頬に行ってきますのキスをした。

「今夜、幸運が訪れますように」そっと言ってキティの手に触れる。「あなたのために祈っているわ。だからわたしの幸運も祈って――その、旅の幸運を」キティが怪訝(けげん)な顔になったのを見て、急いでつけ足した。「こんな長旅は久しぶりなの」

「もちろん祈っているわ」キティは言い、ドロシーおばの頬に頬をこすりつけた。「お友達と楽しい時間を過ごしてきてね」

ドロシーおばはうなずき、旅行かばんをつかんで出ていった。キティは肘かけ椅子の上で丸くなり、鬱々とした。自分は恐ろしく思いやりを欠いていたのだろうけれど、今朝は完全に不意をつかれたのだ。セシリーがロマンティックな感情に少しでも興味を示したことは一度もなかったし、どのみち妹は結婚を考えるには若すぎると思っていたので、まさかあの子が恋に落ちるとは考えたこともなかった。それなのに、よりによってあんな男性を選ぶなんて！　そもそも爵位のある男性に恋い焦がれること自体が危険だ。こちらの家柄だのなんだのについて根掘り葉掘り訊かれるに決まっている。なかでもモンタギュー家はその高貴な血筋を守ることにかけてとりわけ熱心と有名なのだ。

だが、それもどうでもいいことなのだろう。あれほどの秘密にさえ気づかなかったのだから、わたしが妹の世話をおろそかにしていたのは間違いない。自分の筋書きに夢中になるあまり、ほとんど妹のことを忘れていたのだ。

セシリーが散歩から戻ってきたころには、たぶんわたしはこの世でいちばんひどくて意地悪な姉だと確信していた――そのせいで、セシリーが〝今日はものすごく疲れたから、今夜のヘイスティングス家の舞踏会には行かない〟と言ったときも、すんなり受け入れた。なにしろケンジントンにあるヘイスティングス家の屋敷までは、ふだん以上に馬車で時間がかかる。もちろんこれほど大事な夜にはセシリーがそばにいてくれたほうがいいに決まっているけれど、とりあえずシンクレア夫妻がついていてくれるし、朝にあれほど残酷な仕打ちをしてしまったのだから、せめてこのくらいは受け入れるべきだと思った。セシリーにはゆっくり休んでもらおう。

反省しきりのミス・タルボットだったが、もし妹が午後に本当はなにをしていたかを知っていたら、これほどやさしくはなれなかっただろう。

## 32

シンクレア家の馬車でケンジントンまで揺られながら、キティは少しばかりむっつりしていた。こういうひらひらしたドレスのよくない点は、着ている人間が完全に天候に左右されてしまうところだ。ビディントンではいつも木綿のワンピースを着て、立ちはだかるのがあられだろうと火だろうと、人生をばっさばさと切り開いていた。けれどここではもっと慎重にならなくてはいけない――嵐が近づいているときはとくに。そう、たとえば今夜。

お祝い気分からはほど遠くても、求婚に備えた装いをするべきだろうと考えたキティは、とっておきの青いクレープ地のドレスにお気に入りの手袋を合わせた。滑稽なほど非実用的な手袋だ。クリーム色で、素材はやわらかくなめらかで、肘から手首まで小さなボタンが並んでいて、その上流社会らしい退廃（デカダンス）ゆえに、なおさらこれが大好きだった。

この手袋に勇気をもらって、ミセス・シンクレアのあとから馬車をおりた。巻き毛が風に乱されないよう片手を頭に当てて、もう片方の手は外套（がいとう）の前をしっかり押さえる。今宵（こよい）

は試練になりそうだ。

ペンバートンはほぼ瞬時にこちらを見つけた。

「ミス・タルボット」大きな声で呼びかけてから、少し非難がましい声で続けた。「どうしてそんなにぼさぼさなのかな？」

「外はすごい風なんです」キティは返した。強風のなかを歩いてきて、どうやったらぼさぼさにならずにいられるのだろう？

ペンバートンは眉をひそめた。不満なのか、驚いたのか、それとも両方か。

「まあ」しぶしぶ言う。「仕方ない。庭園までエスコートしていいかな？　ここの庭はとても美しいんだ」

つまり、いますぐ片づけようということか。

「ええ」自分の声なのに、はるか遠くから聞こえた気がした。ペンバートンの腕に手をのせて、一緒に庭園のほうへ歩きだした。

庭は明るく照らされていて、馬車をおりたときと同じくらい強い風が吹いているが、それでも人は多かった。無視すれば強風もやむと思っているのか、ペンバートンは風を意に介さずにキティを人目につかない隅のベンチへ連れていき、並んで腰かけた。ペンバートンが手を伸ばして、キティの手を取る。キティは振り払いたい衝動をこらえた。あなたには触れてほしくない、と反射的に思った。触れてほしくない人と、どうしたら結婚できるのだろう?

「ミス・タルボット」ペンバートンが大まじめに切りだした。

来た。

「ミス・タルボット」ペンバートンがくり返す。不思議なことに、これだけ風が吹いていても、庭には声が反響しているようだった。というのも、ペンバートンの口は動いていないのに、〝ミス・タルボット〟とくり返す声がかすかに聞こえたからだ。

「ミス・タルボット!」

いや、反響ではない。顔をあげると、ヒンズリー大尉が急ぎ足でこちらに向かっていた。いったいなにごと……?　近づいてきたヒンズリーはキティとペンバートンを見比べた。

「くそっ」大尉が切羽詰まった声で言う。「邪魔して本当に申し訳ないが——ちょっと話せないか、ミス・タルボット?」

「いま?」ペンバートンはどなるように言ったが、キティはもう立ちあがっていた。

「緊急事態なのね?」大尉に引っ張られて数歩離れながら、ひそひそと尋ねた。

「レディ・ラドクリフを見かけなかったか?」ペンバートンに声が届かないところまで来るなり、ヒンズリーが尋ねた。

「レディ・ラドクリフ?」混乱して言う。「いいえ、最後にお会いしたのはゆうべよ」

「参ったな。パットソンの話では、ここにいるということだったんだが。まだ着いていないのか――」言葉を切って悪態をつく。じつにうろたえた様子だ。

「いったいなにがあったの、大尉？」

「アーチーが。きみの言っていたとおり――いや、もっと悪いことに、よからぬ連中の餌食にされてしまったんだ。あちこち尋ねてまわったところ、どうやらセルバーンにだまされて、法外に高い賭け金の賭博に加わらせられたらしい。あの悪魔は、前にエガートン家の坊やにも、ミスター・カウパーにも同じことをしている。うわさでは、大金持ちの若者を見つけては酒浸りにさせて、いかさま賭博で全財産を巻きあげているそうだ。そうやって金を手に入れているんだよ――あいつは借金にどっぷり浸かっているからね」

「なんてこと」キティは青くなり、ささやくように言った。「いますぐラドクリフに知らせなくちゃ！」

「だがラドクリフは今日、デヴォンシャーに発ってしまったんだ！」ヒンズリーが途方に暮れた顔で言う。「昨夜、そうすると口にしていた――パットソンも、旦那さまは今朝、家族に別れを告げたと言っていた。もう、どうしたらいいか。アーチーがどこにいるかさえわからない。なにから手をつけたらいいのか見当もつかないんだ」

記憶の断片がキティの頭に浮かんできた。

「見当なら、つくかも……」ゆっくり言いながら、考えをまとめようとした。「彼がどこにいるのか、わたしは知っていると思うわ。セルバーンに誘われたことがあるから」

「きみを誘った？　なんて悪党だ。で、やつはなんと言っていた？」ヒンズリーは切迫した声で言った。

「はっきりは覚えていないの――ろくに耳を傾けていなかったから」キティはうめくように言い、記憶を引っかきまわした。「たしかウィンブルドン……」

振り返ってペンバートンを見ると、もどかしげに手招きされた。彼のもとへ戻らなくては。求婚されなくては。承諾しなくては。それこそ、いまやるべきこと。この瞬間はただ、やるべきことが身勝手なことでもあるというだけ。アーチーをそんな恐ろしい境遇に放置するのは心苦しいけれど、彼のために大事な妹たちを危険にさらすこともできない。絶対に。

それなのに、心は自然とラドクリフを思い描いていた。きっといまごろデヴォンシャーに向かっていて、おそらくわたしに毒づいているだろう――そして弟が陥った危険をまったく知らずにいるのだ。もしもアーチーになにかあったら、ラドクリフはけっして彼自身を許さない。キティは唇を噛(か)んだ。

「ごめんなさい」強風に声がちぎれる。「わたし、行かないと」ペンバートンは唖然(あぜん)としたが、キティはきっぱり向きを変え、ふたたびヒンズリーを見た。心臓が早鐘を打つ。こんなことをするのは間違いだとほぼ確信していたが、それでもやるしかなかった。

「途中で思い出すわ」キティは言った。「絶対に。だから、さあ、行きましょう」

二人で玄関ホールを駆けぬけて、キティはあずけた外套を取り返し、正面玄関の外の階段を駆けおりて馬車のほうへ向かった。先ほどヒンズリーが急いで馬車を任せていった馬丁は、二頭立ての二輪馬車をしっかり見張っていた。キティは一瞬あたりを見まわして、知り合いに見られていないか確認したが、幸い周囲に人はいなかったので、大尉に続いて馬車に飛び乗った。

「本当にいいのか？」ヒンズリーが赤茶色の馬を道路に向かわせながらも問う。「こんなこと、ラドクリフが喜ぶとは思えない――」

「彼がどう思うかなんて関係ないわ」キティは言った。「いいからあなたは馬を走らせて。わたしはがんばって思い出す」

風が容赦なく髪を乱し、ピンどめしていた巻き毛をほつれさせる。雨が降っていなくてよかった。さもないと、いまごろずぶ濡れになっていただろう。けれどこの強風だけでも馬を操るのは難しそうだった。

「好きなように走らせてやって」キティはヒンズリー大尉の手をじっと見て、言った。いま、馬車はワープルロードをがたごとと走っている。

「指図しないでくれ」大尉は食いしばった歯のあいだから言ったが、それでも手綱を少しゆるめた。

ていた。

「必要だと思わなければしないわ」キティは言い返した。二人とも、とっくに礼儀は捨てていた。

「本当にこの道でいいんだろうな？」ヒンズリーが問う。

「ええ」完全には確信していないものの、あえて自信をもって答えた。「セルバーンは間違いなくヒルなんとかと言っていたの。ワープルロードの先の」

「だったらそう遠くない」ヒンズリーは闇に目を凝らした。

「どんな恐ろしいものが待ち受けているのかしら？」キティは尋ねたが、風のせいで大尉には聞こえなかったようなので、大きな声でくり返した。

「わからない」大尉は厳しい顔で言った。「うわさはいろいろ聞いたことがある――いかさま賭博、アヘン、女、懸賞金のかかった拳闘試合。ぼくたちは、アーチーがのめりこみすぎる前に連れだせばいい。セルバーンの手口は毎回、同じらしいんだ。若者をたぶらかして、最初の十回は勝たせて勝利の感覚をやみつきにさせてから、形勢逆転。成年に達したアーチーはもう相続財産を自由にできる――セルバーンはそこに目をつけたんだ」

「なんてこと」キティはささやくように言った。

ヒンズリーの描写に呼びだされたように、突然、前方に鉄製の柵が現れた。高くて冷たくて堂々としている。正面の門は閉ざされているものの、左手にそれより小さい、人一人分の入り口が細く開いていた。

「よし」ヒンズリーが言って急に馬車を停め、手綱をキティに渡した。「ここにいろ」きびきびと指示する。「馬を歩かせているんだ。十五分で戻る」

「一緒に行くわ」憤然として言った。

「だめだ」きっぱり言う。「断じて許さない。危険すぎる」

「ここにいたって危険でしょう」キティは言い返した。「追い剥ぎが現れたらどうするのよ――それか強盗が！」

「こんな夜に出歩くほど向こう見ずな追い剥ぎはいない」そうは言ったが、迷っている顔だ。直後、思いついたように座席の下をのぞきこんでしばし手探りし、体を起こしたときには拳銃を握っていた。

「扱いには用心しろ」大尉が言う。「座席に置いておくが、危険に迫られるまでは絶対に触るな。ここまで来る人間がいるとは思えないが、もしだれか現れたら、宙に向けて撃て。ぼくは十五分で戻る」

そう言って馬車から飛びおりると、ほんの数歩で闇に呑まれた。

# 33

　ラドクリフは人気のない通りを窓から見おろした。夜が近づくにつれて強風がロンドンを吹きぬけるようになり、雨粒と近くの木々の赤い葉をガラスにたたきつけている。これほどの荒れ模様は数年ぶりだ。背後の寝室では荷造りが終わっていた。明朝にはラドクリフホールへ向けて出発する。本来は今日の予定だったが、この天候で旅は危険と判断したのだ。ラドクリフホールを思い描こうとした——世界でいちばん安心できる場所だから、ふだんは想像するだけで心が安らぐ——が、いまは心にぽっかり穴が空いたような気持ちになるばかりだった。もはや孤独は前ほど魅力的に思えなかった。

　ドアを上品にノックする音が響いた。顔をあげると、ビーヴァートンが戸口にいた。

「若い女性がお見えです、旦那さま」

　ラドクリフは時計に目をやった。最初に頭に浮かんだのは、ミス・タルボットが朝ではなく夜の九時を訪問の時間に選んでくれたと喜ぶべきだろうか、ということだった——が、彼女にはもうここを訪ねてくる理由がないのだと思い出した。ミス・タルボットは明日には婚約する。もしかしたらすでにしているかもしれない。ただし……。

「ミス・タルボットをお通ししろ」好奇心をあおられて命じた。鼓動がほんの少し速くなる。立ちあがって暖炉に歩み寄り、炉棚にもたれかかってさりげなさを装おうとした——が、不意にばからしくなって姿勢を正した。

「こほん」ビーヴァートンはそれに気づかなかったふりをした。いつもながら、主人の威厳を守ろうとして。「いま訪ねてきているのは、いつもミス・タルボットに付き添って来る若い女性です」

「メイドか？」ラドクリフは動きを止めた。

ビーヴァートンはその若いメイドを書斎に案内していたので、ラドクリフは急いでそちらに向かった。たしかにミス・タルボットが訪ねてきたときにいつも付き添っていた女性だ——赤毛にも、ややうろたえさせられるほどまっすぐな視線にも、見覚えがあった。

「用件は？」ラドクリフは尋ねた。「なにか問題でも起きたのか？」

「起きてないといいんですが」メイドは言い、唇を噛んだ。背筋をしゃんと伸ばしているものの、緊張しているのがわかる。

「あたし一人でこちらにうかがうのがすごく変だってことはわかってます。でも、どうしたらいいかわからないんです。ミセス・ケンダルはケント州に行っちゃいましたし、ミス・キティはケンジントンですし——ほかにだれを頼ったらいいかわからなかったんです」

「なにがあった？」ラドクリフは鋭い口調で尋ねた。

「ミス・セシーが。駆け落ちしちゃったんです」途方に暮れた声で言い、手紙を振りかざした。それを受けとったラドクリフは、開封済みだと気づいた。

「ミス・タルボットあてだぞ」感情を排した声で言う。

「絶対に問題が起きたってわかってるときでも、あたしが手紙を開封しないと思ってらっしゃるなら、とんだ誤解です」メイドは急に激して言った。

ラドクリフは文面に目を走らせ、表情を険しくした。「ミス・タルボットはこのことを知っているのか？」メイドに尋ねる。

「いいえ。さっき申しあげたとおり、ミス・キティはヘイスティングス家の舞踏会に行ってるんです――あたしがそこへ着くころには、ミス・セシーたちはスコットランドまでの道を半分も進んじゃってます。だからまっすぐここへ来たんです」

ラドクリフは上の空でうなずき、テーブルの表面を指でたたいた。なぜここへ来ようと思ったのか、この若いメイドに尋ねることもできる。ミス・セシリーはぼくの家族の一員でも親しい知り合いでもないのだから、ぼくには関係のないこんな厄介ごとに巻きこんでくれるなときつく言ってやることもできる。なぜ気にしてやらなくてはいけない？　だが大事なのはそこではなかった。こんな破滅的な事件をミス・タルボットに降りかからせてはならない。あの勇敢な生き物がこれまで家族のためにしてきたすべてをぶち壊しにするようなことは断じて許さない。〝なぜ〟を考えても無意味だ。なにかしらの手を打とうと、最初の一秒から心は決まっていたのだから。

つかつかとドアに向かい、大きく開いて召使いに呼びかけた。「ビーヴァートン、西と北の門に遣いをやれ。モンタギュー家の馬車を見なかったか尋ねさせて、返事を聞きしだい帰ってくるよう命じろ。それからローレンスを呼べ」

短い指示数個で、ラドクリフの軍隊ができあがった。馬丁のローレンスが上着をはおりながら急ぎ足で部屋に入ってくる。

「馬車を用意させろ、ローレンス。それからぼくの赤茶色の馬に鞍をつけるんだ。至急の任務でスコットランドを目指すぞ」ラドクリフは指示を出し、メイドのサリーのほうを向いた。「ご一緒しませんか？」そう言って、うやうやしく礼をする。

「どうするおつもりですか？」サリーは疑わしげに尋ねた。

「二人を連れ戻す」ラドクリフはいかめしい顔で宣言した。

およそ可能なかぎりの速さで北へ向かった。耳元でうなる風は痛いほどだ。ローレンスが馬車を駆り、メイドのサリーはなかで揺られていたが、赤茶色の馬にまたがったラドクリフはとうに馬車の先を行っていた。グレトナノーザンロードで互いを見失うことはありえないし、馬車（とサリーというお目付役）はミス・セシリーを連れ戻す際に欠かせないものではあるが、若い恋人たちに追いつけるとしたら馬しかないとわかっていた。

　モンタギュー家の馬車は、二時間前にグレトナノーザンロードへ向かうところを目撃されていた。愚かな恋人たちは紋章のない馬車を雇う良識さえもち合わせていなかったようだが、こうして追跡しているいまはその軽率さがじつに役立った。モンタギュー家の馬車がこちらの馬にかなうとは思えないから、追いつくのも不可能ではないはずだ。ラドクリフは歯を食いしばり、モンタギューの愚か者の首をひねってやりたいと願った。まったく、なんて計画だ。千年経ってもモンタギューがこんな縁組みを許すわけはない。とりわけミス・セシリーとモンタギューが旅の途中で未婚のまま、いくつか夜を過ごしてしまったら。一晩でスコットランドまで行けるとでも思ったのか？　醜聞をもみ消すためにこっそり結婚の無効を求めるくらいはできるだろうが、それでもタルボットの名は徹底的に汚れてしまう――一方のモンタギューは無傷のまま、航行を続けられるのに。ミスター・ペンバートンは羞恥心から間違いなくミス・タルボットとの婚約を破棄するだろうし、たとえあの男がミス・タルボットと結婚するところを目にするよりいやなものは思いつかないとしても、彼女がそんな運命に苦しむさまは想像するのも耐えられなかった。

　角を曲がったとき、前方に黒い影を見つけて馬の速度を落とした。暗い夜に目を凝らしてもほんの数メートル先までしか視界が利かないが、近づいてみると、馬車らしきものだとわかった。

「だれかいるか？」暗がりに呼ばわったが、その叫びはあっさり風に飛ばされていった。

馬を速歩で進めてみると、馬車は壊れているのがわかった。車輪の一つが車体の数メートル先に転がっていて、もう一つはまだくっついているもののゆがんでおり、スポークはつぶれている。そばまで寄って、漆黒の空の下で馬車全体を見てみると、なんと太い木の幹が馬車を真っ二つにしているのがわかった。重みでつぶれたのだ。そして馬車の扉にはモンタギュー家の紋章が輝いていた。

ラドクリフは悪態をついた。二人はそう遠くには行っていないはずだ、と自分に言い聞かせる。だれかが馬をほどいたということは、二人はきっと次の宿屋にいると。ローレンスが追いついたときにこの馬車の残骸をメイドのサリーに見せるような愚かなまねをしないよう、つかの間祈ってから、ふたたび馬を駆りはじめた。ついに見つけたときにミス・セシリー・タルボットがどんな状態でいるのかは、いまは考えないことにした。

キティはしっかり十五分待った。まあ、十分は過ぎたはずだから、同じことだろう。首を突っこんでもヒンズリー大尉が喜ばないのはわかっている……けれど、もし大尉が実際にわたしの手を必要としていたら？　この吹きすさぶ風のなかでは叫び声も聞こえないだろうし、それを言うなら銃声すら聞こえないかもしれない。心を引き裂かれて、門の奥の暗闇を見つめた。これ以上、じっとしていられない。キティは安全な馬車を離れ、ヒンズリーのあとを追って走った。

私道は思っていたよりも短く、暗いなかを手探りで進んでいくと、ほどなく建物にたどり着いた。かつては壮麗な屋敷だっただろうに、いまではやや寂れている。ドアは細く開いたままで、光の筋が外に漏れていた。キティは深く息を吸いこむと、そっとなかに忍びこんだ。

まずヒンズリーを見つけた。廊下でセルバーンと胸を突き合わせ、噛みつきそうな顔をしている。

「じつにけっこうだ、ヒンズリー」セルバーンがあの腹立たしいのんびりした口調で言った。「だがあいにくアーチーは……そう、気分がすぐれなくてね。きみに会いたくないんだよ」

「通せ」ヒンズリーは重々しい声で言った。「さもないと力ずくで通るぞ」

キティの目には、これこそまさに、男性同士を長時間放っておくとどちらかが始めるばかげた展開に見えた。巧妙さもなければ効率もない。まったく、こちらがアーチーに近づけないなら、アーチーのほうから来てもらうしかないのに。

そこでキティはすうっと息を吸いこむなり、甲高い声で絶望のむせび泣きを始めた。どちらの男性もぎょっとして振り返り、驚いた顔でキティを見つめた。

「ちくしょう、なにごとだ！」セルバーンがいさめるように言う。

「ミス・タルボット！」ヒンズリーは案の定、喜んでいない顔だ。

「どうしましょう、気が動転して！」キティは死者をも起こす声で叫んだ——せめて、死ぬほど酔っ払っている男は起こせそうな声で。「助けて！　助けて！　ああ、だれか！」

　足を踏み鳴らすようにしてよろよろと部屋に入っていき、戸口を守っている甲冑（かっちゅう）にぶつかると、重たい金属はやかましい音を響かせて床に落ちた。頭上で足音が聞こえ、階段のてっぺんでドアがばたんと開き、煙の筋を立ちのぼらせているひどく乱れたなりの男たちが現れた。この騒音の出どころはなんだと、急いで階段をおりてくる。チョッキのボタンははずれていて、クラヴァットは結んでおらず、一人などは頬に見間違いようのない口紅のあとがついていた。そのなかで、あたかも悪魔の茶会に迷いこんでしまった天使のように暗がりでまばたきをしているのは、ほかならぬアーチーだった。

「ミス・タルボット？」アーチーが度肝を抜かれた顔で言う。「ヒンズリー？　いったいここでなにをしているの？」

「どうやら」セルバーンは少し悔しげな顔だ。「ヒンズリー大尉とミス・タルボットは、ぼくの土地とぼくらの夜の両方に踏みこむべきだと思ったらしい。きみには助けが必要だと思っているらしいよ」

「助け？」アーチーは言い、キティとヒンズリーを見比べた。「本当に？　きみたちは、ぼくがパーティから助けだされなくちゃならないほど、情けない男だと思っているの？」

「きみは情けなくない」ヒンズリーは穏やかに言った。「だまされているだけだ。さあ、一緒に帰ろう、アーチー」

「いやだ」アーチーは強い口調で言った。「ぼくは楽しんでいるんだし、そんな――そんな子どもみたいに、家へ連れて帰ってもらう必要はない。どこへも行かないぞ」

「ほらな」セルバーンが言い、いつものひとりよがりな態度を取り戻した。「さあ、上へ戻ろう。そういうわけだから、ヒンズリー、それからミス・タルボット、ぼくに放りだされる前にぼくの土地から出ていくんだな」

「アーチー、彼はあなたからお金をだまし取ろうとしているのよ」キティは切羽詰まった声で言った。「彼はあなたの友達じゃないわ」

「きみはぼくの友達だって言うのか？」アーチーはあざけるように笑った。

「一緒に帰ると言わないかぎり、ぼくたちは出ていかないぞ」ヒンズリーがきっぱり言い、またアーチーに手を伸ばした。

「いいだろう」セルバーンがもうたくさんだと言わんばかりに、大声で呼びかけた。「ライオネル！」

今度は一階のドアが開き、図体（ずうたい）のでかい男三人がのっそりと出てきた。アーチーは不安そうにその三人を見つめ、ほかのゲストたちも戸惑ったようにあとじさった。ヒンズリーはかばうようにキティの前に出た。

「無理やり放りだすようなことはぼくだってしたくない」セルバーンが懐柔するように言う。「だからそんなことさせないでくれよ、ヒンズリー」

「セルビー、ねえ」アーチーが少し驚いたように言う。「そんな手荒なまねは必要ないだろう? あまりにも無礼だよ。というより、その、ぼくはそろそろ帰ろうと思う。そうだ、帰ったほうがいい。ここはぼくがいるような場所じゃなかったんだ」

「アーチー、残念だがゲームの途中で帰らせるわけにはいかないよ。そんな失礼は許されないからね」セルバーンの口調はきわめて穏やかだったが、キティは背筋がぞくりとした。

アーチーはしばし唖然(あぜん)として友を見つめた。「セルビー、どうしてぼくをここに連れてきたの?」やがて尋ねた。「アーチー」「本当にぼくをだますためだったの?」

「テーブルに戻れ、アーチー」セルバーンがぴしゃりと言った。「このぼんくらめ、おまえはなにもわかっていないんだ。いいからテーブルに戻れよ。何度も言わせるな」

ロード・セルバーンはもはや洗練されているようには見えず、その目はアーチーとヒンズリーとキティをきょときょとと行ったり来たりしていた。さすがのアーチーにも、正気を失っているように映った。

「ライオネル」セルバーンがもう一度呼ぶと、大男の一人が前へ出た。「アーチーを席に連れ戻せ」

「なにを——おい、手を離せ！」腕を引っ張られて、アーチーが叫んだ。

「もうたくさん」キティはきっぱり言うとヒンズリーの前に回り、外套の内側から拳銃を取りだして、銃口をぴたりとセルバーンに向けた。男たちが静まり返った。

「嘘だろう」ヒンズリーがうめくように言った。「あの拳銃を持ってくるとは。ミス・タルボット、こっちによこせ」

「みなさん、落ちつきましょうか」キティはヒンズリーを無視して上品に提案した。「手荒なまねをする必要はどこにもないわ。わたしたちは帰ります、ロード・セルバーン、三人ともね。楽しい夜を邪魔してごめんなさい」

　拳銃の登場でだれもが驚きに言葉を失い、どうやらその場にいる男たちの一人として、どうしたらいいのかわかっている者はいないようだった。気まずい間が空く。アーチーは、これほど野蛮なことが目の前で起きているという事実に呆然とするあまり、ただ口を開けてキティを見つめた。ヒンズリーはキティをにらんで、頼むからと言わんばかりに手を差しだした。そしてセルバーンは、今宵がまったく予期せぬ展開をたどったことにうろたえ果てて、落ちつきのない目でアーチーとキティとヒンズリーを見比べていた。

「ミス・タルボット」最初に口を利いたのはセルバーンだった。どうにか落ちつきらしきものを取り戻したのだろう。「きみのようなご婦人が本当にぼくを撃つなんて、ぼくが信じるとでも思っているのかな？」

キティはびくともしない両手で拳銃を握りなおした。「あなたは賭けごとがお好きなんでしょう、ロード・セルバーン——賭けてみてはいかが？」

セルバーンは汗ばんだ手で髪をかきあげた。

「いいから少しのあいだだけアーチーを二階に行かせてくれ」懇願するように言う。「ぼくがどんなトラブルに巻きこまれているか、きみにはわからないんだ。金がいるんだよ。大丈夫、アーチーなら金が移動したことに気づきもしないから」

「え？」アーチーは驚いた声でつぶやいた。懇願しているときのセルビーは、さほどすてきに見えなかった。

キティは無言で首を振り、二人はじっとにらみ合った。一秒、二秒。三秒めでセルバーンがさっと手を動かすと、大柄な手下たちがさがった。これを合図に、アーチーはヒンズリーとキティのほうへ向かった。

「その——たいへん申し訳ない、セルビー、きみを困らせてしまって。それから、ほかにもいろいろ」こんなときでも礼儀正しく言う。「だけどミス・タルボットを家まで送らなくちゃならないんだ。ほら、今夜はこんな天気だから。そういうわけで、おやすみ！」

# 34

宿屋は突如、闇のなかから現れた。ラドクリフは馬を駈歩で前方へ走らせ、宿屋の前庭で流れるようにおりてから、厩舎の青年に手綱を放った。

「頼む！」そう言い残し、堂々と宿屋に入っていった。

正面のデスクに寄りかかっているのはほかならぬロード・モンタギューで、宿屋の主人と熱く口論していた。

「いいからぼくの話を聞いてくれ。大事なことなんだ。ぼくたちはただ――」青年は悲鳴とともに言葉を切った。ラドクリフが耳をつかんでくるりと振り返らせたのだ。

「なにをする！」モンタギューは怒って言い、こぶしを振りまわした。ラドクリフはやすやすとそれをかわして、若者の注意を引くためにもう一度耳を引っ張った。

「ミス・セシリーはどこだ？」厳しい声で尋ねる。「怪我をしているのか？」

「閣下には関係ないことです」生意気に返した若者の耳をまたひねる。「痛っ。やめろ、離せ。彼女なら、なかだ。怪我一つない」

ラドクリフは即座に手を離した。「あとで話がある」

宿屋の主人は小ばかにしたような顔でそのやりとりを眺めていた。「言っただろう、坊や」モンタギューに言う。「追っ手が来るぞって」

「遣いを道までやってくれ」ラドクリフは宿屋の主人に言った。「ぼくの馬車が来たらこちらへ呼んでほしい。じきに通るはずだ」

硬貨を渡してからとなりの部屋に向かうと、鼻を赤くしてみじめきわまりない姿のミス・セシリーが暖炉のそばに座っていた。

「ラドクリフ伯爵？ ここでなにをしているんですか？」ミス・セシリーは驚いて顔をあげた。

「同じ質問を返したいところだ。怪我はないか？ 馬車を見た」ぶじをたしかめようと、全身を見まわした。

「怪我はありません」小声で言う。「木が倒れてくる前に車輪ははずれていたので、みんなぶじでした——馬も」

「よかった。では立ちたまえ。いますぐロンドンに帰るぞ」きびきびと言った。

「いやです」強情に言う。「閣下の指示に従ういわれはありません」

「ぼくがここにいるのは」心の奥底から忍耐の最後の一滴を絞りだして言う。「きみのお姉さんのためだ。お姉さんがどれほど心配するか、考えなかったのか？」

「姉さんが気にするもんですか！」ミス・セシリーはそう言って立ちあがり、わなわなと全身を震わせた。その芝居がかった様子はみごとなまでだった。「姉さんが気にするのは、パーティと、男性とのたわむれと、それから、それから、それから――」

「それから、きみたち家族の金銭的な問題を解決して、きみたちが住むところを失わなくてすむようにすることか？」ラドクリフは言った。

ミス・セシリーは急に勢いを失い、途方に暮れた子どものような顔になった。

「ほかにどうしたらいいか、わからなかったんです」悲しげに言う。「姉さんはときどきちっとも話に耳を貸してくれなくなるから――わたしだってがんばったのに」

「なあ」彼女の苦悩を目の当たりにして、ラドクリフは口調をやわらげた。「もう一度、お姉さんに話してみるのがいちばんなんじゃないか？　ぼくの馬車でロンドンに帰るといい。きみのメイドも来ている。モンタギューはここに残って、きみの評判に傷がつかないようにする。今回の件は、だれも知る必要がない」

ミス・セシリーは震えながらうなずいた。話が決まったので、ラドクリフは馬車を待つあいだ、彼女に温かい紅茶でも飲ませることにした。宿屋の主人に頼もうと部屋を出たとたん、モンタギューとぶつかった。戸口のあたりをうろついていた青年は、多少の根性を取り戻したようだった。

「だめだ！」大声で言う。「彼女を連れていくなんて許さない。そんなの、ぼくに言わせれば人さらいだ！　誘拐犯だ！　断固、阻止する！」

「声を落とせ」ラドクリフは、穏やかだが鋭い響きをもつ声で言った。「きみはもう、あの若い女性の評判に取り返しのつかない傷を負わせかけているんだぞ。これ以上、事態を悪くするな。さあ、黙ってぼくの話をよく聞け。きみは今夜、ここに泊まる。部屋を取れ。そしてミス・セシリーがここにいたことは、だれにもひとことも漏らすな。周囲には、親戚に会いに行く途中で馬車が壊れたと言え。彼女の名が醜聞で汚されるようなことは、ぼくが絶対に許さない。わかったな?」

モンタギューはごくりとつばを呑んで反論をこらえ、うなずいた。ポマードを塗りたくった髪がしょんぼりと垂れた。

「彼女を愛しているんです」簡潔に言った。「彼女が困るようなことは絶対に望まない」

「それならぼくがここで追いついたことに感謝するんだな」ラドクリフは言った。「さあ、もう行け」

結局、ローレンスは一時間以内に現れた。きっと必死に馬車を駆ってきたのだろうに、馬の交換を監督するときも疲れた気配すら見せなかった。ラドクリフの馬は休ませるためこの宿屋に置いていくしかないが、ローレンスはそれが気に入らないらしく、厩舎の青年に馬の扱いを教えるときの視線と口調は厳しかった。

「明日には戻ってくるからな」ローレンスはそう念を押した。「それまでにはこの子らもしっかり休めてるだろうから。だからだれにも貸すなよ――おまえの命より高いんだぞ」

「そのくらいにしておけ、ローレンス」ラドクリフは穏やかに言った。「世話になるのはこちらだということを忘れるな」

ローレンスはもごもごとつぶやいただけだった。

ラドクリフはまずミス・セシリーを、続いてメイドのサリーを馬車に乗りこませた。

「旦那も乗りなよ」ローレンスが陽気な口調で言った。「おれたち二人ともが寒さに震える意味はないからね」

ラドクリフの赤茶色の馬も、馬車用の馬と一緒にここで休ませていくが、宿屋にはもう替えの馬がいなかった。そして白状すると、骨までしみる寒さから逃れられるのはじつにありがたかった。「大きな借りができたな」ローレンスに言った。

「昇給があるならうれしいな」馬丁は笑顔で返した。

馬車のなかではミス・セシリーが落ちつかない眠りについたが、メイドのサリーはしっかり起きて、窓の外の暗闇を見ていた。

「ミス・セシーに怪我がなくて幸運でした」静けさのなかで言う。「ぶじに連れて帰れて本当によかった」

「今日はよくがんばったな、サリー」ラドクリフはあくびをこらえて言った。「礼を言う――ミス・タルボットもきっと感謝するだろう」

サリーはうなずいた。

「ところで、なぜぼくのところに来た？」好奇心から尋ねた。「正しい判断だったとは思うが、なぜ最初に浮かんだのがぼくだった？」

「それは、ミス・キティのところに行ってたら間に合わなかったので」内緒話のようにつけ足した。「もちろんミス・キティならあっという間にすべて解決なさったでしょうけど」

ラドクリフには、〝ミス・キティ〟が自分よりうまく解決したとは思えなかったものの、それは言わずにおいた。

「それに、ミス・キティは閣下を信頼してますから」サリーが言い、目を細めてラドクリフを見た。「じつはものすごく信頼してると思いますよ」

アーチーとヒンズリーとキティは悪徳の館をあとにするなり、まるで前もって決めていたように走りだした。追ってくる音は聞こえなかったが、それでも石だらけの小道を飛ぶように過ぎていった。門を駆けぬけて、二頭立ての馬車に三人並んで体を押しこむと、すぐさまヒンズリーは手綱をふるった。一つめの角を曲がるころには時速十五キロのスピードに到達していた。

「なんのつもりだ？」ヒンズリーが問う。「馬車で待っていろと言っただろう！」

「待っていたわよ。あなたが戻ってきそうにないと思うまでは」キティは返した。

「よくもそんな白々しい嘘を！」

「彼女、セルバーンを撃つところだった」アーチーが呆然として言う。

「そんなことないわ」キティは言った。

「拳銃を返せ」ヒンズリーは怒った声で言い、つかみとろうとした。「まったく、そもそも使い方を知っているのか？」

「あんまり」キティは認めた。「だけどあなたも知らないんでしょう？　弾が入っていなかったもの。あなたが行ってすぐに確認したのよ。本当に兵士だったの？」

「やれやれ」ヒンズリーはぼやいた。「やれやれだよ」

「わたしたち、あそこから出られなくなるところだったのよ」キティは言った。こうして安全な馬車に戻ってきたいま、いつもの落ちつきが戻ってきた。「とことんまで彼を脅すよりほかに、できることはほとんどなかったわ」

ヒンズリーが高らかに笑った。

「ヒンズリー……ヒンズリー？　いったいどうしたの？」アーチーは弱々しく尋ねた。

「ぼくたちはきみを助けに来た」ヒンズリーは明るく言った。「避けがたい破滅からね。で、女性を味方に救出劇をおこなったのはこれが初めてだったが、称えるべきことは称えないとな――ミス・タルボット、じつにみごとな働きだったよ」

そう言って彼女のほうに小さく手をひるがえらせると、ミス・タルボットはなお華やかに手をひるがえらせた。「大尉こそ、すばらしい働きだったわ」

二人とも、頭が変になったのだろうかとアーチーは思った。「ぼくが手綱を握ろうか」笑いだした二人に、慎重に声をかけた。

「いやいや、きみは酒のにおいがするぞ――独特な煙のにおいも」ヒンズリーは言い、真顔で尋ねた。「大丈夫か?」

「たぶん」アーチーはあやふやに答えた。「だけど間抜けな気分だ。結局、セルビーは友達じゃなかったんだな」

「気の毒に、アーチー」心のこもったミス・タルボットの声に、アーチーは彼女を見つめた。

「だけどキティ、どうしてきみが来たの?」アーチーは尋ねた。「礼儀にかなっていると思えないよ」

「来なくちゃならなかったの」ミス・タルボットは簡潔に答えた。「礼儀にかなっていようといまいと。それに、あなたのお兄さまはデヴォンシャーに発ったあとだったから――わたし以外にだれがいた?」

温かな笑みを投げかけられて、アーチーはいやな予感を覚えた。どうしよう、彼女はまだぼくに恋しているんだ。だとしたらこのところ、じつに奇妙な態度をとっていたものだけれど、ほかに考えようがない。それ以外のどんな理由で、ぼくを助けに駆けつけるというんだ?

数カ月前なら大喜びしていただろうに、いまはまったく喜んでいない自分に気づいて、アーチーは気まずさを覚えた。しょせん、ぼくたちはお似合いではなかったのだ。だって彼女はぼくの友達に銃を向けた！　その友達はじつは悪党だったとわかってしまったけれど、それでも。

あんなのはよろしくないことだ、と暗い気持ちで思った。妻にしてほしいことでもない――仕方なくでも人を撃つとか、脅すとか、断然よろしくない。だけど、と考えてアーチーはおののいた。どうやったらそんなレディを拒めるだろう？　拒んだりしたら、そのときはきっとぼくが撃たれる！　二頭立ての馬車のなか、ぐったり疲れ果てて座席の背にもたれた。

# 35

もはや不安にさいなまれていないので、ラドクリフには帰りの旅が短く思えた。じきにロンドンの明かりが馬車の小さな窓から射しこみはじめるだろう。馬車の天井をたたいてミス・セシリーを起こしてから、手綱を握っているローレンスに命じた。「先にウィンポールストリートへ！」

ところが十分と経たないうちに、外から馬車の屋根をたたき返す音が響いて、ローレンスの声がした。

「旦那、出てきたほうがよさそうだよ」

扉を開けて通りに出ると、ローレンスの言葉の理由がたちまちわかった。向かいから来る泥だらけの二頭立て馬車が行く手をふさいでいて、その馬車にはヒンズリー大尉とアーチーとミス・タルボットが乗っていたのだ――三人とも、風に吹きさらされた様相で。

「ラドクリフ！」ヒンズリーが安堵した顔で言った。「そこにいたのか！」

ラドクリフに続いて、メイドのサリーとセシリーが馬車からおりてくると、キティは目をみはった。

「どうなっている？」

「どうなってるの？」

　ラドクリフとキティが同時に言い、にらみ合った。

「とりあえずなかに入らないか」ヒンズリーが急いで言う。「通りでゆっくり話すんじゃなく」

「なにをゆっくり話すというんだ？」ラドクリフは鋭い口調で言った。

「セシリー、サリー、なにがあったの？」キティはすでに妹の腕をつかんで、家に連れて入ろうとしていた。「早く、みんなも」

　だれもが強風から逃れられることにほっとしつつ、いそいそと家に入った。二つの物語が我先と言わんばかりに語られて、要所要所で驚きの声があがっては、ラドクリフとキティが大声で説明を求めたものの、説明するすきもないくらいだった。それでも少しずつ、パズルのピースがはまっていくように、その場にいる全員が相手側の過ごした夜の全体像を把握していった。

「セシリー！」キティは度肝を抜かれて息を呑んだ。「どうしてそんなことを？」

　妹はわっと泣きだして部屋から駆けだしていった。かたわらではラドクリフが怒りの形相でヒンズリーのほうを向いた。

「まったく、よくミス・タルボットにそんなことをさせたものだ」その声には本物の怒りがこめられていた。「怪我をしたかもしれないんだぞ」

「彼女に、させた？」ヒンズリーは友の怒りを抑えようとして諭した。「おいおい、これまで彼女になにかさせようとしたことはあるか？」

「ぼくが悪いんです」アーチーが悲しげに打ち明けた。「すっかりのめりこんでしまって、ジェリーもヒンズリー大尉もやめさせようとしてくれたのに、ぼ、ぼくは聞こうとしなかった。気がついたら手に負えないところまで来てしまっていたんだ」その姿はひどく頼りなく、ひどく打ちひしがれて見えたので、ラドクリフは胸が引き裂かれそうになった。

「悪いのは兄のぼくだ」ぶっきらぼうに言い、手を伸ばして弟の肩をつかんだ。「ぼくが気づくべきだった――そばにいるべきだった。今年だけのことを言っているんじゃない」

アーチーの顔が崩れて、兄弟はひしと抱き合った。

「すまなかった、アーチー」ラドクリフは言い、弟の背中をたたいた。

「母上が卒倒する前に、家に帰らないと」アーチーは暗い顔で言い、体を離した。

「家まで送ろうか？」ヒンズリーが笑顔で兄弟を眺めながら、申しでた。

「いや、ぼくが送る」ラドクリフは言い、今度はヒンズリーの腕をつかんで、ぎゅっと握った。「ありがとう、ヒンズリー。明日、会いに行く」

二人の友情は長きにわたるものだから、それだけの言葉でじゅうぶんだった。ヒンズリーは友の手を握り返した。

「馬車で待っていてくれるか？」ラドクリフは弟に言った。「すぐに行く」

言われたとおり、アーチーはヒンズリーとともに部屋を出ていった。大尉は去り際に生意気なウインクをよこしたものの、ラドクリフは頑として無視した。そして灰明かりが照らす客間に残されたのは、ミス・タルボットとラドクリフだけになった――キティとジェイムズだけに。

「今夜、きみがアーチーのためにしたことは――きみがしなくてはならないことではなかった」二人きりになるやいなや、ラドクリフは言った。

「あなたがセシリーのためにしたこともそうよ」キティは熱をこめて返した。「だけどこうして二人とも、しなくてもいいことをして、どちらも恥をかいたんだから、今夜はもうそれぞれの道を進んでいいんじゃないかしら」

キティは自分がなにに怒っているのか、よくわからなかった。なぜ、よりによって彼に怒りを向けているのかも。わかるのはただ、またしても彼に見透かされたというきまりの悪い思い。この身にそそがれる、あの強い視線。この紳士はただ見るだけでなく、気づいてしまう。そのことにこれ以上、耐えられる気がしなかった。

「大丈夫か？」ラドクリフが尋ねた。

「さあ、どうかしら！」明るい声で返し、上品とは言えない雑な動きで外套を脱ぎはじめた。「ちっとも大丈夫じゃないわ。今夜の終わりにはミスター・ペンバートンと婚約しているはずだったのに。そのうえ、わたしは自分がやさしい姉で、関心を引くには駆け落ちするのがいちばんだと妹が考えるほどあの子をないがしろにしていないと思いこんでいたんだから」どこに落ちようとかまわず外套を脇に放った。「それなのに、相変わらず大借金をかかえているし――そう、問題は一向に解決に近づいていない」いまは手袋のボタンをはずそうとしていたが、手が冷たすぎて絹をつかまえきれず、苛立ちに任せてむやみに手を振りはじめた。「だから、ええ、わたしなら絶好調よ」

そう言ってまだ手袋と格闘していると、ついに左手がはるかに大きな手につかまえられた。ラドクリフがじっとしていろと手で示してからうつむき、腕の内側に並んだ小さなボタンを冷静にはずしはじめた。キティは不意をつかれ、ただそれを見つめていた。ラドクリフはすばやく、けれど慎重に左の手袋のボタンをはずし終えると、指先の布をつまんでキティの手から引き抜いた。肌に触れられたわけでもないのに、急にひどく親密な気がして、部屋は涼しくても体はかっと熱くなった。ラドクリフに無言でうながされるまま反対側の腕も差しだすと、彼がまたうつむいた。キティはすっかり驚いて、ただそれを見つめていた。

こんなふうにわたしを驚かせるなんて、いかにもこの人らしい。

「わかっていると思うけれど――今夜のあなたの行動には心から感謝しているわ。セシーのために骨を折ってくれて、どうもありがとう」彼の手が手首まで近づいてきたとき、やっとキティは言った。最後のボタンははずしにくく、ラドクリフは眉間にしわを寄せてがんばっていた。いま、布越しにわたしの脈を感じている？

「こちらこそ」ラドクリフは顔をあげずに言った。「あんな場所からアーチーを連れ戻してくれて感謝している。じつに勇気ある行動だ——これほど勇気のある人もいない」

キティは顔を真っ赤にし、そんな自分を恥じた。

「ええ、まあ」口ごもりながら言う。「あそこは彼にふさわしくない場所だったから」

ラドクリフが今度は右の手袋をそっと引っ張った。キティの肌に絹を滑らせて、両の手袋を渡す。

「人生は計画どおりに進むとはかぎらない」ラドクリフが言った。「そしてきみもぼくも、こと家族が関わると間違いを犯した。アーチーは今夜、本当に危ないところだったのに、ぼくは上の空で兆候に気づかなかったし、傲慢すぎてきみの忠告を聞き入れようとしなかった。弟の人生に取り返しのつかない悲劇が起きていたかもしれないし、もしそうなっていたら、ぼくはけっして自分を許せなかっただろう。いまはただ弟に謝って、今後は努力するつもりだ」

二人は見つめ合った。静かな部屋に聞こえるのは暖炉の火がはぜる音だけで、二人ともその音を意識しながら、待っていた——次に起きるなにかを。なんであれそれは避けられないことで、二人はただその到来を待っていればいいように。一秒、さらにもう一秒、静寂が広がる。キティは胸のなかで心臓が激しく脈打つのを感じ、手のなかの手袋をきつく握りしめた。これ以上、一秒も耐えられなくなって鋭く息を吸いこんだ――そのとき、上階からなにかがぶつかるような大きな音が響いた。二人同時に顔をあげ、セシリーが足音高く歩きまわる音に耳を傾けた。

ラドクリフは帽子を拾った。「ぼくはそろそろ失礼するから、きみは少し休むといい。ではまた、月曜の夜に」

ラドクリフが外に出てみると、弟は二頭立て馬車のそばで穏やかに馬丁のローレンスと話をしていた。どうやら気持ちも落ちついたようだ。

「もう帰れますか？」安堵と恐怖の混じった顔で、弟が尋ねた。

「ああ」ラドクリフは言った。「母上にどう説明するか、練習しよう」

アーチーはうめいた。「簡単には行かないでしょうね」

「じつに難しいだろうな」ラドクリフは言った。「言い訳はせずに、盛大に謝って、できるだけ早く母上を抱きしめるようにしろ。母上はおまえを愛している。おまえが怪我をするところを見たくないだけだ」

「ぼくが出かけていることに気づいていなかったかもしれませんよ」アーチーがたいして期待していない声で言う。「ああ、ひどく間抜けな気分だ」

「だれだってときには間抜けになっていいんだよ――若いころはとくに」ラドクリフは言った。「かたやぼくには若さという口実もない。もっとおまえの力になるべきだったし、おまえに相談相手が必要だと気づくべきだった。とはいえ、おまえのほうから相談しに来てほしかったとも思うが」

「しようとしました」アーチーがぼそりと言った。「兄上の家の前まで行ったこともあるんです……だけどそうしたら、ミス・タルボットが出てくるところを見てしまって、もしかしてと――兄上が彼女と踊ったこと、彼女と結婚してはだめだと兄上に言われたこと、そこへもってきて兄上の家から彼女が出てくるのを見て――ああ、だからぼくをあきらめさせようとしたのかと思ってしまったんです」

ラドクリフはため息をついた。なんという偶然。

「最初の夜にミス・タルボットと踊ったのは、彼女に頼まれたからだ」ゆっくり説明していった。「ぼくたち家族と親しい様子を周囲に見せつければ、上流社会での過ごし方も楽になると思ったそうだ。それからあの朝、ぼくを訪ねてきたのは、彼女の求愛者の、その人柄についてなにか知っていることはないかとぼくに訊くためだった。そしておまえに彼女と結婚するなと言ったことについてだが、率直な話、互いにふさわしい相手ではないと考えたからだ」

「ああ」アーチーは言った。「そう、でしたか。こうして聞くと、どれもちゃんと納得できます。ぼくってやつは、本当にばかだな。兄上が心を決めたと思うなんて。我らがジェイムズが。ねえ?」

そう言って無邪気に兄の脇腹を肘で突いたが、もしかしたら力を入れすぎたかもしれない。一瞬、兄の顔に痛そうな表情が浮かんだ。

ミス・タルボットがいまもミセス・アーチボルド・ド・レイシーになることを夢見ているのではという恐ろしい疑念については、兄に言う必要はないだろう。これほどいろいろあった日なのだから、今夜はもう事態をややこしくしたくない。それにどのみち、この疑念についてどうしたらいいかもわからない。気の毒に、あれだけ骨を折って助けてくれた女性を拒める男がいるだろうか? それでも……もしかしたら最初から兄の考えが正しくて、ぼくたちはお互いにふさわしい相手ではないのかもしれない。

「今夜ミス・タルボットがしたことを、母上に話すべきでしょうか?」しばし考えてから、アーチーは尋ねた。「ヒンズリーが彼女も同行させたのは礼儀の範疇(はんちゅう)とは言えないことだし、母上がよしとするかどうか」

ところがラドクリフは肩をすくめた。「意外な反応が見られるかもしれないぞ」

グロヴナースクエアで待っていた一幕は楽しいものではなかった。ヒンズリー大尉の訪問についてパットソンから詳しく聞いたレディ・ラドクリフは、息子たちが客間に入ってきたときにはもう、ボウストリートの巡察隊にテムズ川をさらわせる寸前にまでなっていた。

アーチーがその夜の顛末を語っても事態は下降するばかり。次男がソーホーのファロ賭博場に通っていたと聞いただけで、伯爵未亡人はなかばヒステリー状態に陥った。一方のアーチーは、そんなのは過剰反応だと少しばかり苛立ちを覚えた。

「母上がいちいちそんな反応を示されるなら」不機嫌な声で言った。「話し終えるまでに何時間もかかりますが、ぼくは夜明け前にベッドにもぐりたいんですよ」

心配で死にそうだった母親に対してなんて無神経なと弟が叱責されるかたわらで、ラドクリフは顔をしかめた。

「わたくしは体が弱いのよ！」母が思い出させるように言う。

そこから続いた説教は、一人だろうとお目付役が一緒だろうと、二度とこの家を出てはなりませんという命令で終わった。月曜の夜に一家でレディ・チャムリーの舞踏会に出席する予定だとアーチーが指摘すると、舞踏会とラウトパーティにだけは特別な許可がおりた。もっとも、母は見かけより芯が強いというラドクリフの予想は当たっていた――実際、ひとたび話が本格的に始まると、レディ・ラドクリフはじっと黙って、アーチーの一言一句に耳を傾けたのだ。おしまいに母はラドクリフのほうを向き、衝撃の視線を交わした。本当に、アーチーは破滅の一歩手前まで来ていたのだ。

「ミス・タルボットに大きな借りができたわね」レディ・ラドクリフはまじめな口調で息

子たちに言った。「わたくしたちは全力でお礼をしなくてはいけないわ」

不思議なことに、それを聞いてアーチーはますます不安そうな顔になった。

「いけませんか?」おずおずと問う。「全力でお礼をしないと?」

「アーチー、彼女はあなたのために命を危険にさらしたのよ」母が厳しい口調で言う。アーチーはため息をつき、また沈んだ顔になった。もういいから休みなさいとレディ・ラドクリフが言うと、次男は感謝しつつも疲れ果てた様子で出ていった。

「やれやれね」レディ・ラドクリフはだれにともなく言った。「やれやれだわ。なんて夜」

「母上に謝らなくてはなりません」ラドクリフは唐突に言った。「アーチーを心配していた母上が正しかった。ぼくは耳を貸すべきでした」

「わたくしだって、まさかここまでのこととは思っていなかったわ」レディ・ラドクリフは赦しを与えるように手を振った。「それに、あなたが関わりたくないと思った理由もわかります。干渉は……わたくしたち一家においては、常に正しいとはかぎらなかったものね」

ラドクリフは短くうなずき、凝った装飾の天井を見あげた。まだ驚きさめやらぬ顔のレディ・ラドクリフは、両手をあげて髪をなでた。

「それなのに」神経質な笑いのこもった声で言う。「わたくしときたら、アメリアに初めての舞踏会を許そうかと思っていたなんて。むしろあなたたち三人とも、ずっと閉じこめておきたいくらいだわ」

「……いい考えかもしれませんね」ラドクリフはしばしの間のあとに言った。まだ母を見られなかった。「この社交シーズンでアメリアに舞踏会を経験させるのは。もちろん——もちろん決めるのは母上ですが、ぼくはそう思います」

レディ・ラドクリフは震える笑みを長男に投げかけた。

「ありがとう、ジェイムズ」簡潔に言った。

ラドクリフは母におやすみを言って玄関ホールに向かった——が、玄関を出てセントジェイムズプレイスの自宅に戻るのではなく、階段をのぼった。どうやってたどり着いたのかよくわからないものの、気がつけば二階の三つめのドアを開けていた——父の書斎のドアを。父の死以来、だれにも触れられていないはずなのに、きちんと片づいているように見えるのは、だれかが掃除をしてくれているのだろう。木製の大きな机に指を這わせ、この部屋で交わした無数の口論に思いを馳せる。怒りの言葉がこぶしのごとく飛び交い、どちらがより強い打撃を与えられるかを競い合って、どちらも負けた。いま、ラドクリフは机の後ろの椅子に腰かけて、室内を見まわした。

「旦那さま？」

顔をあげると、戸口にパットソンがいた。かすかな笑みを浮かべてこちらをうかがっている。ラドクリフは両腕を広げた。

「どう見える、パットソン？」

「ご立派です、旦那さま」

「どうだろう、ぼくが机のこちら側に座って、おまえがそちら側にいるのなら」ラドクリフは言った。「おまえにどれほど失望させられたか、教えてやらなくてはいけないだろうな」

パットソンの唇がごくわずかにゆがんだ。「それが伝統でございますね」

「ぼくの人生最悪のときだった」ラドクリフは思い出にふけった。「だがなによりひどかったのは、なんだと思う？　父が死んですぐに、ぼくはあの憎らしい説教がもう一度聞けるならなんでも差しだすと思ったんだ。父の説教には父の考えがあふれるほどに詰まっていた。父についてはなんとでも好きなように言えばいいが、とにかくみごとな叱り方ができる人だった。ぼくがワーテルローから戻ったときに父がどんな言葉を用意していたか、聞いてみたかったよ。きっと強烈だったに違いない」

パットソンが真顔で見つめた。「差し出がましいことを申しますが」ゆっくりと切りだす。「旦那さまのことはお生まれになったときから存じております。お父上のことは、その人生のほとんどを拝見してまいりました。いまではお二人とものお人柄をようく理解しているとうぬぼれております。ですからわたくしがこう申しましても、どうか信じていただきたいのです――お父上は旦那さまを誇りに思っていらっしゃいました。立派な人物になるとわかっておいででした。しかしながら、旦那さまも永遠にお父上の影のなかで生きてゆかれることはできません――いまでは旦那さまがロード・ラドクリフなのです。そこに大きな意味をもたせるか、あるいは意味をもたせないかは、旦那さまがお選びになることです」

パットソンを見つめるラドクリフの目は輝いていた。咳払い（せきばらい）をして言った。「ありがとう、パットソン」

「もったいないお言葉です」

## 36

キティはいつまでも客間でぐずぐずすることなく、腹をくって上へ行き、セシリーと向き合うことにした。

壁を向いてベッドに腰かけたセシリーは、両手を膝の上でぎゅっと組んだまま、キティが入っていっても振り返らなかった。キティの舌の上では非難の言葉がいまにも飛びだそうと待ち構えていたものの、今度こそちゃんとやらなくてはと覚悟を決めた。

「わたしが悪かったわ」ついにキティは言った。「本当にごめんなさい、セシリー」

「姉さん？」セシリーは驚いて振り返った。

「すべてにおいて、あなたが正しかった。わたしはもっとよくあなたの話を聞くべきだったのに、そうしなかった。ごめんなさい。家族の将来を守ることばかり考えて、その家族の幸せはろくに考えていなかった。セシリー、あなたには幸せになってほしいのよ――だけどあんなやり方はだめ」

「ねえ、考えたことはある？　わたしも力になりたがっているかもしれないって」セシリーが涙ながらに言った。「どうしたら力になれるか考えて、大事なのはお金持ちと結婚することだって思ったの。ルパートはお金持ちよ」

「だめよ。醜聞から安らぎは生まれないわ。そのことは父さんと母さんから学んだでしょう？」キティは言葉を止めた。「本当に彼を愛しているの？」

「そう思うわ」セシリーは恥ずかしそうに答えた。「しょっちゅう彼のことを考えるし、ずっとお話ししていたい。わたしたち――いろんな話をするの。本とか、芸術とか、思想とか。そういう話をわたしとしたがる人はあんまりいないから」

キティの胸は痛んだ。「そうね、わたしたちがいい例。それについても謝るわ。たぶんわたしは――そういう話をしたくないんだと思う。だってあなたがそういう話をするたびに、わたしは頭が悪いんだと思わされるから」

「そうなの？」セシリーが驚いた声で言う。

「そうよ。正直に言うと、あなたが女学校へ行かせてもらったこともずっと妬んでいたわ」

「本当に？」

「本当よ。学校から帰ってきたあなたは立派な考えをもつようになっていて、本が大好きになっていて、なんだか急に……えらくなったように見えた。かたやわたしは家にとどまるしかないし、適当に夫を見つけてみんなの世話をするだけ。比べたら、怖いくらい能なしに思えたわ」

「姉さんを能なしだなんて思ったことない」セシリーは必死に言った。「どんなときも自信にあふれていて、なにをするべきか、なにを言うべきか、いつだってわかってる。わたしなんて間違ったことを言ってばかりで、いつもみんなを困らせてしまうだけ」

「そう言うけれど、そもそもド・レイシー家とお近づきになれたのはだれのおかげ？　オールマックスに行けたのは？　セシリー、実現させたのはあなたで、わたしじゃないわ。あなたがいなかったら、どれも叶わなかった」

セシリーはうれしそうに頬を染めた。姉の言葉に勇気をもらって、夜のあいだずっと胸をさいなんでいた問いを思いきって口にした。「今後はルパートとわたしを遠ざけるの？」ささやくように尋ねた。

キティはゆっくり息を吐きだした。「いいえ」気が進まないながらも言う。「だけど簡単じゃないわよ。もし彼がほんの少しでも駆け落ちのことをだれかに話したら――」

「彼はそんなことしない！」セシリーは激しく否定した。

「だとしても、よ。この関係の難しさをどうかわかって。あれほど社会的地位の高い人を狙うなら、なにより大事なのはしっかり計画を練ること。抜け目なくなることよ」

セシリーはもう一度、熱をこめてうなずいた。

「だったら精一杯、協力するわ」キティは言った。「幸い、もしミスター・ペンバートンが本当に求婚してくれたら――まあ、今夜のあとではしてくれないでしょうけれど――わたしたちの地位はいまよりぐんとあがるわ。そうなれば、そこまで無茶な話でもなくなるかもしれない」

「彼にしてほしいの？」セシリーがおずおずと尋ねた。

「だれに、なにを？」キティは問い返した。

「ミスター・ペンバートンに、求婚を」

「当たり前でしょう！」キティはやけに陽気に答えた。

「だけど今夜のことで、姉さんの心はよそにあるんじゃないかと思ったの」セシリーは簡潔に言った。

キティは静かに首を振った。「あってはならないことよ」のどが狭まるのを感じながら言う。「ありえないことだもの」

「そう？　でも……」

けれどキティはまた首を振るだけだった。

「その話はおしまい。そろそろ寝ましょう。ああ、なんて長い一日だったのかしら」

それでも、ろうそくを吹き消してもなお、セシリーとキティはいつまでもひそひそと話しつづけた。家のこと、ほかの姉妹のことを語り、どうやったらレディ・モンタギューにセシリーを認めさせられるか、まどろみながら意見を交わしているうちに――じつにめずらしいことだが――キティのほうが先に眠りに落ちた。それも、しゃべっている途中で。
セシリーも目を閉じた。姉の気持ちを思うと胸が痛む。なんて悲しい皮肉かしら。ほとんどギリシャ悲劇だわ。だってキティはこの期に及んで気づいたんだもの――やっぱり愛しているのはアーチー・ド・レイシーだって。

嵐は夜明けになっても収まらず、タルボット姉妹は遅くに起きだした。キティはメイドのサリーが家族のためにしてくれた多大な貢献へのささやかな礼として、一日の休みと、手持ちの硬貨のほとんどを与えた。それから姉妹で客間にこもり、暖炉のそばでぬくもりながら雨を見ていた。

「明日、なにか……見に行きたいものはある?」ホットチョコレートを飲みながら、キティはセシリーに尋ねた。「またエルギンマーブルを見に行く? 前回はちょっとしかいられなかったものね。それとも博物館がいい?」

仲なおりのしるしと察して、セシリーはほほえんだ。翌日、雨はあがって二人はいろいろなものを見た。セシリーはずっと行ってみたかったロンドンの名所を一つ一つ挙げていった。最初はもう一度エルギンマーブル、それから大英博物館のほぼ全館を歩いてまわり、展示物に見とれた。図書館で少し棚を物色してから、気がつけば午後の残りはずっとアストリーの円形劇場にいた。チェルシー薬草園は今日は休みだとわかってセシリーは少しがっかりしたものの、明日また来ようとキティが約束すると、すぐに気を取りなおした。

「いいの？」

「まだ時間はあるもの」キティはそう言ってうなずき、暖かな初夏の空気を胸いっぱいに吸いこんだ。「今日のロンドンは美しいわね」

「〝これほど美しいものがこの世にまたとあろうか〟」セシリーがワーズワースを引用した。

「そのとおり」キティは言った。

　夜の支度に間に合うよう、日が傾きはじめたころにウィンポールストリートに戻った。すると客間でドロシーおばが穏やかに紅茶を飲んでいた。

「それで」鋭い目で姉妹を見ながら言う。「サリーから聞いたけれど、どきどきはらはらの週末を過ごしたそうね――だけどすべてきれいに解決した、でしょう？」

　サリーが黙っていられなかったことに、キティは内心感謝した。おかげで一から十までドロシーおばに語らなくてすむ。とはいえキティが予想していたとおり、ドロシーおばはさほど不満そうではなかった。むしろ口元には小さな笑みを浮かべ、頬は楽しげに染まっていた。

「ええ、最後には運が味方してくれたわ」キティは言い、慎重にドロシーおばを見た。

「ケントはどうだった？」

「〝どきどきはらはら〟はなかったわね」ドロシーおばは言い、小さく音を立ててカップを置いた。「じつは、わたしからも話があるの。わたし、結婚したのよ」

そう言って差しだした手には、いまや結婚指輪が輝いていた。セシリーは息を呑み、キティの両眉は飛びあがった。

「結婚した?」信じられない思いでキティは言った。「いつ? だれに?」

「だれと、でしょう」ドロシーおばは気取って訂正した。「一昨日、ミスター・フレッチャーとよ」

「つまり、駆け落ちしたということ?」キティは小声で言った。二日前の夜、こっそり結婚しようとしなかったのは、このなかでわたしだけ?

ドロシーおばはいさめるように舌を鳴らした。「ばかね、違うに決まっているでしょう。駆け落ちなんて若い娘のすることだし、わたしたちの場合はまったく必要なかったの。ミスター・フレッチャーが結婚の特別許可書を手配してくれたから、わたしたちは彼のお母さまの教会で土曜の午後に結婚したわ——なに一つ、隠しごとなしにね」

この発表にすっかり度肝を抜かれ、姉妹はしばし言葉を失った。

「もちろんあなたたちにも出席してほしかったのよ」ドロシーおばはすまなそうに言った。「だけどキティはペンバートンのことで忙しかったでしょう? それに、まあ、わたしもミスター・フレッチャーもこれ以上、待つのはいやだったから」

「これ以上?」キティはおうむになった気分だった。「どのくらい待ったの?」

「数年かしらね」ドロシーおばの顔に笑みが戻ってきた。「知り合ったのはずっと前――覚えているかしら、前に話したのはミスター・フレッチャーのことなのよ。彼は奥さまに先立たれてね、モンタギュー家の舞踏会で言葉を交わしたときに、すぐにわたしだと気づいたの。そういう危険もありうると言ったでしょう？　だけどこれについては話が別ね――わたしたち、それ以来の関係だから」

キティはどうにかこの話を呑みこんだものの、自分がどう感じているのかはよくわからなかった。間抜けな気分は間違いない――なにしろ妹とおばの両方が何週間もそれぞれの恋愛に勤しんでいたのに、こちらは気づきも疑いもしなかったのだから。けれどそれはまだいい。それよりも、ドロシーおばが〝わたしたちのもの〟であることに、この数カ月で慣れきっていたから、その彼女をミスター・フレッチャーが連れ去ってしまうと思うと……少し妙な気分だった。

「おめでとう、おばさま」セシリーが言い、歩み寄って頬にキスをした。

「キティ？」ドロシーおばが怪訝そうな声で言う。

しゃんとしようと、キティは首を振った。いまは嫉妬しているときではない。ドロシーおばは、なんのコネもない若い娘二人をここまで面倒見てくれたのだから、ありったけの喜びを手に入れてしかるべきだ。キティはおばを抱きしめたが、のどをふさぐものも感じた。

「おめでとう」かすれた声で言った。

ドロシーおばが目元から涙を拭った。

「二人とも、大好きよ」姉妹の手を取って、ぎゅっと握る。それから決然とうなずいて立ちあがった。

「さあ、今夜の準備にとりかかりましょう」そう言って手をたたき、いたずらっぽくウインクしてからつけ足した。「なにしろ、この社交シーズンで結婚式がわたしのだけでは、お話にならないものね」

# 37

その夜、静かにロンドンを横断する馬車のなかには、これで最後という空気が漂っていた――おそらくこれが最後のロンドンでの舞踏会だと、暗黙のうちに全員がわかっていた。今宵、なにが起きるにせよ、キティとセシリーはじきに妹たちの待つ故郷へ帰る。馬車が入り口に近づいた。あの初めての夜、なにもかもがとてもすばらしく、とても奇妙に映ったことを思い出して、キティの胸は締めつけられた。記憶が花火のごとく脳裏に浮かんでは消える――ろうそく、色とりどりのドレス、まばゆい宝石、シャンパンの味、手のひらに感じたラドクリフの手のぬくもり。

「楽しい時間を過ごしたわね」キティはそっとセシリーに言った。

「最高の時間を過ごしたわ」セシリーも言った。

そしてもう一度、にぎやかななかへおりていった。

なかへ入ってもペンバートンの姿が見当たらなかったので、キティはほっとした。ここで会ってしまったら、謝罪とご機嫌とりと、二晩前に期待していた求婚をいまさら巧みに引きだすという作業に、今夜をまるまる費やさなくてはならなくなる。別に今夜にかぎらずとも、そういう婚約を手に入れて、ここを――この部屋を、この街を――離れることがなにより大事なのは事実だけれど、その前に少しでいいから一人の時間を楽しみたいと思わずにはいられなかった。

ドロシーおばは着いてほぼすぐに姉妹のもとを離れ、夫を捜しに行った――ドロシーおばの夫。いまだに信じられない。そしてセシリーも行ってしまった。

「ルパートを捜さなくちゃ」妹は言った。

「行ってらっしゃい」キティはやさしく返した。「だけど人目につかない場所へは行かないでよ」

セシリーは怖い顔で姉をにらんだ――なんておかしなことを言うのかしらと言わんばかりに。つい二日前、駆け落ちしようとなどしなかったように。

それからセシリーはいそいそと部屋の反対側へ向かったが、軽食室を通ったときにミスター・ド・レイシーとすれ違い、一瞬、分かち合ったひどく奇妙な夜を思い出して小さな笑みを交わした。セシリーは彼の腕に触れて引き止めた――キティにわたしの助けなんて必要ないのはわかっているけれど、せめて努力はしたい。

「姉と話をして」セシリーは切羽詰まった声で言った。

「ぼくが？」ミスター・ド・レイシーは気の進まない様子だ。

「ええ。姉を許してくださるでしょう？」熱をこめて言う。「なにもかも奇妙に映るでしょうし、姉の態度には混乱させられたでしょうけれど——でも、姉はあなたを愛しているの、ミスター・ド・レイシー」

「そうなのかい？」声が裏返っている。「なんてことだ」

セシリーはとなりの部屋にルパートの影を見つけた。

「わたしが言ったことを考えてみて」もったいぶって告げてから、その場を去った。

「くそっ、ぼくは——ああ、それについては心配しないで」アーチーはうめくように言った。


キティはあてもなく舞踏室を歩いた。ペンバートンを捜しているのだと自分に言い聞かせることもできる——けれど目が捜しているのは彼の姿ではなかった。部屋の向こう側にいるレディ・ラドクリフと目が合って、伯爵未亡人が手を振ってきた。キティも振り返したとき、となりにアーチーがいるのに気づいた。ところが青年はキティと目が合うなり青ざめた。変なの。今夜はレディ・アメリアも出席していて、髪をあげて長いスカートをはいている。来年の正式な社交界デビューの前に、娘にも少し社交シーズンを経験させておこうとレディ・ラドクリフは考えたのだろう。母のとなりに立つレディ・アメリアは実際、堂々としていた——目に宿る好戦的な光は波乱含みな気がするけれど。

演奏家たちが楽器の音を鳴らしはじめ、そろそろ次のダンスが始まることを告げた。するとそぞろ歩いていた男女がすぐに輪を作りだし、女性はスカートをつまんで紳士は手を伸ばした。そのとき、ほんの三メートル先に彼を見つけた――キティの視線が自分に向けられるときを待っていたのだろう、伯爵はからかうように両眉をあげた。〝遅いじゃないか〟と言うように。

どういうこと、と問いかける意味でキティは目を狭めた。彼が手を差し伸べて呼ぶので、迷いもなく前に出た。

「ダンスについてのあなたのルールがこんなことを許すとは思わなかったわ」彼の前まで来ると、キティは言った。

「例外をもうけることにしたんだ」ラドクリフは言った。「踊っていただけますか、ミス・タルボット?」

おそらくこれが最後のチャンスだ。今夜が終われば、こんなひとときを自分に許すことはないだろう――けれど、せめてこれがある。答える代わりに彼の手を取った。無言のまま、滑るようにフロアの中央へ出ていく。音楽が始まった。どうやらワルツのようだ。キティにとって初めてのワルツ。

彼の手がウエストに移動し、キティはたくましい肩に手をのせた。初めて踊ったときとは違う――大違いだ。あのとき、二人のあいだには広大な海が広がっていたけれど、いまはすぐそばにいる。これほど近づけるとは想像もしなかった。ラドクリフの体温を肌で感じる。燕尾服（えんびふく）のなめらかな布地がドレスをこする感覚も。背中に当てられる手の感触も。音楽のせいでありえないはずなのに、耳元では彼の呼吸さえ感じた。

彼の目を見られないまま、長い弧を描くように部屋のなかを動きはじめ、決められたターンをくり返した。こんなのはまったく予期していなかったし、生まれて初めて、前もって計画した言葉をもたなかった――これをこちらの有利にするための方法を。彼にとってもめずらしいことと映ったのだろう、しばらくして愉快そうな声を漏らした。

「黙っているとはきみらしくない」そう言って笑顔で見おろす。

キティは一瞬だけ目を合わせ、すぐにそらした。彼の目になにを見るのかがわからなくて、怖かった。この男性の前でこれほど緊張したことはなかった。

「なにを言えばいいのかわからないの」静かに白状した。「誓って言うけれど、あなたと同じくらいわたしも変だなと思っているわ」

なめらかな彼のリードでくるりと回ると、周囲で部屋が一回転し、ふたたび二人は互いの腕のなか、手をしっかり握り合った。

「それなら、ぼくが話そうか」ラドクリフが言い、深く息を吸いこんだ。「ぼくは学んだ……この数カ月でいろいろなことを。きみとの会話から――いや、きみとの口論から、と言うべきかな。きみのおかげで自分の偽善に直面させられ、あらゆるものの見方を考えなおさせられて、いまだに——何年も経っているのに、さまざまな局面で父と戦っているのだと気づかされた」

つい先ほどまでは彼を見られなかったのに、いまでは目をそらせなくなっていた。彼の言葉は夢のなかから出てきたようで、このまま聞いていられない気がした——ずっと求めていたけれど深く考えないようにしてきたすべてに、あまりにもよく似ていた。二人はまたターンをした。キティはステップにまったく意識を払っておらず、全神経を彼にそそいでいたが、それでもなぜか二人の足はみごとに調和して動いていた。

「いまではすっかり生まれ変わった気分だ」見つめ合った目を一秒もそらさずに、彼が続けた。「きみに出会って……自分を好きになった。生まれ変わった自分を好きになれた。きみと一緒にいる自分を」

握った手に力がこもった。彼の発するすべての言葉が、稲妻のように強く容赦なく胸を貫く——耐えられる気がしない。そんな言葉を聞いていられない。これでなにも変わらないのなら。

「一度、ぼくに訊いたことがあったな」ラドクリフはじっと見つめたまま、かすれた声で続けた。「思いが本物なら生まれ育ちは重要かと。あのときは答えなかったが、ミス・タルボット——いや、キティ。信じてくれ、ぼくにはもう、そんなものは重要じゃない」

キティは息を吸いこんだが、むせび泣きのように響いた。「そうなの？」音楽が高まって、ダンスは終わりに近づいている。最後のターンで息の止まる一瞬、相手が見えなくなってから、ふたたび腕のなかに引き戻された。

「そうとも」ラドクリフが言う。

音楽がやんで、踊っていた男女が互いにお辞儀をした。キティはまばたきをして一歩さがった。ラドクリフの手は、まるで離したくないと叫んでいるようにキティに触れたままだったが、それも離れてしまうと、急に寒気を感じた。まだ驚きに包まれたまま、キティは手をたたいた――そのとき、ラドクリフの後ろのほうから険しい顔でペンバートンが近づいてくるのが見えた。

「早く」ラドクリフに言う。「庭へ行きましょう、いまのうちに――」

「いまのうち？」彼が尋ねながらも腕を差しだした。

「いいから」こらえきれずにもう一度、彼の向こうのペンバートンを見たとき、ラドクリフも背後の人物に気づいた。二人して庭園に通じるドアを足早に抜けると、幸いそこにはだれもおらず、きらめく星々と窓から漏れるろうそくの明かりがやさしく照らしているだけだった。すがすがしい空気に包まれるやいなや、ラドクリフは一歩さがった。

「もしかしてまだ――ミスター・ペンバートンの求婚を待っているのか？」穏やかな口調だったが、胸の痛みは隠しきれていなかった。キティはそれに気づいて切なくなった。どうしてペンバートンはあのときを選んで現れたの？　どうして……。

嘘をつくこともできるけれど、つきたくはなかった。

「ええ」正直に答えた。「そうよ」

ラドクリフは向きを変え、落ちつきを取り戻そうとするように庭園を眺めた。「そうか。じつを言うと、もしかしたらこのあいだの夜のせいで、きみはペンバートンとの話を進めないことにしたのではないかと思っていたが。愚かだったな」

振り返ったラドクリフの目は熱を失っていた。「彼の求婚を受けるつもりか、訊いてもいいか?」

「閣下」震える声で言った。「わたしの状況はなにも変わっていないわ。いまもやっぱり裕福な男性を婚約者にしてロンドンを発(た)たないと、妹たちにとって唯一の家を売り払うことになるし、あの子たちの生活を支える別の方法を見つけるしかなくなる。なにもかも、わたし一人で。だけど……そんなことはもうあなたには関係ないと思っていたわ」手で舞踏室を示し、先ほどのラドクリフの告白をほのめかした。

「それは――そうだ」片手で顔をさする。「だが、きみがほかの男の求婚を受けるかと思うと――気に入らない」

「じゃあ、わたしにどうしろというの?」キティは言い、両腕を広げた。「わたしには状況を変えられないわ。結婚しなくちゃいけないの。そしていまのところ、希望はない」

ラドクリフはキティのほうを見ようとしなかった。

「訊いてみて」キティは感情のこもった声で言った。「もしもわたしの気持ち一つなら、ペンバートンと結婚したいかと訊いてみて」

ラドクリフは顔をあげた。「どうなんだ？」

「ノーよ」声が崩れる。「もう一つ訊いてみて。もしもわたしの気持ち一つなら、やっぱりあなたを愛しているかと」

ラドクリフが一歩前に出た。「どうなんだ？」もう一度、問う。

「イエスよ」キティは打ち明けた。「わたしはいつでも妹たちを選ぶわ。なにがあろうと自分の想(おも)いより妹たちの必要を選ぶ。だけどお金が必要なのと同じくらい、あなたを想っているの。あなたはわたしを見てくれるわ。いいところも悪いところも、すべてを。そんなふうに見てくれた人はいままで一人もいなかった」

まっすぐ彼を見つめた――策略も嘘もなく、あらゆる感情を顔に浮かべて。ラドクリフがさらに近づいてきた。手を伸ばして、そっとキティの頬に触れる。

「ぼくと――ぼくと結婚したいか、キティ？」砂利のような声で、ロード・ラドクリフは――ジェイムズは尋ねた。

キティはその質問のくだらなさに、小さな笑い声を漏らした。まだ答えがわからないの？

「ええ」キティは答えた。「だけど先に言っておかなくちゃいけないわ。わたしには妹が四人いて、家の屋根はひどく雨漏りがするし、まぎれもない大借金をかかえているの」

ジェイムズの顔に笑みが浮かびはじめたと思うや、見る間に顔全体に広がった。

「正直に話してくれてありがとう」彼が心をこめて言うと、キティは笑った。「こう言えば安心してもらえるだろうか——ほかの妹さんにもぜひ会いたいし、その屋根は風情がありそうだと思うし、借金にはびくともしない」言葉を切る。「もちろん、正式な返事をする前にぼくの帳簿を確認したいだろうな」そう続けると、キティはまた笑った。大きな明るい声で。

「その必要はないわ」キティは言った。「あなたが途方もない大金持ちで、うちの借金をすべて返済すると約束してくれるなら」

「ぼくは途方もない大金持ちだし」ジェイムズは復唱した。「きみの借金をすべて返済すると約束しよう」

「そういうことなら」キティは言い、笑顔で彼を見あげた。「ぜひあなたと結婚したいわ」

ジェイムズの手がキティのあごをつかまえた。このキスには、ためらいも迷いもなかった。まるで二人とも事前に脚本を読んでいて、あとは合図だけを待っていたようだった。合図が出されたので、二人は全身全霊をこめてこの場面に取り組み、しばしのあいだ会話はお休みになった。

「兄上！　兄上！」アーチーが庭に飛びだしてきたので、二人は息をはずませながら顔をあげた。「そこにいたんですね！　母上が捜していますーーアメリアがいなくなってしまって……ねえ、大丈夫ですか？」疑いの目で二人を見た。

「ああ、アーチー。じつは大丈夫どころじゃないーーたったいま、ミス・タルボットがぼくとの結婚を承諾してくれたんだ」ジェイムズは言い、キティの手を取った。

「ええ！」アーチーは仰天した顔になった。「それは驚きだな」

もしかしたらこの知らせはアーチーにとってうれしいものではないかもしれないと、キティははたと気づいた。なにしろこの青年がわたしに恋していると思いこんでいたのもそう遠い過去の話ではない。ジェイムズのためらいの表情からすると、彼も同じことを考えているのだろう。

「アーチー？」キティは問いかけるように言った。ぽかんとしていたアーチーがはっと我に返り、前に出て兄の手を握った。

「すばらしい知らせです。おめでとう、兄上」熱心に言う。「少し勘違いしていたけれど、もうすっかり大丈夫。ぼくときたら、ばかだなーーどうかしてるよ、本当にーーでもね、キティ、きみはぼくと結婚したいんだとばかり思っていたんだ。だけどそうじゃなかったとわかってほっとした。ぼくたちが似合いの相手だったかどうか、よくわからないし、だから、そう、これでよかったんだ。わかってくれるよね？」

最後のひとことはなだめるような口調で、アーチーの顔には難しい知らせを伝えている人の表情が浮かんでいた。まるで、これを聞いたらキティが口をとがらせると思っているような。

キティは逆上した。「アーチー」本気で怒った声で言う。「あなた、わたしを拒むの⁉」

ジェイムズが高らかに笑いだした。

# *38*

「すごいものを期待しちゃだめよ」キティは言った。「ラドクリフホールに比べたら、ネトリーはずっと控えめな家なんだから」

「期待は小さく保つとしよう」ジェイムズは快く答えた。

それを聞いてキティは眉をひそめた。「とはいえ、あなたがあそこをラドクリフホールよりずっと興味深いと思っても、驚きはしないわ」

「もちろん」ジェイムズはすまなそうに言った。「あらゆる意味でラドクリフホールよりずっとすばらしいところだと思うに決まっているよ」

社交シーズンは終わって、結婚式の計画が立てられた。そしてタルボット姉妹はついに家路をたどっている。完璧な広さと快適なしつらえをもつラドクリフ家の馬車でゆったりくつろいでの帰りの旅は、行きよりははるかに心地よく、木々や野原や生け垣が窓の外を流れるように過ぎていった。道中ほとんどジェイムズは馬車の横で馬にまたがっていたものの、この日の午後は女性たちの相手をして過ごすことに決めた――おそらく、家が近づくにつれてキティのそわそわが募ってきたことに気づいたからだろう。キティは旅のあいだずっと、妹たちは変わっただろうか、別々に過ごしたあいだになにを見逃しただろうかと案じてばかりいた。それから、わたしの変化を妹たちはどう思うだろうか、とも。なにしろ、一大変化を遂げて帰宅するのだ。

この問題は、キティの理解が追いつかないほどあっという間に解決した。婚約した翌朝、ジェイムズが予告もなくウィンポールストリートを訪ねてきて、支払いを約束する旨したためた彼の銀行の小切手を差しだした。キティは彼と一緒に客間で腰かけて、ミスター・アンステイとミスター・エインズリーあてに借金はもう全額返済されたと知らせる手紙を書き、ジェイムズはキティが告げたべらぼうな額をまばたきもせずに小切手に記入した。すべてはものの数分で完了した。こんなに薄い封筒が、これだけの重みを有している。必死にこらえなくては、封筒を破り開けてもう一度すべてに目を走らせてしまいそうだった——本当に終わったのだと確認するために。ジェイムズのほうを向いて、この驚きを伝えようかと思ったとき、ふと気づいた。ろうそく明かりのテラスにいたとき以来、初めてまた二人きりだということに。ジェイムズの目に浮かぶ表情も、同じことに気づいたと語っていた。

「おば上はミスター・フレッチャーを訪問中かな?」客間の静けさのなか、そっとジェイムズが尋ねた。

「そうよ」二人の距離がこれほど近いと感じられたことはなかった。

「セシリーはまだ眠っている？」

「ええ」

ジェイムズがゆっくりほほえんだ。

「そろそろ帰らなくては」そう言いつつも、椅子から立つ気配はない。「話はもう広まっている。今後は慎重にならないといけない」

「なんてつまらないの」キティは口先だけで言い、彼のほうに身を乗りだした。「そんなのちっとも楽しくないわ」

二人の手が出会い、キティが椅子の上から彼のほうへそっと引き寄せられたときも、ジェイムズは笑っていた。唇が出会い、二人のあいだの空気が軽やかで秘密めいたものになる。そして礼儀については自身が言ったはずなのに、その朝、ジェイムズがウィンポールストリートを去ったのはそれからしばらくあとのことだった。

やわらかな寝息で、キティはこのすてきな思い出から我に返った。見ると、セシリーが眠りに落ちて、首をこっくりこっくりさせている。妹の手にはロード・モンタギューからの手紙が握られていて――あまり上手とは言えない弱強五歩格の韻律でしたためられた恋文だ――それを見たキティは眉間にしわを寄せて考えこんだ。どうやったらこのロマンスを前進させられるか、じっくり考えなくては。

ってみせた。

「その顔は、またなにか企(たくら)んでいるな」ジェイムズが言った。「どんな計画だ？」

「失礼ね」キティは平然と答えた。「なにか企んでいるような顔なんてしていないわよ」

納得しない様子でジェイムズがじっと見つめるので、キティは純真そうな表情をつくろ
「わたしをそんなに腹黒い女だと思っているの？」天使の顔で問う。

「ああ」ジェイムズは即答したが、その声には愛情がこもっていた。「知り合ってそれなりになるから、きみが最悪のたぐいの悪党だと知っているよ」

婚約者にこれほどしょっちゅう悪党と呼ばれるのはいささか異例のことかもしれないが、その非難にはもっともな理由があると、キティも認めないわけにいかなかった。それに、手にした結果にはなんの文句もない。自分を過剰にほめるのはもちろんよくないことだけれど、わたしはこの数カ月を信じられないほどあざやかに乗りきったと感じずにはいられなかった。借金を完済しただけでなく、婚約者まで——それも、今度こそ嘘偽りなく愛していると言える男性まで——連れて家に帰るのだから、これはもう、すばらしい結果としか言いようがない。

道が悪くなってきて、馬車が少しきしみはじめた。キティが窓の外に目を向けると、景色はますます懐かしいものになっていた。

「もうすぐよ」ささやくように言い、妹の膝に手を伸ばした。「セシー、起きて」

　馬車はいまや本格的に速度を落とし、右に曲がって、キティが自身の顔よりもよく知っている踏みならされた道に出た。いやになるほどゆっくりとネトリーコテージが見えてきて、キティは貪欲に目を凝らした。レンガ造りの壁を伝うツタ、台所の煙突からのぼる煙、正面側の窓の一部を覆うマグノリア。地面に落ちた花びらに気づいて、〝花の盛りを見逃したな〟などとばかなことを思う。馬車がきちんと停まるのも待たずに、キティとセシリーはレディらしからぬふるまいで我先におりたった。馬車を見つけたのだろう、家のなかからはもう歓喜の悲鳴と走る足音が聞こえる。キティはしばしその場にたたずんで、胸いっぱいに空気を吸いこんだ。断言してもいい、味が違う。

　やるべきことはまだ山積みだ――解決すべきこと、話し合うべきこと、決めるべきことが待っている。けれど数カ月にわたって絶えず不安にさいなまれ、こんな危険を冒す価値はあるだろうか、この選択は正しいのだろうか、この計画はあの計画よりすぐれているだろうかと常に悩みつづけたあとだから、いまはこうして心を満たしている深い安堵をゆっくり噛みしめてもいいだろう。

　ついに家に帰ってきた。わたしたちはやったのだ。ばたんと玄関が開いて妹たちが駆けだしてくるのを見たとき、キティは心から確信した。いま、わたしはいるべき場所にいる。

# 謝辞

本書の執筆を助けてくれた人より助けてくれなかった人を挙げたほうが早い気もするけれど、しばし我慢していただけるなら、一つやってみようと思います。

まず、そもそもわたしを受け入れてくれたマディ・ミルバーンとマディのチーム全員に感謝します。みなさんのやさしさと情熱、そして（忘れちゃいけない）飽くなき向上心にはいつも驚かされました。第一稿をチェックしてくれてありがとう、マディ、レイチェル・ヨー、ジョージア・マクヴェイ。わたしがなにを言いたいのか、あなたたちは最初からわたし以上にわかっていてくれました。それから、わたしのしつこい質問に答えてくれたリヴ・メイドメント、もう一回レイチェル、ジャイルズ・ミルバーン、エマ・ドーソンにも感謝を。そして、わたしの本を世に送りだしてくれたリアナールイス・スミス、ヴァレンティナ・パウルミヒル、ジョージアナ・シモンズにも多大な感謝を。すばらしい国際チームを見つけてくれたこと、いつもすてきなメールをくれたことにも、ありがとう。

続いて、すばらしき編集者マーサ・アシュビーとパム・ドーマンにも、そのやさしさとウィットと賢さに深く感謝します。あなたたち、ゼウスの頭から飛びだしてきたんじゃないの？　たぶんそうだと思う。それでも、上質のシルクハットのよさについて話し合いたい人は、あなたたちのほかにいないわ。この本を可能なかぎり最高にしてくれて、どうもありがとう。それからシェール・トリコットと、愛すべき原稿整理係のシャーロット・ウェブと、すばらしい校正者のアン・オブライエン、カティ・ニコルにも感謝を。わたしの重複や脱線や副詞の使いすぎを指摘したり、歴史上の正しさを厳しくチェックしたりしてくれて、本当にありがとう。

本を出版するという超人的な作業において、わたしの仕事は間違いなくいちばん楽。だからこの物語が刊行されて印刷されて棚に並べられるために以下の方々がしてくださったことにお礼を申しあげます。比類なきリン・ドルー、すばらしい才能の持ち主フルール・クラーク、刺激的で独創的なマーケティングをしてくれたエマ・ピカード、すてきな宣伝活動をしてくれたやばいほど魅力的なハイメ・ウィトコムとスザンナ・ペデン、豊かな才能で製作と業務を仕切ってくれた聡明なグレース・デント、ディーン・ラッセル、メリッサ・オクサニャ、ハンナ・スタンプ、びっくりするようなオーディオブックを作ってくれたフィオヌエラ・バレットとシャーロット・ブラウン、〈ハーパーフィクション〉と〈ハーパーコリンズ〉の営業チームに所属するイジー・コバーン、セーラ・マンロー、ジェマ・レイナー、ベン・ハード、フリス・ポーター。あなたたちは間違いなく最高で、みなさんのすばらしい仕事に心から感謝しています。

次に、フラン・ファブリツキにもお礼を言わなくてはなりません。だって、わたしたちの日曜恒例のライティングセッションがなければ、どれ一つとして実現しなかったんだから。同居人（ハウスメイト）にして心の友（ソウルメイト）のフレヤ・トムリーとジュリエット・イームズにも、ありがとう。いつもわたしを笑わせてくれるだけでなく、わたしの執筆活動をときに真剣に、ときに軽薄にとらえてくれて、感謝しているわ。それから、出版界で最高にうるさくておもしろくて最高な女性たち、フェイ・ワトソン、ホリー・ウィンフィールド、ロティ・ヘイズ＝クレメンス、マーサ・バーン、タシュ・ソミにも、ありがとう。あなたたちに出会えて本当によかった。

わたしの頭をよぎったありとあらゆる思いつきを聞くという特権（？）にあずかったルーシー・スチュアートにもお礼を。卓球とプロセッコと、その他諸々、どうもありがとう。そして、ときに過剰なまでに（笑）支えてくれて、常にわたし専用の語彙辞典（シソーラス）でいてくれる、オーア・アグバジ＝ウィリアムズ、カトリオーナ・ビーミッシュ、ベッカ・ブライアント、シャーロット・クロス、アンドリュー・デイヴィス、ダシ・ホルティ、ジャック・レニンソン、エル・スレーター、モリー・ウォーカー＝シャープにも、ありがとう。

家族にもお礼を。家族樹（ファミリーツリー）の両側にどこまでも伸びるみんなは、その強烈な個性でもってこの本のなかに現れているはず。わたしもその一員であることをとても誇りに思います。

パパとママ、ウィル、おばあちゃん、エイミーにもお礼を言わなくちゃ。カフェインを供給してくれて、支離滅裂な筋書きの相談に辛抱強くつき合ってくれて、〝これおもしろいと思う？〟みたいな質問にも揺るぎない嘘で答えてくれて、わたしがぜんぜんできていないときでも絶対にできると信じてくれて、感謝してるわ。そしてもちろん、最高のわんこであるジョーイとマイラにも、ありがとう。きみたちは作家にとってこれ以上ないほど要求が多くて一緒にいると気が散る存在よ。あれはただのリスさんだってば。そうよ、ただのリス。

最後に、読んでくださったあなた、どうもありがとう！　これを読者と分かち合っているなんて、いまだにすごく変な感じがするけれど、あなたの貴重な時間をこの本に費やすことにしてくれて、心から感謝しています。よかったら感想を聞かせてね（ただし、おもしろくなかったならどうか聞かせないで）。

# 訳者あとがき

イギリスの新人作家ソフィー・アーウィンによる、ウィットがふんだんにちりばめられたデビュー作、〝A Lady's Guide to Fortune-Hunting〟全訳をお届けします。

本書の時代設定は、一八一八年のイングランド。国王ジョージ三世が病で統治できなくなり、息子でのちにジョージ四世となる皇太子が摂政(リージェント)を務めた〝摂政時代(リージェンシー)〟と呼ばれる時期にあたります。摂政皇太子が建築や芸術を愛していたため、この時代には壮大な建築物がつくられ、芸術が花開き、偉大な文学作品も多く生まれました(反面、貧困にあえぐ庶民も多かったのですが……)。そんな時代のロンドン社交界を舞台にした本書には、きらびやかな舞踏会や優雅な上流社会の様子がたっぷり描かれています。しかし、本書のヒロインはそういったものとはまったく無縁で育った二十歳の女性。そんな女性がなぜ、ロンドン社交界に足を踏み入れることになったのか、まずはあらすじを簡単にご紹介しましょう。

イングランド南西部のドーセットシャーで四人の妹と暮らすキャスリン・タルボット

（キティ）は、親同士の口約束で結婚することになっていた地元の郷士の息子から、ある日突然、婚約破棄を言い渡されてしまいます。それでは困る、と焦ったキティ。なぜって死んだ父が遺した莫大な借金があり、返済期日は四カ月後に迫っているのです。郷士の息子と結婚したら彼の財産で返済してもらえるはずだったのに、このままでは姉妹五人が路頭に迷ってしまう。どうする、キティ。しかし彼女には強い味方がついていました。それは亡き母ゆずりの知恵と機転、生来の現実主義、どんな逆境にもめげない不屈の心、そして深い姉妹愛です。大事な妹たちの将来をたしかなものにするため、キティは腹をくります。ここでおめおめ姉妹離散してたまるものですか、地元の郷士の息子だって一度はつかまえることができたんですもの、ここは一つロンドン社交界に打って出て、もっとずっと裕福な紳士を手に入れてみせるわ！　そう宣言して、妹のなかでもいちばん美人のセシリーをおともに、ロンドンで暮らす亡き母の古い親友を頼りに故郷を旅立ちました。

慣れない上流社会のしきたりや細かな決まりごと、どこまでも上品さを求められる（キティにとっては）意味不明な礼儀作法、上等なドレスや宝飾品などとにかくお金のかかる生活……。これらすべての困難を、ずる賢いほどの知恵と驚くほどの大胆さで乗り越えて、キティはみごと上流社会の仲間入りを果たし、何人もの紳士から関心を寄せられるまでになるのですが、だれもがあっさりだまされてしまった彼女の手管に、一人だけ、疑念をいだいた人物がいました。キティにぞっこん惚れこんだ裕福な青年の兄で、ナポレオン戦争に加わり、ワーテルローで地獄を見てきた第七代ラドクリフ伯爵です。伯爵は信頼できる部下に命じてキティの背景を調べさせ、彼女の両親の秘められた過去を突き止めてしまいます。そして妹たちの将来を守るためにわが身を捧げようとしている彼女の事情を理解しないまま、キティをただの財産狙いと断じ、弟から離れないならその正体を社交界にばらしてやると脅すのです。どうする、キティ。しかしそんな脅しにやすやすと屈する我らがヒロインではありません。なんと、逆にキティのほうから伯爵を脅しにかかります。いったいどんな脅し？ その結果は？

ここから始まるキティと伯爵の丁々発止の数々や、上品なうわべの下にゴシップセンサーとも呼ぶべき鋭い嗅覚を備えた人たちがうごめく上流社会をキティがばっさばっさと切り開いていくさまを、どうぞ存分にお楽しみください。

著者のソフィー・アーウィンについてもご紹介しておきましょう。ドーセットで生まれたアーウィンはオックスフォード大学で学び（かのジョージェット・ヘイヤーについて論文も書いたとか。どんな内容なのか、読んでみたいですね）、卒業後にロンドンに移って〈ハーパーフィクション〉編集部で働きはじめました。二〇一九年のある日、通勤中にふと思いついたアイデアをふくらませていき、二年半後に結実したのが本書だといいます。幼いころにヒストリカルロマンスと出会い、その現実離れした華やかな世界にたちまち魅